C.C. Juin 22 Londres

LE CŒUR ÉCLATÉ

Collection dirigée par Hubert Nyssen et Sabine Wespieser

Toute adaptation ou utilisation de cette œuvre, en tout ou en partie, par quelque moyen que ce soit, par toute personne ou tout groupe, amateur ou professionnel, est formellement interdite sans l'autorisation écrite de l'auteur ou de son agent autorisé. Pour toute autorisation, veuillez communiquer avec l'agent autorisé de l'auteur : John C. Goodwin et ass., 839, rue Sherbrooke Est, suite 2, Montréal (Québec), H2L 1K6.

Tous droits de traduction et d'adaptation, en totalité ou en partie, réservés pour tous les pays. La reproduction d'un extrait quelconque de ce livre, par quelque procédé que ce soit, tant électronique que mécanique, et en particulier par photocopie et par microfilm, est interdite sans l'autorisation écrite de l'auteur et de l'éditeur.

© LEMÉAC, 1989
ISBN 2-7427-0576-7

Illustration de couverture :
Egon Schiele, *Portrait d'un homme au chapeau* (détail), 1910
Collection particulière
(Tous droits réservés)

MICHEL TREMBLAY

LE CŒUR ÉCLATÉ

roman

BABEL

Pour Marie-Claire Blais qui m'a fait découvrir Key West

Pour René-Richard Cyr, Camille Goodwin, Donald Pilon, Louï Mauffette, Nathalie Goodwin, Louis Guay, Marie-Claude Goodwin, Louis-François Hogue, Monique Tremblay, Jacques Tremblay, Bernard Tremblay, Mario Davignon, Diane Miljours, André Ducharme, Françoise Careil et Bernard Meney qui ont eu à m'endurer pendant la rédaction de ce roman.

You never know what is enough unless you know what is more than enough.

WILLIAM BLAKE

LIMINAIRE

Je n'ai pas pleuré quand Mathieu est parti. J'en étais bien incapable. Je me suis même arrangé pour être absent le jour de son déménagement.

Je ne me sentais pas le courage d'affronter le camion du Clan Panneton, alors, bêtement, je me suis enfui. J'ai quitté l'appartement de la rue Bloomfield au petit matin, je suis descendu au terminus Voyageur, j'ai sauté dans le premier autobus pour Québec. Pendant deux heures quarante, j'ai regardé défiler l'insupportable route 20 en lisant tous les noms de villes et de villages que nous croisions pour m'empêcher de penser — Saint-Liboire et Saint-Simon que nous nous amusions, Mathieu et moi, à appeler Saint-Ciboire et Saint-Limon quand il nous arrivait, c'était plutôt rare, de nous rendre à Québec —, j'ai essayé de compter le nombre de champs de blé d'Inde entre Montréal et Québec, mais ils sont vraiment trop nombreux, j'ai bu un Pepsi diète tiédasse en mastiquant à peine un sandwich au jambon acheté au terminus, avalé presque tout rond, j'ai eu trop chaud parce que je m'étais installé du mauvais côté de l'autobus, celui du soleil.

Arrivé à Québec, j'ai couru à la terrasse Dufferin. Je me suis pâmé une grosse heure sur l'un des plus beaux panoramas du monde en me disant, bien sûr, que je ne méritais pas ce qui m'arrivait mais sans toutefois me laisser aller à la sensiblerie — devant ce qui est grand, on se sent insignifiant et nos malheurs nous semblent ridicules — puis je suis revenu à Montréal sans même jeter un regard sur le reste de cette si belle ville... Même exaspérante route 20, mêmes noms ridicules de villes et villages, des saints à vous donner mal au cœur ou à vous faire réaliser une fois pour toutes que le Québec est l'un des pays les plus dénués d'imagination au monde, même Pepsi et même sandwich, ou presque.

Je suis arrivé rue Bloomfield en fin d'après-midi, le soleil de juillet était encore haut, la canicule vous collait le linge sur le dos.

J'avais été parti sept heures.

Le temps que se produise le grand chambardement.

Je me suis assis en haut des marches, là où l'escalier intérieur fait un coude. Je n'osais pas entrer. Sur le chemin du retour j'avais essayé d'imaginer les trous que laisseraient dans l'appartement les meubles, les objets, les tableaux appartenant à Mathieu et qui auraient disparu. Y aurait-il des taches plus pâles sur les murs, des traces de pattes de fauteuil sur le tapis du salon, des vides un peu partout? Et là, juste au moment de mettre la clef dans la serrure, j'avais encore une fois manqué de courage. Je savais, par exemple, qu'en ouvrant la porte je ne trouverais pas dans l'entrée le magnifique poster de la dernière pièce qu'avait jouée Mathieu au printemps, que tout ce qui était vert dans la maison — je suis nul avec les plantes — serait parti, que la fausse chaise Le Corbusier ne trônerait plus devant la fenêtre du salon...

Si seulement j'avais pu déménager le même jour que lui!

L'appartement de Mélène et de Jeanne, au-dessus du mien, semblait silencieux, je ne risquais donc pas de les voir sortir de chez elles pour venir me consoler. Je ne voulais être ni plaint ni consolé. Je voulais juste être ailleurs. Seul et ailleurs. J'ai failli me relever, reprendre un taxi pour le terminus Voyageur... Mais à quoi bon temporiser plus longtemps, il fallait bien, tôt ou tard, affronter la réalité.

De toute façon, quand on va rôder sur la terrasse Dufferin le soir, ce n'est surtout pas pour admirer l'un des plus beaux panoramas du monde et je n'étais pas du tout dans ce mood-là.

*

J'ai littéralement exorcisé l'appartement. Même sans ses affaires, toutes les pièces de la maison étaient pleines de Mathieu, jusqu'au parfum de son eau de toilette qui flottait encore dans la salle de bains, jusqu'à son sens du rangement dans mon propre tiroir à sous-vêtements, ou l'habitude qu'il avait de plier un linge à vaisselle sur le robinet de l'évier de la cuisine. Chaque trou qu'avait laissé un objet lui appartenant me causait non pas une douleur physique mais un malaise qui, en s'ajoutant aux autres, finissait par produire ce qui ressemblait de plus en plus à une crise d'angoisse.

Alors, pendant cinq heures d'affilée, sans même prendre une pause, pour m'épuiser autant que pour chasser cette impression que j'avais de glisser vers une crise que je refusais d'affronter, je suis passé à travers l'appartement comme une tornade. J'ai recensé, repensé, refait chaque pièce de fond en comble : j'ai replacé le grand fauteuil qui avait appartenu à ma grand-mère Victoire devant la fenêtre du salon, comme avant l'arrivée de Mathieu ; je suis allé puiser dans ce que je m'amuse à appeler ma « banque d'œuvres d'art », dans le placard de mon bureau, et j'ai changé *tous* les tableaux de la pièce. J'ai même ressorti le vieux poster des années soixante-dix qui m'avait tant fait rire, celui représentant Alfred C. Newman, l'effigie de la revue *Mad*, assis à la table voisine des *Buveurs d'absinthe* de Degas. Quand j'ai eu fini la redécoration du salon, j'ai eu l'impression de me retrouver dans mon premier appartement, minuscule, sur Saint-André près de Sherbrooke, soixante-quatre dollars par mois, chauffé, mais *très* mal. J'ai décroché les rideaux partout dans la maison parce que je n'ai jamais voulu en avoir. J'ai aussi jeté le rideau de douche. Je prendrais des bains jusqu'à ce que j'en achète un neuf. J'aurais changé le bol de toilette de place, je crois, si ça avait été possible. J'ai réaménagé la salle à manger (c'était laid et peu fonctionnel mais *différent*), je me suis débarrassé du tapis qui faisait toute la longueur du corridor et j'ai effacé, ce qui fut beaucoup plus difficile, tout vestige du passage de Sébastien dans mon bureau.

Sébastien, qui aura bientôt quatorze ans, a passé toutes ses fins de semaine dans mon bureau depuis près de dix ans, faute d'espace ailleurs dans la maison. Il y a dormi, chanté, pleuré, appris à lire et à vivre, y a probablement fait ses premières pertes nocturnes et connu ses premières masturbations ; ça laisse des traces. Presque indélébiles. Mais j'ai fait de mon mieux pour que tout disparaisse.

Parti, le poster du groupe *Metallica* qui nous avait cassé les oreilles tout l'hiver et une partie du printemps, avant que Sébastien tombe, sans crier gare, sous le charme, eh oui! de Jacques Brel! Le poster de *Metallica* était resté sur le mur mais c'était *Ne me quitte pas* et *Amsterdam* qui étaient montées du tréfonds du lecteur au laser pendant de longs week-ends! Mathieu avait parlé d'une peine d'amour qu'avait pourtant énergiquement niée son fils... Disparu, jeté aux ordures, le vieux sofa tout magané que Sébastien s'était acheté je ne sais où ni avec quel argent — probablement un «emprunt» à son père — et qui était apparu dans mon bureau un beau samedi matin sans que j'aie rien à dire parce que l'autre était désormais trop petit pour ses jambes qui allongeaient à vue d'œil. Sébastien, qui a toujours été un enfant plutôt petit, est maintenant presque aussi grand que son père. Et il avait eu le front de me léguer ce sofa miteux en cadeau, sûrement parce que son père et son nouveau beau-père lui en avaient promis un neuf! Franchement! (Ici, un peu de hargne et de mauvaise foi se mêlaient à mes récriminations mais je suppose que c'était normal.) Parties aussi — il les avait oubliées! — les tablettes de chocolat qu'il cachait depuis des lustres dans les différents tiroirs de sa commode coincée entre ma table de travail et l'angle de la pièce, au cas où il aurait eu un petit creux au milieu de la nuit... Je les ai jetées avec une rage vengeresse, je rêvais de poser ce geste depuis si longtemps. (Conversation typique, un dimanche matin, pendant le petit déjeuner : Moi : «Tu manges pas, Sébastien?» Lui : «J'ai pas faim...» Moi : «As-tu mangé du chocolat pendant la nuit?» Lui, sur un ton où perce une certaine dose de culpabilité : «Ben non...» Moi, sur un ton où perce une certaine dose d'impatience : « Dis-moi pas n'importe quoi, Sébastien, j'finis toujours par tout savoir... » Lui, méprisant : « J'suppose que tu les avais comptées ! Espion ! » Son père, sortant le bout de son nez de son édition du dimanche du *New York Times* : « Voyons, Sébastien, parle pas comme ça ! Pis mange tes œufs ! Même si ça te donne mal au cœur ! Ça t'apprendra à te bourrer la face de chocolat la nuit ! ») Je suppose que ces conversations-là aussi je les mettais à la poubelle en pensant — ô erreur ! — m'en débarrasser. Parce que, bien sûr, en plus d'un chum, je perdais un fils adoptif que j'avais adoré, que j'adorais encore. Il m'était tout de même permis de l'aimer encore, *lui*, non ?

Le plus difficile, évidemment, ce fut la chambre. À quoi bon tout chambarder ? Le lit resterait toujours le même, où que je l'installe. Je n'allais quand même pas le changer ! Je me suis couché sur le dos, au beau milieu du drap gris pâle, celui qui a connu tant de lavages, qui est devenu si doux, qui me fait soupirer d'aise, de bien-être, parce qu'il a perdu la rugosité des draps neufs, trop craquants, trop glacés, dans lesquels on ne se sent pas chez soi, un peu comme à l'hôtel...

Le soleil venait de se coucher ; le ciel, rouge vin, s'assombrissait par petites touches. Il deviendrait bientôt indigo, puis disparaîtrait pour faire place à l'incompréhensible coupole d'étoiles qui a toujours tant fait peur à ma mère. Pourquoi est-ce que je pensais à elle dans un moment pareil ? Aurait-elle eu de la peine que je perde Mathieu, comme Rose en avait que son fils me quitte ? Aurait-elle seulement connu l'existence de Mathieu, de Sébastien, de Rose ? Oui, peut-être.

N'avait-elle pas toujours connu le secret de mon oncle Édouard, le frère de mon père, alors que le reste de la famille s'était toujours arrangé pour fermer les yeux ?

Mais le mien, mon secret, pendant toutes ces années de mon adolescence où j'avais été incapable d'en parler, l'avait-elle deviné ? Je ne lui avais jamais parlé de ces choses-là, *la* conversation n'avait jamais eu lieu, les mots n'avaient pas été prononcés, nous ne nous étions même jamais rendus au bord des confidences, personne, d'elle ou de moi, n'avait essayé de provoquer quelque explication que ce soit... Mais j'étais convaincu que j'aurais fini par lui présenter Mathieu, Sébastien, Rose même, qu'elle les aurait aimés pour la seule raison qu'ils avaient été si importants pour moi. Si elle avait encore vécu, est-ce que j'aurais pu prendre le téléphone, là, tout de suite, l'appeler, lui dire je meurs de douleur, maman, je voudrais pleurer mais rien ne sort, rien ne sort, viens m'aider ?

Une espèce de torpeur m'engourdissait. Je ne voulais pas dormir, je savais que je n'y arriverais pas ; je me sentais paralysé dans ma pose de crucifié au milieu du lit, incapable, même, de lever le bras pour essuyer une sueur sournoise qui me chatouillait la tempe. Je me disais, c'est ici, dans ce grand carré de coton, que la chose a dû commencer à se produire, la chose qui a fini par nous éloigner l'un de l'autre, nous séparer complètement, ce poison apporté par le temps, la répétition des gestes intimes, même les plus excitants, cet incontournable danger qui guette les couples : la mort de la passion, l'indifférence. L'amour et le sentiment qui continuent, mais la passion physique qui s'éteint. Lequel des deux s'était senti s'éteindre le premier ? Moi, j'avais culpabilisé pendant des mois, je m'étais haï, me disant que c'était passager, que le goût du corps de Mathieu me reviendrait, je l'aimais tellement... Mais lui ? Était-ce arrivé en même temps, le même soir ? M'avait-il regardé comme je l'avais fait moi, en se disant c'est drôle, c'est pus comme c'était, l'amour est toujours là mais le désir se dilue, le désir... est parti, qu'est-ce que je dois faire ? J'aimais assez Mathieu pour laisser cette situation s'étirer, ou plutôt, ma peur d'une explication définitive, d'une rupture due à autre chose que la perte du sentiment était telle que j'aurais probablement laissé les choses s'éterniser si Mathieu, plus jeune que moi de quinze ans, n'avait pas fini par trouver une autre passion, un autre corps à aimer. C'était prévisible, je l'avais vu venir, j'avais su à l'avance ce que je ressentirais ; je l'avais même tellement su que j'avais l'impression de le vivre pour la deuxième fois : même sensation de vide, le cœur qui vient d'éclater, l'absence de larmes parce que je suis incapable de pleurer depuis trop longtemps, la prostration qui tue toute envie, surtout celle de survivre...

Mais cette fois c'était vrai. J'étais seul au milieu du drap gris, Mathieu n'entrerait pas dans la chambre sans faire de bruit pour ne pas me réveiller, il ne me secouerait pas la jambe du bout de l'orteil si je ronflais trop fort. Plus jamais. Un sanglot, un vrai, monta brusquement de très loin et je me suis dit ça y est, les grandes vannes vont s'ouvrir, je vais connaître quelque chose qui ressemble à du soulagement... Mais tout bloqua dans ma gorge et j'ai cru mourir de désespoir.

# PREMIÈRE PARTIE

Fin de semaine en enfer.

J'avais mal dormi, j'étais hagard, épuisé, je venais de m'installer sur la petite terrasse ensoleillée le matin où j'essaie en vain depuis des années de faire pousser des tomates qui restent obstinément naines et vertes, lorsqu'un réconfortant arôme de café descendit du deuxième. En me penchant par-dessus la balustrade, j'aperçus mon amie Marie-Hélène qui sirotait sa première tasse de la journée en lisant son *Devoir*.

Je ne sais pas comment elle fait, mais Mélène ne vieillit pas. Moi, j'ai l'impression de me trouver une ride de plus au coin des yeux chaque matin; Mélène, elle, reste lisse, la joue rebondie, le coin de l'œil vierge. Sans artifices, en plus, sans même prendre soin d'elle : elle fume comme une cheminée, en se levant, avant son petit déjeuner, en prenant son bain, en travaillant, en faisant à manger, et son teint reste clair comme celui d'une très jeune fille... Comme tous les hommes de ma famille, je grisonne rapidement; ses cheveux à elle sont restés d'un beau brun brillant et, à quarante-trois ans, elle se vante à qui veut l'entendre de n'avoir jamais connu l'humiliation du «rince».

J'avais réussi, quelques semaines plus tôt, à lui trouver un beau long cheveu gris que j'avais arraché avec un plaisir sadique pour le lui mettre sous le nez en lui souhaitant la bienvenue dans le monde des vieux. Elle avait hurlé en me disant qu'elle le cultivait depuis des mois et que maintenant que je l'avais arraché, elle allait en avoir des *douzaines,* des *centaines*!

Elle ne m'avait pas entendu marcher et était toute concentrée dans sa lecture. En contre-plongée, comme ça, avec ses cheveux qui lui tombaient sur la joue où pas un seul nouveau cheveu blanc n'avait fait son apparition depuis mon crime de lèse-majesté, on aurait presque dit une enfant.

«Robert Lévesque fait-tu encore des siennes ce matin?»

Elle leva aussitôt la tête, un beau sourire aux lèvres.

«Robert Lévesque est en vacances mais Francine Laurendeau est pas mal en forme, merci...»

Je suis abonné aux trois quotidiens francophones de Montréal qui me sont livrés chaque jour à ma porte, mais ce matin-là je n'avais pas eu le courage de descendre les deux escaliers pour aller les cueillir.

Mélène leva sa tasse.

«En veux-tu une?»

L'image de véritable générosité qu'elle présentait dans cette position d'offrande était tellement jolie que je ne répondis pas tout de suite, tout à ma contemplation.

«Es-tu capable de monter?

— Oui, oui... J'arrive...

— Es-tu capable d'en parler?

— Bien sûr que non, tu me connais. Chus même pas capable de m'en parler à moi-même.»

Sans prendre ma douche, sans me replacer les cheveux, sans même me brosser les dents — tout rond, aurait dit ma mère —, je suis monté par l'escalier en colimaçon flambant neuf qui venait de nous coûter une fortune, au point que Mélène et Jeanne n'avaient pas pu se payer de vraies vacances de l'été.

Mon café fumait déjà sur la table de plastique blanc où traînaient par ailleurs les vestiges d'un petit déjeuner «façon Mélène», qui bourre jusqu'à la nausée : un redoutable mélange de yogourt, de banane, de crème de blé, de mélasse et de noix passé au blender, déposé sur des céréales soi-disant naturelles et qu'elle essaie de m'imposer depuis près de vingt ans. Elle crie partout qu'elle mange très santé le matin, mais se garde bien de parler des trois ou quatre cigarettes dont elle accompagne son immonde brouet. J'ai un jour essayé de lui décrire son estomac bourré de bouillie beigeasse et ses poumons remplis jusqu'à capacité de fumée âcre et elle m'a fait un violent sermon sur la piètre qualité de ma nutrition à moi...

Elle me montra sa version personnelle de la crème Budwig.

«Veux-tu manger?

— Veux-tu me tuer?»

Un sourire de vieille connivence.

«Jeanne dort encore?

— Jeanne ronfle comme une bienheureuse. Comme tu le sais, son samedi matin est sacré...»

Phrases creuses pour dissimuler un malaise trop palpable.

Il n'y a jamais de silence entre nous deux. Nos conversations, même les plus anodines, sont toujours vives, enjouées, ponctuées de bons rires bien sentis et bien sonores. Pourtant, il y en eut un, ce matin-là. Et qui dura assez longtemps pour que nous finissions, Mélène et moi, par nous regarder, étonnés, par-dessus nos tasses de café.

«J'vous ai pas entendues, hier, vous étiez pas là?»

Timide tentative de début de conversation autour des événements de la veille. Et qui venait de moi, en plus. J'en étais tout étonné.

Elle me répondit de derrière sa tasse en continuant à me regarder fixement. Je ne pouvais pas voir sa bouche et ça me déplaisait. J'avais l'impression que c'était la tasse qui me parlait.

«On voulait pas assister au déménagement. On est allées à la campagne, chez Zouzou... Et toi, qu'est-ce que t'as fait, on t'a pas vu de l'avant-midi? On voulait t'emmener avec nous autres.

— Chus allé à Québec.

— À Québec!

— Là ou ailleurs... J'voulais pas être ici moi non plus... J'voulais même pas être dans la même ville... J'ai fait le voyage aller retour en autobus.

— T'es pas du tout arrêté à Québec?

— J'ai été me promener sur la terrasse Dufferin, pis chus revenu...

— T'as même pas mangé là?

— J'ai mangé dans l'autobus.

— Pas les maudits sandwiches empoisonnés, toujours!

— Ben oui...

— Tu sais que tu les digères pas...

— Tu dois avoir raison quand tu dis que c'est psychosomatique, j'les ai très bien digérés, ceux-là. Parce que j'avais autre chose en tête, je suppose...

— J'ai jamais dit que c'était psychosomatique, c'est Jeanne qui dit ça... Moi, j'ai toujours dit que c'était du vrai poison, ces sandwiches-là ! On sait pas depuis combien de temps c'est là, on sait surtout pas c'qu'y a dedans, même si ça s'appelle du « jambon » ou du « poulet »... Tu voulais être malade, c'est ça, hein, j'te connais... »

Détourner la conversation, vite, avant que tout ça devienne un drame, pire que l'autre...

« Vous autres, pourquoi vous êtes pas restées chez Zouzou jusqu'à ce soir ou demain matin ? Y fait tellement beau... »

Si elle ne fut pas dupe, elle n'en laissa rien paraître.

« On voulait pas te laisser tout seul trop longtemps... Tes amies sont pas des sans-cœur, Jean-Marc ! »

La conversation s'arrêta là. J'aurais dû, je suppose, lui répondre que j'étais touché de leur mansuétude ou alors protester, lui dire qu'elles auraient quand même pu rester à la campagne sans automatiquement devenir des sans-cœur, qu'à quarante-huit ans j'étais capable de prendre soin de moi... Je me contentai de me replonger dans ma tasse de café.

Le malaise revint.

Mon champ de vision se limitait à un coin de la table où je venais de faire une petite tache de café qui laisserait un cerne en séchant. J'avais penché la tête vers la gauche, comme je le fais souvent, quand je suis songeur, et la table semblait de guingois comme dans un Matisse ou un Van Gogh. Ça a duré une éternité. En tout cas assez longtemps pour que je revive dans ma tête ma soirée de la veille, que je m'y noie complètement.

« Quand tu seras prêt à en parler... »

J'avais presque sursauté. Elle a une façon de lire en moi qui me surprend toujours. Sa perspicacité est confondante. Il ne m'arrive jamais, à moi, de deviner à quoi elle pense, mais elle atterrit souvent au milieu de mes pensées comme si elles étaient les siennes.

Je n'ai pas répondu. Je n'ai même pas relevé la tête. La tache de café séchait. Le soleil caressait ma jambe droite, puis la gauche, puis tout le bas de mon corps.

Je suis resté ainsi une bonne partie de la matinée. Jeanne s'est levée, Mélène s'est affairée ; elles ont comploté tout bas dans la cuisine. Jeanne, qui, elle, a pris un coup de vieux depuis la mort de sa mère qu'elle adorait, est venue petit déjeuner à côté de moi, sans m'adresser la parole. Nous nous sommes contentés de nous regarder en souriant pendant un court instant.

Je ne sais pas quelle impression je donnais, mais j'essayais de ne pas projeter l'image d'un dépressif qui se complaît dans son malheur. La pitié est l'une des choses que j'ai le plus en horreur dans le monde. Et, en vraies amies, je crois que Mélène et Jeanne étaient incapables de pitié.

Étonnamment, j'étais plutôt bien. Installé à moitié à l'ombre, les jambes tendues au soleil, le regard perdu dans le feuillage de l'érable malade que nous ne nous décidions pas à faire couper et qui risquait à tout moment, au dire de Jeanne, de s'abattre sur notre propriété, je me laissais aller à une espèce de torpeur qui était loin d'être désagréable. Je ne pensais plus du tout à la veille ni aux semaines que je venais de vivre dans l'affolement total. Je gardais la douleur à distance, trop épuisé pour lui faire face, je suppose.

J'étais plutôt bien et je faisais des plans.

Il fallait que je me pousse de Montréal, et rapidement, ça j'en étais convaincu. Une heure passée à Québec pour éviter le déménagement de Mathieu n'était certainement pas suffisante, je faisais donc le tour des possibilités. Le mois d'août commencerait dans quelques jours, il me restait quatre longues semaines de vacances avant le début des cours, j'avais assez d'argent pour partir...

Mais où?

J'aurais pu me réfugier chez Zouzou, dans les Laurentides, sa maison était grande et accueillante, comme elle, d'ailleurs, mais je voulais être seul, ne pas imposer ma peine à qui que ce soit, la vivre pleinement pour essayer de la tuer, dans un endroit inconnu, neutre, où je n'aurais aucun souvenir, où *rien* ne me rappellerait Mathieu. Nous avions trop ri chez Zouzou, tous les deux, pour que j'y trouve un vrai refuge.

Il me fallait une vraie cachette pour provoquer l'exorcisme du dedans après celui, extérieur, de la veille, qui n'avait pas fonctionné.

Parce qu'en me réveillant, le matin, je m'étais retrouvé dans un appartement presque inconnu, fort laid, incommode, inconfortable, juste parce que j'avais voulu en changer l'aspect extérieur... Je planifiais déjà de tout remettre en place avant la fin de la journée. Je trouverais bien une autre façon de combler les trous laissés par mon ancien chum.

Mais en attendant, il fallait surtout que je trouve une retraite, un repaire, un coin perdu où je pourrais me cacher jusqu'à la fête du travail.

*

L'idée de Key West me vint d'un roman policier de Patricia Cornwell, *Body of Evidence*, que je venais de terminer et d'une interview de Marie-Claire Blais dans une vieille revue littéraire que j'avais récemment retrouvée en faisant le ménage de mon bureau. La romancière québécoise racontait longuement qu'elle y passait tous ses hivers depuis de nombreuses années, qu'elle s'y était fait quelques-uns de ses plus précieux amis, des gens merveilleux qui avaient pris une place prépondérante dans sa vie, qu'elle y travaillait très bien, enfin bref, que c'était le paradis sur terre, surtout pour les écrivains. Je pourrais donc partir avec mon ordinateur portatif que j'avais contemplé tout l'été sans trouver le courage de m'installer devant... Après l'étonnant succès de mon premier roman, mon éditeur me talonnait — ce qui est plutôt rare par les temps qui courent — pour que je ponde la maudite et si dangereuse deuxième œuvre.

Mais Marie-Claire Blais allait à Key West en hiver! On m'avait toujours dit que la Floride, l'été, c'était étouffant, humide, invivable. Je ne déteste pas l'humidité, ces journées de juillet, à Montréal, par exemple, que tout le monde trouve insupportables, la vraie canicule qui colle et qui fait suer, même ces nuits si longues où on a de la difficulté à dormir. Je m'en plains pour faire comme les autres, mais je les préfère aux horribles et interminables nuits d'hiver qui commencent à quatre heures de l'après-midi pour finir après qu'on s'est levé, le lendemain matin...

Est-ce que le mois d'août à Key West serait vraiment pire que la canicule à Montréal ? Si oui, la mer serait tout de même là. D'un côté de l'île, si je me souvenais bien, le golfe du Mexique, de l'autre, le début des Caraïbes...

Je connaissais très peu de gens qui étaient allés à Key West, seuls quelques amis de passage qui s'y étaient rendus principalement pour la *gay life* — ce qui était loin d'être mon intention — et qui en étaient revenus pâmés tant par la beauté de l'île elle-même que par sa célèbre vie nocturne. On m'avait parlé des maisons blanches, des fleurs, des innombrables essences d'arbres, d'un paradis piégeant dont il était très difficile de se séparer... En plein ce qu'il me fallait. Un piège pour en éviter un autre.

Je quittai mes amies après les avoir remerciées de leur patience, descendis à pied vers la rue Laurier, m'achetai un livre sur la Floride chez Hermes et m'y plongeai tout en dévorant un vol-au-vent de la rôtisserie Laurier.

Peu de choses sur Key West, mais très flatteuses, évidemment. Le plus beau coucher de soleil au monde, la température idéale à l'année, *the best*, *the greatest*, *the biggest, the most*, comme tout ce qui est américain, *something for everybody and even more...* Un langage laudatif qui aurait dû me rebuter mais auquel je restai imperméable, voulant garder la tête froide. Les photos étaient splendides : les fleurs tombaient par grappes sur les trottoirs et même dans les rues, le coucher de soleil semblait directement sorti d'un *National Geographic*, les lézards prenaient des poses coquettes, les touristes levaient leurs margaritas avec un sourire conquérant...

J'ai fait des calculs au-dessus du moka qu'on m'avait servi chaud, ce que je déteste, mais que j'avais décidé de garder quand même, et j'ai paniqué juste avant que l'addition arrive.

Avais-je vraiment assez d'argent pour me payer tout un mois de convalescence dans une île des Caraïbes ? Si oui, tant mieux ; sinon, tant pis, j'irais quand même. Après tout, les cartes de crédit existaient pour être défoncées !

Je trouvais que la serveuse me regardait d'une drôle de façon jusqu'à ce que je m'aperçoive dans le miroir de la salle de bains, juste avant de partir. J'avais toujours l'épi de travers, mes vêtements, dans lesquels j'avais dormi, faisaient peur et ma barbe de deux jours me donnait un air patibulaire des plus inquiétants. Et si je me laissais pousser la barbe ? Dans le sud ? Dans l'humidité ? Ridicule.

J'étais assez fier de moi. Parce que ce genre de coup de tête me ressemble bien peu. Je suis surtout un petit être contrôlé qui se laisse rarement emporter par ses coups de cœur ou ses coups de tête. J'en ai, mais je dirais qu'ils sont réfléchis, comme si je me donnais le temps de penser avant de me laisser aller à quoi que ce soit. Aussi étais-je quelque peu perplexe devant cette décision — c'en était vraiment une, j'avais *vraiment* l'intention de partir — prise à peine quelques heures plus tôt et qui allait me mener non pas au bout du monde, la Floride est à peine à trois heures de vol de Montréal, mais dans un endroit inconnu où *rien* ne me serait familier. J'avais beau en avoir besoin, je commençais à trouver que c'était beaucoup. Demander à Mélène et à Jeanne de m'accompagner? Non, je voulais bel et bien être seul. Ne pas partir, cuver ma peine au creux de mon lit comme j'avais commencé à le faire la veille? Vraiment, non. Heureusement, la dépression n'est pas mon genre et j'avais jusque-là toujours réussi à l'éviter, j'étais donc à peu près assuré de ne pas m'y laisser couler. L'estomac barbouillé par le moka trop sucré, j'ai remonté la rue Bloomfield, la tête penchée sur mes Nikes et le doute au cœur.

Puis, juste avant d'arriver à Bernard, devant le petit parc que je trouve si joli et qu'on a failli défigurer en y érigeant une bibliothèque «moderne», une pensée qui devait me trotter dans la tête depuis quelques minutes et que je repoussais pour ne pas avoir à l'affronter m'obligea à m'asseoir sur un banc, pris de vertige.

Luc me laisserait-il partir?

*

Les corridors de l'Hôtel-Dieu m'étaient devenus tellement familiers que je ne me rendais plus compte à quel point la chambre 2731 était éloignée de l'entrée. Les premières fois que j'étais venu visiter Luc, je m'étais perdu dans ce méandre de vieux couloirs, de passages plus ou moins éclairés, de passerelles intérieures qui lient les nombreux bâtiments les uns aux autres ; j'étais même revenu sur mes pas, une fois, tant ma rage était grande, ma patience hypothéquée, pour téléphoner à Luc du hall d'entrée. Je lui avais redemandé de m'expliquer le plan de son maudit labyrinthe et il avait beaucoup ri.

Peu de visiteurs, ce jour-là. Peut-être faisait-il trop chaud. J'imaginais mal des familles entières entassées dans ces chambres étouffantes où les pauvres malades avaient déjà de la difficulté à respirer quand ils s'y trouvaient seuls. Je jetais de temps en temps un regard rapide en passant devant une porte ouverte. Toujours le même spectacle angoissant : un être humain souffrant couché dans un lit, la tête perpétuellement tournée vers la porte dans l'espoir de voir entrer un bien portant qui amènerait avec lui un brin de consolation ou une goulée d'air pur. Des yeux suppliants quand le malade souffrait, exaspérés quand la convalescence se faisait trop longue. Et, pour moi, l'angoisse. Toujours. De m'y retrouver, un jour. Avec cette maudite maladie qui frappait de plus en plus fort.

Devant la chambre 2731 dont la porte était fermée — ce qui était mauvais signe —, j'arrêtai quelques instants pour reprendre mon souffle. Je n'étais pas fatigué mais j'appréhendais le choc que produisait en moi la vue de la décrépitude de mon ancien chum. Il «baissait» rapidement, comme le disaient ses médecins, et je le trouvais chaque fois plus décharné, plus petit, plus faible.

Un arbre abattu rongé par la pourriture.

Garde Cinq-Mars, son plat de petites pilules, de petits contenants, de petits instruments serré contre elle, passa devant moi en me faisant un sourire d'encouragement.

« Y est comment, aujourd'hui ?

— De bonne humeur. Ça fait changement, parce qu'y était très irritable depuis quelques jours...

— Y souffre pas trop ?

— Y a chaud. »

Elle s'éloigna en froufroutant. Je crois bien qu'elle pensait que j'étais le chum de Luc parce que j'étais son visiteur le plus assidu. Je ne faisais rien pour la détromper. Luc non plus, d'ailleurs. Autrefois, j'avais été flatté qu'on sache que Luc était mon chum ; était-ce lui, maintenant, qui en était arrivé à trouver rassurant qu'on pense qu'il en avait un ? C'est vrai que sans moi, Luc aurait été bien seul dans son agonie. Peu de parents et plutôt récalcitrants à cause de la nature de sa maladie (un bon gros cancer attire la sympathie des familles, mais pas toujours le sida) ; peu d'amis parce qu'il n'avait jamais vraiment rien fait pour en avoir. J'avais été la seule liaison sérieuse de toute la vie de Luc, j'étais donc plus qu'un simple ami, et je me sentais investi du devoir de l'accompagner. Dans la mort. Parce qu'il allait mourir. Bientôt.

Je pris les gants et le masque dans le distributeur pendu à cette fin à côté de la porte, les enfilai. Je transpirai immédiatement des mains, l'intérieur des gants chirurgicaux devint moite, presque gluant, et j'avais quelque difficulté à respirer à travers le masque de coton. Je frappai doucement.

« Entrez... »

La voix était faible, rauque, il devait porter son masque à oxygène.

Un fantôme blanc dans un lit blanc. Des machines qui font des bruits de succion. La terrible vision de quelqu'un qu'on a aimé, qu'on aime encore, *branché* pour respirer!

« Mon Dieu, c'est toi! Pourquoi t'as frappé? Pensais-tu que j'étais en train de me crosser? »

Qu'est-ce que ça avait dû être les jours précédents...

Je m'approchai du lit, embrassai Luc sur le front après avoir retiré le masque quelques secondes. Un morceau de papier de riz. C'était froid, rugueux, aucune vie ne semblait y palpiter. Je reculai peut-être un peu trop rapidement.

Il me regarda droit dans les yeux.

« J'fais dur, aujourd'hui, hein? »

Je n'aimais pas quand il commençait nos conversations de cette façon agressive qui l'avait tant fait détester dans son milieu d'acteurs. Il décourageait la communication d'emblée et on ne savait plus sur quel pied danser. Je n'avais surtout pas envie qu'il soit de méchante humeur ce jour-là, avec ce que j'avais à lui demander.

J'optai pour l'humour noir qui a toujours été pour nous deux une façon d'aborder certaines choses délicates.

« J'te vois pas, Luc, t'es caché derrière ton masque à gaz...

— Pas de bullshit. Tu me vois assez pour juger. J'fais dur, oui ou non?

— J't'ai déjà vu plus sexy. »

J'avais répondu un peu vite, sans réfléchir — c'est parfois le danger de l'humour noir ; j'eus peur de l'avoir blessé. Peut-être, sûrement même, attendait-il un mot d'encouragement, un baume sur son orgueil assassiné d'ancien beau gars à qui personne ne pouvait résister. Mais je crus voir un sourire se dessiner derrière le masque à oxygène à cause des joues qui remontèrent vers les tempes en se plissant.

Méconnaissable. C'était le mot qui me trottait toujours dans la tête quand j'entrais dans cette chambre. Ce visage avait été si beau. *Si beau!* Les pommettes étaient désormais inexistantes, la bouche avait perdu sa couleur et sa forme pleine, le cou se plissait et, surtout, je pouvais lire la mort dans son regard passé du brun noisette au noir profond. Luc avait déjà perdu l'usage de l'ouïe et de la vue du côté gauche et penchait toujours la tête vers l'avant pour bien saisir ce qu'on lui disait, ce qui lui donnait un air hagard qui ne lui ressemblait pas du tout, lui qui avait toujours eu le regard franc, trop, même, parfois. Et les migraines dont il souffrait à peu près sans arrêt depuis des mois avaient barré son front de rides comme celui d'une vieille personne.

« Tu m'as surtout déjà vu dans des *positions* plus sexy !

— Oui, avec d'autres... »

Il éclata franchement de rire et j'eus peur. Quand il riait, ce qui était de plus en plus rare, il lui arrivait de s'étouffer et je paniquais parce que je ne savais rien faire d'autre que de sortir dans le corridor en criant quelqu'un, s'il vous plaît, Luc s'est étouffé. Garde Cinq-

Mars avait même fini par me dire, un soir de fous rires en série, de ne pas trop le faire «rigoler», ce qui m'avait plutôt choqué. Je lui avais bêtement demandé s'il valait mieux le faire brailler et elle m'avait regardé comme si j'avais été un petit pas-fin dans un mauvais téléroman.

Quand il me vit prêt à sortir de la chambre, il leva la main, me fit signe de m'asseoir sur le lit près de lui.

«Pogne pas les nerfs, chus pas étouffé. Qu'est-ce que tu fais ici par un beau samedi après-midi de juillet? As-tu besoin de cinq piasses?»

Et dans la moiteur de cette chambre où bruissait sans arrêt la machine à faire respirer mon ami, je lui racontai toute ma journée de la veille, en détail, sans rien omettre, plus complètement que pour Mélène le matin même, lui tenant la main plus longtemps que je ne l'avais fait depuis quinze ans, sans le regarder cependant (peut-être un relent de cette vieille religion dont je me croyais débarrassé depuis trente-cinq ans et qui nous obligeait à nous agenouiller à côté de purs étrangers pour leur avouer l'inavouable), mais sentant son regard brûlant sur le côté droit de mon visage.

À la fin de ma confession, il fit une petite pression, une seule, sur ma main gantée.

«C'est moi qui meurs pis c'est toi qui as besoin de consolation... Hé que j'aime ça!

— Aurais-tu vraiment l'intention de me consoler?

— Certain, mais tu m'excuseras, ma libido a la batterie plutôt à terre, ces temps-ci.»

Je me suis étendu à côté de lui dans le petit lit étroit. Je lui tournais le dos. Il passait sa main doucement entre mes omoplates comme il l'avait fait après l'amour pendant si longtemps.

« C'est égoïste de te demander ça, hein ? Comme si toi t'avais pas besoin de consolation... »

Je l'entendis rire derrière moi.

« Qu'est-ce qu'y a ?

— Verrais-tu garde Cinq-Mars entrer ? »

Je me redressai d'un bond.

« J'avais jamais pensé à ça... Depuis le temps que je visite les hôpitaux, j'avais jamais pensé à ça ! Les malades ont-tu le droit de baiser, coudonc ? Pis comment y font ? Quand ça fait des semaines que t'es ici pis que le goût te prend...

— Parle-moi-z'en pas, j'ai été obligé de bloquer la porte avec une chaise, la semaine passée...

— Avec qui t'étais ? Richard Gere ou Richard Séguin ?

— Les deux !

— En même temps ?

— Oui, pis c'est Keanu Reeves qui prenait les photos !

— *Mon* Keanu est venu te voir pis tu m'as pas appelé !

— Un fou ! »

Autres rires.

Le moment d'intimité était terminé, les farces étaient revenues, faciles, pas très drôles, c'est vrai, mais consolantes.

Je ne parlerais plus du départ de Mathieu, Luc n'en ferait jamais plus mention.

Garde Cinq-Mars arriva sur les entrefaites et elle fut obligée de retirer le masque à oxygène du visage de Luc tellement il a ri en la voyant pousser la porte.

« Vous auriez dû arriver deux minutes plus tôt, vous !

— Encore vos niaiseries... J'pensais pas que les artistes étaient du monde si niaiseux que ça, moi... J'pensais que c'était des gens responsables et respectables...

— Vous pensiez pas ça pantoute ! Vous êtes trop intelligente pour ça ! »

Un petit plissement au coin des lèvres de l'infirmière.

« Peut-être pas respectables, c'est vrai, mais au moins responsables ! »

Je lui fis mon plus beau sourire.

« C'est lui l'artiste dans la famille, moi chus juste un professeur de français et de littérature, j'ai pas à être responsable... »

Elle me regarda en remettant le masque de Luc en place et en lui tapotant doucement le dos.

« J'ai lu votre roman depuis votre dernière visite. Vous êtes pas juste un professeur de français et de littérature, essayez pas... »

J'ai rosi de plaisir, avec petite une toux dans le poing pour dissimuler mon embarras et tout...

Luc m'a fait un clin d'œil et j'ai tout compris.

« C'est toi qui y as fait lire ça ?

— Par hasard, j'en avais une copie dans ma table de chevet pis est tombée dessus...

— Ça se peut pas, j'ai vu tout c'que t'avais dans ta table de chevet, la semaine dernière, pis mon livre y était pas. »

Garde Cinq-Mars tapotait maintenant l'oreiller, remontait le lit à l'aide de l'énorme clef qui me fascinait tant quand j'étais enfant et qu'on allait visiter une matante malade.

« Y m'en a parlé, je l'ai acheté, je l'ai lu pis j'ai trouvé ça magnifique, ça fait-tu votre bonheur ? »

Sur ce, elle sortit de la chambre, toujours froufroutante.

« Une vente de plus, mon beau Jean-Marc... La gloire à quarante-huit ans, c'est pas beau, ça ? »

Il me taquinait volontiers au sujet de mon seul et unique roman paru quelques mois plus tôt et pour lequel, à mon grand étonnement, j'avais connu un accueil presque enthousiaste. Du public autant que de la critique, ce qui est plutôt rare. Il l'appelait « l'œuvre d'une vie » ou « le chef-d'œuvre immortel de Fenimore Cooper » en empruntant la voix de l'acteur qui, dans notre enfance, avait annoncé, à la télévision, la traduction française du *Dernier des Mohicans*...

Il me regardait, souriant, fier de lui, et je me disais dans quelques minutes, dans quelques secondes, peut-être, j'vais lui faire une peine immense, y va même peut-être penser que je le trahis, que je l'abandonne...

Alors j'ai plongé.

« J'voudrais m'en aller un mois, Luc. En Floride. À Key West, peut-être. Chus pus capable de rester à Montréal. Y faut pas que je reste à Montréal. »

Il comprit tout de suite mon doute, mon malaise, et son sourire, encore beau malgré sa maigreur, ne s'effaça pas.

« Tu m'enverras des cartes postales. Une par jour. Je l'exige. Des cochonnes. Sans enveloppe. Pour que garde Cinq-Mars les lise ! »

Son sourire disparut l'espace d'une seconde.

« Pis fais-toi-z'en pas pour moi... J'vais t'attendre. »

*

« Vous savez comment c'est avec cette maladie-là... Une semaine y sont bien, pis la suivante... Si y était toujours comme aujourd'hui, j'vous dirais oui, partez sans vous poser de questions, mais... »

Garde Cinq-Mars esquissa un petit geste d'impuissance qui m'en dit plus que ses paroles.

Je n'osais même plus la regarder dans les yeux.

« J'ai vraiment l'impression de l'abandonner. Comme un traître.

— C'tait planifié depuis longtemps, c'te p'tite vacance-là ? »

J'ai cru sentir un vague reproche dans le ton de sa question, comme si elle avait voulu me faire comprendre qu'elle n'aimait pas les sans-cœur qui abandonnaient lâchement leur amant malade pour aller se faire dorer la couenne dans le sud. J'ai eu envie de l'envoyer promener. De quoi se mêlait-elle ? Elle ne savait rien de moi ! Elle ne savait rien de nous ! Pour qui se prenait-elle pour me juger comme ça ? Mais, après tout, c'était moi qui étais venu lui demander conseil... Pour éviter de lui répondre bêtement, je lui ai posé une question.

« Est-ce qu'y a eu un peu de visite, au moins, cette semaine ? »

Elle reprit son plat de petites pilules dans de petits contenants, s'éloigna, la tête haute.

« J'aimerais pouvoir vous répondre oui pour ça aussi. »

Bon. Voilà. La bonne vieille culpabilité qui revenait. Une tonne de briques par-dessus une autre.

Debout devant le poste de garde, les yeux suivant la silhouette de l'infirmière en chemin pour sa énième distribution de drogues de la journée — la consolation pour certains malades, les désagréables effets secondaires pour d'autres, comme Luc qui ne les supportait pas —, j'ai décidé que je ne partirais pas. Je n'avais pas le droit de laisser Luc seul pendant un long mois, surtout un mois d'été si difficile pour les malades hospitalisés. Mais pourquoi me sentais-je encore responsable de ce trop bel acteur qui avait pris trop de place dans ma vie pendant sept ans et de qui j'étais séparé depuis près de quinze ans ? Encore le rôle du père, du mentor, du Pygmalion que j'avais joué auprès de lui pendant si longtemps ?

Non, la tendresse, tout simplement. L'affection pour un ami qui se mourait.

J'ai refait le chemin du labyrinthe à l'envers, sans trop m'en apercevoir, et je me suis retrouvé avenue des Pins découragé et désœuvré. Plutôt que d'aller prendre l'autobus 80 ou 129 ou un taxi qui me ramènerait trop vite

— je n'avais surtout pas envie de retrouver l'appartement de la rue Bloomfield —, j'ai marché vers l'est, en direction de la rue Saint-Denis, grouillante à cette heure, où je pourrais me perdre dans la foule et prendre mon café de trop.

Ce café de trop, celui qui me donne des aigreurs d'estomac et, quelquefois, des palpitations, est un cérémonial que je garde pour les moments où je me sens vraiment perdu. Je sais qu'il va me rendre malade, je le prends en toute connaissance de cause, probablement parce que je sais aussi que pendant les quelques heures où il me causera des problèmes gastriques ou autres, je ne penserai à rien d'autre qu'à la brûlure dans mon œsophage et aux petits mouvements brusques qui agiteront mon cœur. J'ai toujours appelé ça mon premier stade du masochisme (que je n'ai jamais dépassé, heureusement) et j'y avais recours pour la première fois depuis très longtemps.

Le Théâtre de Quat' Sous était fermé pour l'été. Je me suis arrêté devant la devanture blanche qui avait depuis longtemps perdu sa silhouette d'ancienne synagogue pour proposer aux passants de l'avenue des Pins une invitante image de petit théâtre pauvre mais digne. Luc et Mathieu y avaient tous les deux joué des créations (deux fois ensemble, d'ailleurs, d'excellents spectacles qui m'avaient ravi autant parce que deux des êtres les plus importants de ma vie y triomphaient qu'à cause de la qualité des œuvres), Luc s'y était même cassé la gueule dans un très mauvais *Fantasio*, massacrant Musset, le sachant et maudissant le sort qui l'avait jeté dans les pattes d'un metteur en scène nul plutôt que de s'en prendre à lui-même, comme d'habitude.

L'un était parti brusquement, l'autre s'en allait à petit feu. Quelle tristesse.

Rue Saint-Denis, j'ai bouquiné sans trop voir les livres que je manipulais; j'ai regardé des CD en solde, la tête penchée, les sourcils froncés mais oubliant d'en lire la tranche; j'ai, en effet, pris mon café de trop aux Gâteries, accompagné d'un deuxième péché, cependant, un florentin trop peu mastiqué, trop vite avalé qui m'est resté sur l'estomac — en sortant du restaurant j'avais déjà oublié d'y être seulement entré; j'ai acheté *L'Événement du jeudi* à la Librairie du Square puis, à nouveau désœuvré, je me suis engouffré dans la station de métro Sherbrooke, mon intention de remonter à Outremont à pied oubliée dans l'état de préoccupation où je me trouvais...

Le violent éclairage au néon des wagons du métro enlaidit et, de toute façon, je me sentais particulièrement vilain ce jour-là, alors je me suis renfrogné dans un siège de coin, les bras croisés, le menton sur la poitrine. Ma mère m'aurait dit: «Rentre-toi pas le menton dans la phalle comme ça, tu vas faire un trou!» Je trouve toujours que les passagers du métro ont l'air bête; ce jour-là, c'était mon tour. À Mont-Royal, une station avant que je débarque, une jeune femme est montée dans le wagon accompagnée d'un petit garçon de quatre ou cinq ans qu'une balade en métro rendait particulièrement excité et disert. Il commentait tout, posait des questions, dévisageait les autres passagers. Je me suis aussitôt revu, sept ou huit ans plus tôt, enseignant les plaisirs du transport en commun à un Sébastien surexcité, convaincu que le métro était un train et que nous partions pour un long voyage alors que nous allions seulement voir *Bambi* ou *E.T.* Ou le père Noël chez Eaton. Pendant un très court instant je me suis ennuyé de Sébastien, que j'avais pourtant vu quelques jours plus tôt, avec une telle intensité que j'ai cru étouffer. Une boule d'émotion, suffocante et tout humide parce que j'ai presque éclaté en sanglots, m'est montée à la gorge et j'ai été obligé de me relever, de tourner le dos aux passagers, de me coller le nez à la porte du wagon. J'avais l'impression que tout mon corps se liquéfiait, sauf mes yeux qui restaient désespérément secs, et j'ai maudit l'orgueil, le maudit orgueil, qui m'empêchait de pleurer. J'aurais préféré éclater en gros sanglots devant tout le monde plutôt que de ressentir cette épouvantable sensation d'étouffement.

Pendant ces trente longues secondes entre les stations Mont-Royal et Laurier, j'aurais pu jurer que j'allais m'ennuyer de Sébastien plus que de Mathieu.

*

Deux messages sur mon répondeur à mon retour :

Mathieu, une vraie émotion dans la voix : « Ben... J'sais pas si t'es revenu... Euh... Ben, j'voulais te dire que c'était correct que t'aies pas été là hier... J'aurais pas pu le supporter moi non plus. J'imagine un peu dans quel état tu dois être... Chus désolé, encore une fois... J'sais pas quoi te dire d'autre... On se rappelle. Si tu veux. Bye. »

L'envie de partir. Tout de suite. Loin. Pour toujours.

Luc, faussement enjoué : « Tel que j'te connais, tu dois déjà être rongé par le remords... Si j'apprends que t'as décidé de pas partir, j'me déplogue pis j'vas t'acheter un billet d'avion ! Si j't'ai dit que j't'attendrais, j'vais t'attendre ! J'ai pas du tout l'intention de manquer la fête du travail cette année pis j'ai surtout pas envie de voir l'ombre de toi-même hanter ma chambre pendant tout le mois d'août ! Essaye d'aller te retrouver à Key West, pis si tu te retrouves pas, r'viens pas parce que ce que j'ai vu après-midi est pas beau à voir ! Pis mange pas trop, tu vas être malade ! »

L'envie de rester. D'aider Luc à passer un mois d'août potable. De ne pas quitter sa chambre. De m'oublier dans sa douleur à lui.

*

Le téléphone a sonné à sept heures moins quart, juste au moment où j'allais partir pour le cinéma. Je ne voulais pas rester enfermé dans l'appartement, c'était trop triste, mais il n'était pas question non plus que j'aille voir un bon film dans l'état où je me trouvais, alors j'avais délibérément choisi le dernier avatar d'Eddie Murphy, un acteur que je déteste particulièrement, pour lequel la critique avait été dévastatrice. Je me défrustrerais pendant quelques heures sur ce film en particulier et sur l'état du cinéma américain en général... J'avais presque hâte d'haïr Eddie Murphy, de rager intérieurement contre sa misogynie, sa veulerie, sa vulgarité. Encore une fois pour changer le mal de place.

C'était la voix de Mélène, essoufflée, cassée.

« J'avais peur que tu sois parti...

— J'partais, justement.

— Tu t'en allais au cinéma, j'suppose ? »

De quoi je me mêle ?

« En plein ça.

— On voulait t'inviter à souper, Jeanne et moi.

— J's'rais pas un invité ben ben intéressant... Vous m'avez déjà assez enduré ce matin.

— On mangerait pas ici. On irait où tu voudrais. Y fait beau, les terrasses de la rue Bernard sont ouvertes, on aurait pas besoin de parler. On veut juste être avec toi. Si tu veux. »

Pourquoi est-ce qu'on voudrait étrangler ses amis, parfois ? Pourquoi est-ce que leurs propos, pourtant anodins et amicaux, nous tombent sur les nerfs au point où on aurait envie de les rayer de notre vie d'une façon définitive ? Pourquoi est-ce que leur mansuétude, leur générosité à vouloir nous aider nous semblent tellement paternalistes alors que nous savons très bien qu'elles ne le sont pas ? La bonne foi de Mélène était évidente, mais j'ai failli l'envoyer chier, raccrocher et débouler l'escalier quatre à quatre pour éviter qu'elle ne m'intercepte au deuxième étage. J'ai pris une grande respiration.

« J'aime mieux rester tout seul, Mélène.

— On aurait pas besoin de parler de ça...

— Mélène, s'il te plaît, insiste pas. »

Court silence.

« Es-tu sûr que t'es capable de rester tout seul ce soir ?

— Non, mais chus sûr de pas pouvoir passer la soirée avec vous autres. J's'rais ennuyant à crever la bouche ouverte... Excusez-moi. Pis raccroche, j'voudrais pas être impoli en le faisant le premier.

— O.K. Salut. Prends soin de toi. »

Petit déclic. Tonalité. J'avais été brusque. J'avais été bête. J'ai gardé le récepteur dans ma main pendant quelques secondes, prêt à composer le numéro de mes amies pour m'excuser auprès d'elles, leur dire, oui, oui, O.K., allons-y, allons manger à une terrasse, n'importe laquelle, j'vais essayer d'oublier pendant quelques heures, on va parler de rien, on parlera pas du tout, on va écouter les autres parler, j'vais me soûler juste un petit peu, vous allez me ramener à la maison, me border, pis on va tout recommencer ça demain... mais je ne l'ai pas fait.

Orgueil, encore ? Pudeur mal placée ?

Quelle qu'en fût la raison, j'ai décidé de rester seul, de passer ma soirée comme prévu et j'ai descendu l'escalier extérieur, convaincu de sentir le regard de Mélène et de Jeanne dans mon cou, comme ces vieilles madames, dans mon enfance, qui passaient leurs journées à la fenêtre de leur appartement, une main toujours prête à pousser discrètement le rideau de dentelle blanche pour voir qui descendait ou montait la rue, avec qui et déguisé de quelle façon. On les appelait des sorcières, on en avait peur mais on s'inquiétait quand elles n'étaient pas à leur poste. J'ai même été jusqu'à me retourner sur le trottoir pour leur envoyer la main ou leur faire une grimace, je ne savais pas encore... Mais les fenêtres étaient vides. Aucune sorcière ne guettait ma fuite et, comme dans mon enfance, j'en fus presque inquiet.

*

Les pitoyables pitreries d'Eddie Murphy, son rire niais qu'il trimballe depuis une longue décennie et qui finit par nous faire croire que l'acteur joue toujours le même personnage — le sien —, son sourire aux dents trop courtes comme s'il se les était fait limer pour dissimuler son évidente rapacité n'arrivèrent pas à détourner mon attention du malheur que je vivais. J'avais été bien naïf de croire qu'un mauvais film suffirait à détourner mon esprit de ce qui le préoccupait. J'étais assis devant l'écran au milieu de gens qui semblaient s'ennuyer autant que moi en essayant d'oublier leur dépit dans des portions gigantesques, disproportionnées, de pop-corn et de Coke Diet et je pensais à autre chose, l'appartement vide qui m'attendait, la nuit solitaire, le lendemain ennuyant à mourir, le reste de l'été... Quelle horreur. Je me voyais mal passer le mois d'août entre l'appartement, déprimant parce qu'encore plein de la présence de Mathieu, et l'Hôtel-Dieu, où, je le savais très bien, Luc me ferait la tête et me traiterait de tous les noms parce que je n'aurais pas eu le courage de partir.

Même le Festival des films du monde, habituellement un baume à la dépression de la fin de mes vacances, me serait insoutenable parce qu'il me rappellerait trop le début de ma relation avec Mathieu, ces années où nous

nous tapions quarante ou cinquante films en dix jours, hagards, blafards, les yeux rouges, l'estomac bourré de cochonneries, le cerveau gelé, le fessier douloureux, morts d'épuisement mais heureux. Un Festival des films du monde en solitaire était désormais impensable.

Des fins de semaine chez Zouzou ? Un court voyage à New York ? Et quoi encore... ? Toronto ? Les chutes du Niagara ? Franchement !

Il fallait que je parte pour une longue période, le reste de l'été, je n'avais pas le choix. Malgré Luc. Qui comprenait. Mais comprenait-il vraiment ? N'y avait-il pas, sous le ton péremptoire de son message, une supplication, un appel à l'aide auquel il serait monstrueux que je ne réponde pas ? Et voilà, c'était reparti. Une certitude suivie d'une culpabilité qui, raisonnée, réglée, faisait place à une autre certitude qui donnait vite naissance à une nouvelle culpabilité proche parente de la première mais subtilement différente...

Puis tout d'un coup, au milieu d'une scène particulièrement débile où je me surpris à me demander ce que je faisais là, à me dire que je serais bien mieux chez moi, peut-être parce que le film avait quand même réussi pendant quelques instants à détourner mon attention et à me faire oublier la situation difficile dans laquelle je me trouvais, je compris pleinement pour la première fois l'*ampleur* de ma solitude, son irrévocabilité — c'était la vie, la vraie vie, pas du cinéma, j'étais *vraiment* seul — et la crise d'angoisse que j'avais réussi à éviter depuis la veille me tomba dessus. Mathieu ne serait *plus jamais* là. Soudain, ce n'était plus le mois d'août que j'appréhendais, ou la semaine suivante, ou le lendemain, c'étaient les minutes qui allaient suivre, la fin imminente du film, le voyage de retour à pied, en métro ou en taxi, le moment où j'aurais à monter l'escalier, celui, horrible entre tous, où je mettrais la clef sur la porte...

Maintenant, *maintenant* était difficile à vivre, impossible à endurer ! La seconde présente. Je me mis à subir la seconde présente comme une cage de métal où j'étouffais. Mon corps, mon cœur étaient enfermés dans une cage de métal et je me pliai en deux sur mon siège, prêt à crier de panique. Je refusais de vivre tout ça une minute de plus ! La seule pensée de savoir que dans trois ou cinq ou dix minutes je ressentirais le même malaise me rendait malade. Dans quel état serais-je dans une heure ? Demain ?

Mes voisins, un couple de beaux petits vieux qui avaient eu la mauvaise fortune, eux aussi, de tomber sur ce navet, croyant que j'avais perdu quelque chose, me demandèrent si j'avais besoin d'aide. Ils devaient croire que je faisais une crise cardiaque. Je secouai la tête en faisant un geste de la main, encore incapable de me redresser. Je croyais être sur le point de m'évanouir, moi qui n'avais à peu près jamais perdu connaissance de ma vie. J'essayai de contrôler ma respiration, inspirant par le nez, expirant par la bouche. La crise s'atténua un peu, juste assez pour que je me lève, que je remonte l'allée, l'escalier du cinéma, que je m'engouffre dans les toilettes.

De l'eau froide. La tête sous le robinet, je repris complètement mes esprits. Mais l'angoisse restait là, bien accrochée, ancrée dans mon cœur, dans mon plexus solaire. J'éprouvais de la difficulté à former des idées complètes, je n'arrivais à formuler dans ma tête que des bribes de pensées. Mélène. Mélène avait des remèdes, des pilules, enfin quelque chose contre les crises d'angoisse... ou Jeanne, je ne savais plus. Les sorcières pourraient me sauver. Encore une fois. Si je les avais écoutées, si j'avais accepté leur invitation, aussi, elles seraient là, près de moi, douces, consolantes, compréhensives... J'aurais peut-être même pu éviter cette crise. Maudit orgueil, encore une fois !

Quand je quittai les toilettes du cinéma Loew's, j'étais blême comme un drap, j'avais le cœur dans la gorge et la gorge trop petite pour le contenir.

Je donnai l'adresse de la rue Bloomfield à un chauffeur de taxi qui ne semblait comprendre ni le français ni l'anglais, fermai les yeux sur le monde, sur la ville, sur la rue, sur le taxi. Sur moi-même. Seul. Définitivement.

*

La moitié d'une toute petite pilule rose. Une débarbouillette d'eau froide sur le front. Une main fraîche et sèche posée sur mon avant-bras. À l'arrière-plan, Jean Ferrat meuglait que c'est beau, c'est beau la vie. J'avais envie de tirer un de mes running shoes sur le lecteur de CD. Les goûts musicaux de Mélène sont aussi d'avant-garde que sa façon de préparer le petit déjeuner. Pour certaines choses, l'horloge biologique de Mélène s'est arrêtée en 1968. Elle se vante de posséder les œuvres complètes de Jean Ferrat, de Pia Colombo et même de Francesca Solleville et la plus grande collection de

Hara-kiri, de *Métal hurlant* et de *Fluide glacial* en Amérique du Nord. Enfant, quand j'étais malade, ma mère me faisait manger de la soupe Chicken Noodles de Campbell; aujourd'hui, Mélène me fait écouter Jean Ferrat! Est-il besoin d'ajouter que je guéris moins vite aujourd'hui?

«Si tu te retenais moins, aussi... Si ça sortait, un peu...»

Un soupir d'exaspération m'échappa et je sentis la main de Mélène se retirer pour aller triturer un coin du sofa sur lequel j'étais allongé.

«Ben oui, mais ça sort pas, qu'est-ce que tu veux que je te dise!»

Isabelle Aubret avait eu un accident presque mortel et Jean Ferrat lui avait écrit *Que c'est beau la vie*; moi, j'avais une peine mortelle et Mélène jouait au curé!

Je n'ai pas pu m'empêcher de sourire.

«Pourquoi tu souris comme ça?»

Elle aussi sourit après que je lui eus dit ce qui venait de me passer par la tête.

«Prétentieux! Quant à ça, Ravel a composé son *Concerto pour la main gauche* pour son ami qui avait perdu un bras à la guerre! Qu'est-ce qu'y faudrait que je fasse? Que je me roule par terre en t'improvisant une danse intense et songée genre Margie Gillis?»

Je me plaquai la débarbouillette dépliée sur le visage, y posai mes deux mains en riant.

«Mon Dieu! J'ai pourtant pas envie de rire! Mais y me semble de te voir en train de souffrir dans un voile transparent! Ça doit être ta maudite pilule rose! Tu m'avais pas dit que c'était euphorisant, c't'affaire-là!»

Ça faisait du bien (plus que Jean Ferrat, en tout cas), alors je me suis laissé aller à ce rire niais qui me vidait un peu le cœur.

«Si j'te connaissais pas, j'te trouverais bizarre rare, mon p'tit gars... Rire aux larmes en pleine peine d'amour!

— J'te dis, c'est la pilule!

— Ça m'a jamais fait c't'effet-là, moi!»

Les aiguilles que manipulait Jeanne, forcenée du tricot, capable de pondre un foulard au motif pied-de-poule de douze pieds de long en moins de deux heures, arrêtèrent de s'entrechoquer, et il manqua aussitôt quelque chose à l'atmosphère de la pièce.

«C'est parce que t'en as pas vraiment besoin quand t'en prends...»

Je sentis sans la voir Mélène se tourner vers son amie.

«Commence pas avec ça, toi...

— Tu peux quand même pas dire le contraire!

— À t'entendre parler, on dirait que j'ai toujours la fiole de pilules à la main!

— Ben...

— Jeanne! J'en prends juste quand chus stressée!

— T'es stressée même quand on vient de finir de baiser?»

Je jure que j'ai *entendu* Mélène rougir! J'ai soulevé le coin de la débarbouillette; elle était violette jusqu'à la racine des cheveux. Je ne les avais jamais entendues parler de leurs relations sexuelles ; j'avais même probablement fini par penser qu'elles étaient inexistantes, un peu comme avec mes parents quand j'étais enfant.

« Ça se corse, c'est intéressant, continuez, les filles, j'aime ça... »

Mais Mélène était déjà debout et Jean Ferrat dut céder la place à Celine Dion (sans accent aigu), ce qui était très mauvais signe.

« Tiens, écoute ta Celine, ça va attirer ton attention sur autre chose que sur ce que les grandes personnes disent ! »

Un haussement d'épaules, le cliquetis des broches. Celine geignait en anglais que quelqu'un l'avait quittée et qu'elle ne s'en remettrait jamais et j'ai failli faire remarquer à Mélène que ce n'était pas très délicat de sa part de m'imposer ça...

Jeanne se mit à se bercer au rythme de la chanson. Plus par provocation, j'espère, que par véritable intérêt pour ce qui sortait des haut-parleurs. Jeanne aimait Celine Dion comme une matante. Elle nous disait toujours que nous avions quasiment vu c't'enfant-là venir au monde, qu'elle la considérait elle-même comme une vague petite-nièce et que le succès de la petite Québécoise aux États-Unis nous retombait tous dessus comme un honneur, comme une *reconnaissance*. Elle achetait tous ses disques, malgré le contenu, s'empressait-elle d'ajouter parfois, et guettait toutes ses apparitions à la télévision américaine autant que locale. Elle avait crié de joie pendant l'émission de Johnny Carson et pleuré tout son soûl à la cérémonie des Oscars, pendant que sa Celine interprétait *Beauty and the Beast*, un peu éclipsée, cependant, par la présence écrasante d'Angela Lansbury.

La disparition de l'accent aigu sur le Céline l'avait toutefois refroidie pendant un certain temps, mais elle avait fini par nous dire, après un déchirant plaidoyer de la coupable dans *Échos-vedettes,* qu'elle comprenait que la pauvre enfant, si elle voulait faire carrière aux États, soit obligée de jouer le même jeu qu'eux, parler comme eux, chanter comme eux et ne plus utiliser l'accent aigu, ce qui avait provoqué entre Mélène et elle l'une de leurs plus mémorables chicanes de couple.

Mélène, exaspérée, était allée s'asseoir dans son fauteuil favori près de la fenêtre (le point de guet d'où les sorcières épiaient ce qui se passait dans la rue Bloomfield).

La séance de boudin pouvait être très longue. Mes amies ont un âge mental de deux ans et demi lorsqu'elles se disputent. J'ai enlevé la débarbouillette qui, d'ailleurs, n'était plus du tout fraîche, je me suis carré dans le sofa, j'ai croisé les bras.

« Est-ce qu'on serait en train d'oublier ici-dedans que c'est moi qui suis plongé en plein malheur et que je viens de connaître ma première vraie crise d'angoisse à l'âge de quarante-huit ans ? »

*

Nous étions tous les trois évachés dans le grand sofa. Il était très tard dans la nuit, peut-être trois heures du matin. L'effet de la pilule rose s'était quelque peu dissipé ; j'étais à nouveau dans un état lamentable.

Mélène avait posé sa tête contre l'épaule de Jeanne et ses pieds sur mes genoux. La paix était revenue entre elles sans que la question du litige ait refait surface dans la conversation. Elles reparleraient de tout ça dans le privé...

« J'sais pas si c'est une si bonne idée que ça d'aller te réfugier au bout du monde, comme ça...

— C'est pas au bout du monde, c'est en Floride !

— Tu nous as dit que c'était au *bout* de la Floride, en face de Cuba, dans les Caraïbes !

— Mélène, franchement, chus pas le premier être humain à aller promener sa peine d'amour à l'étranger ! Les romans en sont pleins !

— Les romans sont pleins de suicides, aussi ! »

Une tape de Jeanne sur l'épaule de sa blonde fit taire celle-ci.

« Donnes-y pas des idées, franchement !

— Jean-Marc est tout sauf suicidaire.

— Qu'est-ce que t'en sais ?

— J'le connais depuis vingt ans.

— C'est ceux qu'on pense le plus connaître qui nous font les plus grandes surprises...

— Aïe, coudonc, t'es un véritable festival international du cliché à toi toute seule, à soir, toi ! »

J'avais sommeil mais je refusais même l'idée de descendre chez moi. Jeanne m'avait offert d'ouvrir le sofa, j'avais accepté, mais je n'avais plus envie de dormir chez mes amies. J'aurais voulu tout de suite me retrouver loin, dans quelques semaines, installé dans une chambre d'hôtel ou un *bed and breakfast* au bord de la mer, ma blessure sinon cicatrisée, au moins un peu refermée, moins offerte au moindre soubresaut de ma sensibilité. J'ai toujours eu tendance à sauter des étapes dans les bonnes autant que dans les mauvaises choses, comme si j'avais de la difficulté à vivre le moment présent et toujours désiré être déjà à demain, ou plus tard, pour revoir, revivre, analyser, comprendre ce que je vis plutôt que de le vivre simplement. Vivre rétrospectivement a toujours été l'un de mes plus graves défauts. Je le sais, Mathieu me l'a reproché pendant dix ans, Luc pendant sept ans. Déjà, enfant, ma mère me reprochait d'être trop impatient...

Mélène me regardait sans rien dire depuis quelques minutes.

« Tu sais pas quoi faire, là, hein ? Coucher ici ou bien chez vous...

— J'sais que je coucherai ni ici ni chez nous, mais j'sais pas où j'vais aller.

— Quand même pas à l'hôtel ?

— Ça serait pas désagréable... »

Jeanne fit un de ses petits sauts qui annoncent chez elle une irrépressible exaspération.

« C'est de l'argent gaspillé !

— J'ai déjà fait pire avec mon argent, Jeanne.

— Je le sais ! T'es t'un vrai panier percé ! Mais c'est drôle, hein, y me semble que j'aurais de la misère à dormir dans une chambre d'hôtel dans ma propre ville ! »

Mélène fronça les sourcils d'une façon assez comique.

« Ça t'est jamais arrivé ?

— Es-tu folle ! Pourquoi faire ? »

De peur de voir la chicane reprendre entre les deux femmes, je déviai la conversation.

« Moi, je faisais souvent ça quand je rencontrais quelqu'un pis que j'voulais pas l'emmener chez moi...

— Vous autres, les gars, on sait ben, vous pouvez faire ça n'importe où...

— Ça a rien à voir, Jeanne... Tu serais capable de le faire dans une chambre d'hôtel qui serait pas dans ta ville, non ?

— Bien sûr ! Chus pas si pognée que ça... J'ai déjà baisé ailleurs que dans mon lit, franchement !

— Ben qu'est-ce qui t'empêcherait de le faire à Montréal ?

— Je l'ai dit tout à l'heure, parce que j'aurais l'impression de gaspiller de l'argent ! »

Mélène fut debout en moins d'une seconde. Elle vida le reste de la deuxième bouteille d'excellent vin dans mon verre et, trop fatigué pour protester, je la laissai faire. La tête me tournait depuis le deuxième verre et j'en étais sûrement au quatrième...

Mélène resta debout, les bras croisés.

« Bon, ben, finis ton vin, Jean-Marc, on va aller se coucher avant que je devienne franchement méchante... »

Jeanne plongea le menton dans le col de sa blouse comme si elle venait de se faire prendre en faute.

Je me levai à mon tour, après avoir avalé une trop grande gorgée de vin qui faillit me rester bloquée dans la gorge.

« Mélène, y a vraiment pas de quoi faire une histoire... Jeanne a le droit à ses petits problèmes, elle aussi... »

Je sentais soudain une vraie animosité entre elles, pas juste une tension née d'une trop grande impatience et, dans ma boisson, j'en fus catastrophé. Pas elles aussi ! J'étais prêt à tout pour les préserver de ce que je vivais depuis quelque temps. Je jouerais les conseillers matrimoniaux, s'il le fallait, mais j'allais les réconcilier ! Je dus quitter leur appartement avant de les voir faire la paix, cependant. Elles étaient toutes les deux butées et je n'y pouvais rien. Je les embrassai quand même avant de partir.

« Où c'est que tu vas aller, toujours ?

— J'le sais pas encore, *moman*.

— Fais pas de folies, là... Pis si t'en fais, fais attention...

— Mélène ! Y est quatre heures du matin !

— On sait jamais...

— Pis chus paqueté.

— C'est dans ce temps-là que les erreurs fatales se commettent.

— Qui est-ce qui est le festival international du cliché, là ?

— Mieux vaut prévenir que guérir.

— Mélène ! Tu t'enfonces, là !

— En tout cas, reviens-moi pas avec une vilaine maladie...

— Aïe, t'as vraiment décidé d'avoir le dernier mot, hein ? »

Jeanne s'éloignait déjà vers leur chambre.

« Est toujours comme ça. »

Mélène se pencha une dernière fois sur la rambarde de son balcon pour me regarder descendre.

« Va donc coucher chez vous.

— Chus pas capable.

— Reste à coucher ici, d'abord.

— On a déjà parlé de ça pendant quatre heures...

— C'est justement, la nuit est quasiment finie.

— Pas pour moi. Y me faut mes huit heures, tu me connais.

— Où c'est que tu t'en vas, comme ça, y a pas d'hôtel dans le bout. »

Une vraie conversation de gens paquetés qui s'écoutent pas.

« J'vais prendre un taxi, y demander de m'emmener n'importe où...

— Tu vas te retrouver dans un bordel ! »

J'éclatai de rire, au pied de l'escalier, en me disant que les voisins, dont les fenêtres étaient ouvertes à cause de la chaleur, se demanderaient qui osait faire tant de bruit à cette heure avancée dans la chic ville d'Outremont.

« Si seulement y avait des bordels pour les gays...

— Y doit y en avoir...

— C'est vrai, mais j'sais malheureusement pas où y sont !

— En tout cas, va pas dans un sauna, c'est les pires endroits...

— Parle donc un peu plus fort pour que les voisins t'entendent... »

La conversation tournait à l'absurde et je m'éloignai de la maison en titubant, mais à peine.

*

Deux heures plus tard, je me disais que Jeanne avait raison. J'aurais pu être n'importe où dans le monde où on trouve un Holiday Inn — en petit Québécois qui voyage prudemment, j'avais connu ceux, ou des clones d'une chaîne jumelle, de New York, de Miami, de San Francisco, de Toronto —, sauf, évidemment, à Montréal, ma propre ville, où les Holiday Inn n'avaient jamais été pour moi que de grandes boîtes à savon sans usage précis. Les yeux grands ouverts, les mains croisées derrière la tête, je me demandais ce que je faisais là à attendre que le soleil se lève, au coin de Berri et Sherbrooke, au quatorzième étage, dans une chambre désespérément *downtown America*, alors que j'avais un appartement qui m'attendait à l'autre bout de la ville, un appartement bien à moi, que j'avais fini de payer depuis près de cinq ans et qui ne me coûtait presque plus rien. J'aurais pu, c'est vrai, me contenter d'une cellule dans un quelconque sauna de la rue Saint-Denis, mais je suppose que la tentation de regarder ce qui s'y passait, de me joindre, même, à l'action, aurait été trop forte. En fait, je savais très bien ce que je faisais là, mais je me trouvais profondément niaiseux. En plus de l'argent gaspillé pour venir m'étendre quelques heures sans arriver à dormir dans un air climatisé qui se situait à la limite de la cryoconservation, l'absurdité d'avoir pensé, le vin aidant, que je ne pourrais plus jamais dormir dans mon propre lit parce que j'avais une peine d'amour venait de me traverser l'esprit et j'aurais ri si je n'avais pas été si dépité. Mon lit me manquait déjà!

J'ai dû dormir quelques minutes parce que je me souviens vaguement d'avoir rêvé que je me levais avec beaucoup de difficulté, comme dans un ralenti au cinéma, que je m'approchais des rideaux de la chambre d'hôtel, que je les tirais... pour me retrouver devant Seattle en hiver. Seattle? Allez savoir pourquoi! Des skieurs de toutes les couleurs passaient dans le ciel en volant et une convention de chasseurs de canards tiraient dessus en criant des «pull» caverneux, étouffés par la tempête de neige du siècle. Pendant ce temps-là, je me disais j'ai oublié mon maillot de bain, y faut que je m'achète un maillot de bain, un beau bleu ciel pour aller avec mon beau tan...

L'image qui m'apparut dans le miroir de la salle de bains supermoderne et aérodynamique, ce matin-là, aurait suffi à me convaincre, si je ne l'avais déjà été, que j'avais grandement besoin de vacances : un barbu poqué et boursouflé me regardait avec des yeux injectés de sang, un magnifique bouton lui fleurissant à la base du nez, les épaules marquées de rouge par les plis du drap, la bouche — que dis-je, la bouche, un trou de suce — mauvaise et molle. Je n'avais pas eu l'air de ça depuis mes premières brosses, à seize ans! Même quand Luc était parti je ne m'étais pas autant laissé aller!

J'appuyai mon front contre le miroir si peu flatteur et, en une seconde et quart, je rendis les armes.

Je pris la plus longue douche de ma vie, chaude, froide, chaude, enfilai en vitesse mes vêtements de la veille et, sans penser qu'on était un dimanche, fonçai en taxi vers mon agence de voyages favorite.

*

Je me suis cogné le nez contre la porte fermée de l'agence Outremont-Frontières. J'ai sacré d'impuissance. Attendre encore vingt-quatre heures pour finaliser mon départ m'était intolérable et je déteste réserver des billets d'avion par téléphone, alors j'ai dormi. La bonne vieille fuite dans le sommeil pour ne pas affronter la réalité.

Je me suis écroulé sur mon lit comme si je n'avais pas dormi depuis une semaine, alors que quelques heures plus tôt j'étais convaincu de ne plus jamais pouvoir seulement m'y étendre, j'ai serré l'oreiller de Mathieu contre moi — mon Dieu, cette odeur! — comme un enfant le fait avec son toutou favori et je me suis aussitôt endormi, plié en deux et geignant un peu. Je ne me suis pas réveillé avant le soir, au moment où le soleil tombait dans la fenêtre de ma chambre. Le téléphone. Mélène, bien sûr. La voix contrite. De vagues excuses de part et d'autre. Une autre invitation à souper. Que j'ai acceptée sans trop savoir pourquoi. Je n'avais pas du tout faim.

Le même malaise que lorsqu'on revient d'Europe. Je ne savais plus trop si nous étions le soir ou très tôt le matin, j'avais mal à la tête, une vague nausée me brassait l'estomac, j'avais toujours sommeil, et j'étais encore plus ennuyant que la veille. Mais je me suis empiffré. C'était délicieux et en mangeant, je me découvrais une faim de loup.

Je me suis excusé tôt (mes amies n'ont pas insisté pour me garder et je sentais entre elles la même tension que la veille) et je suis redescendu chez moi dans l'intention de pitonner devant la télévision. Mais regarder la télévision l'été est au-dessus de mes forces. Comme le disait si bien Rose, la mère de Mathieu: «C'qu'y nous envoyent l'été est tellement plate qu'on finit par s'ennuyer du temps où on n'avait pas de télévision pis qu'on savait pas quoi faire de nos soirées!» De mauvais films aux couleurs délavées, mal traduits de l'américain, rayés par l'usure, coupaillés n'importe comment pour s'imbriquer dans l'horaire, souvent privés de leur générique pour faire plus court, truffés de commerciaux tonitruants; de mauvaises séries produites à grands frais, souvent par Radio-Canada, et que la télévision d'État met à l'affiche en juillet pour que personne ne les voie

(*L'Île*, par exemple, qui est restée sur les tablettes pendant des années parce que c'était trop pourri, qui avait coûté une véritable fortune, qu'on a sortie en catimini, un été, pour que le moins de monde possible voie nos pauvres acteurs essayer de jouer aussi faux que les mauvais acteurs français surpayés, insupportables cabotins qui faisaient n'importe quoi pour impressionner les vulgaires colonisés que nous sommes, et dont le quatrième et dernier épisode repassait ce soir-là comme une punition d'être effouerré devant son téléviseur un dimanche soir d'été) ; les inévitables reprises de *Dynasty* ou *Dallas* qu'on a vues cent fois et dont on voudrait étrangler les personnages tellement ils nous énervent... Excédé par tant de médiocrité, j'ai fini par me réfugier au canal 9 où un vieux monsieur à la voix doucereuse nous enseignait comment peindre une scène champêtre, avec petite route de terre, petite maison québécoise, petite clôture de bois, petit cheval rachitique et grand ciel tourmenté. Il nous parlait comme si nous étions des enfants un peu demeurés ; je me laissais bercer par cette voix aux accents subliminaux qui donnait une envie irrépressible d'aller s'acheter des pinceaux, de l'acrylique, des canevas pour dessiner *ad vitam æternam* des paysages rustiques et bébêtes, toujours les mêmes, parce que c'était là désormais la seule source possible de bonheur en ce monde pourri et inhumain. J'étais hypnotisé, je buvais ses paroles, je voulais être ce vieux peintre sûrement très heureux dans son odeur de peinture à l'huile... Une Muzac sirupeuse commentait le tableau et, en voulant échapper aux propos du vieux vicieux qui, si je le laissais faire, me ferait dépenser une fortune dès le lendemain tant il était convaincant, je sombrai lentement dans une léthargie qui n'était pas loin de mon état dépressif de l'avant-veille.

J'ai dormi douze autres heures sans me réveiller une seule fois pour aller faire pipi, un record absolu pour le pisse-minute que je suis. Je me suis réveillé avec la bouche bête et la langue cartonnée, mais reposé. En lisant ma *Presse* du lundi, je me suis rendu compte que j'avais perdu un beau dimanche de juillet dont on disait qu'il avait été superbe et pas trop chaud et j'en fus frustré.

Mais l'image de Mathieu prenant son petit déjeuner dans une autre maison avec quelqu'un d'autre après une nuit comme je n'avais pas réussi à lui en faire vivre depuis trop longtemps me vint à l'esprit et je sortis de l'appartement en coup de vent.

*

«C'est une drôle d'idée, je trouve...

— Comment ça, une drôle d'idée?

— Ben, personne va là.

— C'est justement, j'ai pas du tout envie de voir du monde...

— C't'à-dire que du monde, vous allez en voir... mais peut-être pas du genre que vous aimez fréquenter...

— Ça veut dire quoi, ça... Vous pouvez pas connaître le genre de monde que je fréquente, c'est la première fois que j'fais affaire avec vous...»

Suzanne Julien-Papineau — c'était gravé sur un morceau de plastique noir planté dans une base d'acrylique plastifié simili-verre et tourné vers le client pour qu'il sache à qui il avait affaire — quitta un instant son ordinateur dispensateur de toutes les consolations du monde sous forme d'horaires de vols internationaux et de forfaits de toutes sortes et pour toutes les bourses pour me regarder dans les yeux.

« Y ont pas eu un problème de Cubains, y a pas longtemps, eux autres ?

— Toute la Floride a un problème de Cubains. Depuis des années. Pis ça empêche pas six cent mille Québécois d'y aller chaque année.

— Mais plus spécifiquement à Quai Ouest ? »

Elle prononçait Quai Ouest en français, sans savoir que *Key* ne signifiait pas du tout quai mais bien île, ou îlot à fleur de mer, de l'espagnol *cayes*. Ignorante, en plus d'être snob.

« Ça se peut...

— Pis ça vous fait rien ? Des Cubains débarqués par chaloupes pleines à craquer pis qui envahissent l'île au grand complet ?

— Avez-vous autant de scrupules à envoyer vos clients en République dominicaine, un des derniers pays au monde à imposer encore l'esclavagisme à ses voisins qui viennent y travailler de bonne foi et sur son invitation ? »

Je m'étonnais moi-même. Je n'ai pas l'habitude de parler de cette façon-là à des gens que je ne connaissais pas, ni même de structurer mes phrases comme je venais de le faire. Mais madame Julien-Papineau commençait à me tomber sérieusement sur les nerfs.

Elle avait sursauté au mot esclavagisme et était retournée à son ordinateur.

« Vous exagérez quand même un peu...

— Un peu? Ça veut dire quoi, exagérer « un peu »?

— Le gouvernement de la République dominicaine nous assure que l'esclavagisme n'existe pas dans cette île-là. C'est des calomnies répandues par les Haïtiens qui les haïssent...

— Pis vous le croyez?

— J'y suis allée, monsieur!

— Pis parce que vous avez pas vu d'esclaves, vous pensez qu'y en a pas! Pensez-vous que le gouvernement de la République dominicaine allait vous les montrer en vous disant qu'y existaient pas? »

Elle se tourna de nouveau vers moi.

« Êtes-vous venu vous acheter un billet d'avion ou discuter de politique internationale, monsieur?

— C'est vous qui avez commencé avec vos insinuations sur Key West, j'vous ferai remarquer. Tout ce que je veux, effectivement, c'est un billet d'avion et une réservation dans un hôtel. Pas cher parce que chus pas riche.

— J'fais juste mon devoir, monsieur. Mon rôle est de prévenir mes clients de ce qui peut les attendre, rendus à leur destination, pour éviter les plaintes. »

Elle se remit à tapocher sur son clavier comme une forcenée. Elle voulait visiblement se débarrasser de moi le plus rapidement possible.

« Si je comprends bien, madame Julien-Papineau, vous avez pas de forfait à m'offrir pour cette destination ? Pas de beau deal tout compris, chambre, repas, drinks, excursions, sexe ?

— En effet ! Votre petit voyage va vous coûter un bras ! Même si vous êtes pas riche. »

Madame Julien-Papineau était nouvelle à l'agence Outremont-Frontières que je fréquentais depuis des années. Ma belle Mado, si enjouée, si généreuse, si convaincue de la qualité des voyages qu'elle vous vendait, me manquait beaucoup. En vacances, probablement. Dans un quelconque *resort* qu'elle aurait à vanter et vendre à ses riches clients pour l'hiver prochain. J'avais quand même été soulagé quand j'avais vu qu'elle n'était pas là. J'aurais appréhendé le moment où j'aurais eu à lui dire que je partais seul... Elle était tellement habituée à nous voir partir ensemble, Mathieu et moi, à nous organiser des vacances dont nous n'avions jamais à nous plaindre. Elle ne m'aurait pas posé de questions mais j'aurais probablement été incapable de lui cacher ma détresse. Une peine d'amour est aussi une peine d'orgueil...

Si Suzanne Julien-Papineau manquait de diplomatie avec tous ses clients comme avec moi, l'agence aurait le temps de périr sous les préjugés avant que Mado revienne... Mais la clientèle d'Outremont-Frontières ne ressemblait-elle pas plus à Suzanne Julien-Papineau qu'à Mado, dont je n'avais jamais connu le nom de famille ? Des gens qui ne savent pas faire la différence entre un Haïtien et un Dominicain croisés à Sossua mais qui voient très rapidement ce qui différencie un Américain blanc d'un Cubain... Bon, c'était à mon tour d'avoir des préjugés.

« Mado est en vacances ?

— Si elle vous manque, vous pouvez toujours revenir lundi prochain, elle va être là ! »

Je l'ai fait et j'en fus très fier. Je me suis levé, j'ai tourné le dos à l'agente de voyages au beau milieu de l'enregistrement de mon billet d'avion et je suis sorti, tête haute.

« Vous avez raison, laissez donc faire, j'vais m'arranger tout seul ! »

Mais elle ne me laissa pas avoir le dernier mot.

« Bonne chance quand même ! »

Décidément, *tout* s'opposait à mon départ ! Était-ce un signe ? Le destin me suggérait-il dans sa grande sagesse que je devais rester à Montréal où le devoir m'appelait ? Je décidai que non, que je ferais à ma tête de cochon, et revins chez moi faire ce que je n'avais pas eu le courage d'essayer la veille.

À Air Canada, la gentille dame, en plus d'enregistrer mes réservations, me donna les coordonnées de la Chambre de commerce de Key West. À la Chambre de commerce de Key West, un gentil monsieur, que j'imaginais beau et entreprenant, me conseilla quelques adresses, des hôtels, des maisons — beaucoup trop chères pour moi —, des *bed and breakfast*, puis, au bout d'une dizaine de minutes de discussion, après que je lui eus fait entendre que j'étais célibataire mais que je ne désirais pas nécessairement le rester longtemps (pour le tester, parce que j'avais cru deviner à sa façon de parler qu'il était de la grande confrérie), il me proposa un pavillon — un pavillon, le seul mot me fit frémir d'excitation — derrière la piscine d'une maison privée, pas trop loin du centre-ville mais pas trop près non plus. Et dans mes prix. Solitude garantie, les deux messieurs propriétaires de la maison (il appuya bien sur le mot messieurs pour qu'on s'entende bien; on s'entendait bien) étant *très* discrets, mais, si je le désirais, de la compagnie parmi la plus (autre inflexion de la voix) gaie de Key West...

Va pour le pavillon qui n'était vraiment pas très cher. Je ne pourrais pas m'y faire à manger mais j'essaierais de me trouver de petits restaurants sympathiques et bon marché.

Je me dis en raccrochant que ce n'était sûrement pas madame Julien-Papineau qui aurait pu me dénicher un tel endroit; elle devait haïr les gays autant que les Cubains! Je me sentis inutilement méchant mais n'en eus aucun regret. J'avais juste envie de la rappeler pour lui demander, dans l'espoir de la rachever : «Pensez-vous qu'y a des méchantes tapettes cubaines, à Quai Ouest?» C'était de la pure paranoïa, je le savais, je m'en voulais et je m'en voulais de m'en vouloir!

*

Un autre message m'attendait chez moi. Cette fois, une feuille de papier pliée en quatre et un trousseau de clefs avaient été glissés sous ma porte.

Pour Jean-Marc.

Comment va-tu ? Je suis venu cherché mes runing-shoes qui était dans ton garde-robes. La maison a changée ! Appelle-moi, des fois, je vais m'ennuyé beaucoup.

Je t'aimes xxx

Signé : Sébastien xxx

La panique, la vraie, celle qui vous fait tourner en rond dans une pièce en vous disant que vous ne pourrez plus jamais arrêter de bouger ; celle qui vous ferait avaler des pilules ou vous jeter par la fenêtre sans même vous en rendre compte, juste pour oublier cette insupportable sensation de vide au creux de l'estomac.

Je me suis lancé sur le téléphone. J'ai parlé debout, en marchant de long en large dans la cuisine. Deux appels : oui, le pavillon était libre maintenant ; oui, je pouvais partir sur Air Canada n'importe quand. Dans deux jours ? Dans deux jours.

Je ne pouvais pas passer une semaine de plus à Montréal et je ne le ferais pas.

Ça, c'était un beau coup de tête ! Merci, Sébastien !

La panique me quitta aussitôt et je pus recommencer à respirer normalement.

INTERCALAIRE I

J'ai passé ma dernière journée à Montréal auprès de Luc, à l'Hôtel-Dieu.

Je suis arrivé assez tôt, le matin. Garde Cinq-Mars était en furie parce que les journaux étaient une fois de plus remplis de l'éventuel déménagement de l'Hôtel-Dieu dans «un endroit impossible au fin fond de l'est de la ville», selon ses propres dires.

«Y nous disent que c'est bon pour nous autres pis pour l'Est de Montréal. Pour l'Est de Montréal ça se peut, mais y ont pas encore réussi à prouver que c'est bon pour nous autres! Surtout pas pour les malades.»

Elle me demanda de signer une pétition, je lui répondis, et c'était vrai, que c'était déjà fait.

Je lui annonçai ensuite que j'étais décidé, que je partais pour un temps indéfini, que je me fiais à elle pour prendre soin de Luc. Elle le prit plus mal que le principal intéressé :

«Pis si y arrive quequ' chose?

— Y arrivera rien.

— Comment pouvez-vous le savoir?

— Luc me l'a promis.

— Pis vous l'avez cru!

— Ben oui.

— Y peut pas le savoir lui non plus.

— Y est pas à l'article de la mort...

— Y est pas ben ben en santé non plus!

— Garde Cinq-Mars, j'en ai parlé avec Luc, y m'a *permis* de partir en me promettant qu'y arriverait rien pendant mon départ, j'connais son courage et sa tête de cochon mieux que vous, alors essayez pas de me faire douter de ma décision! Ça a été assez difficile comme ça!»

Elle se ressaisit un peu, se recomposa un visage de garde-malade.

«Excusez-moi. Si vous en avez parlé avec lui, j'ai rien à dire. Mais on finit par s'attacher à nos patients pis votre ami est un malade spécial pour moi, pour tout le monde sur l'étage. On l'a tous bien aimé quand y jouait dans son téléroman... On le trouvait tous bien cute, les infirmiers comme les gardes-malades.

— Y faisait un pas-fin qui zozote!

— Oui, mais c'tait un pas-fin qui zozotait *sexy*! Quand y est arrivé ici pis que je l'ai reconnu, parce que c'est moi qui me suis rendu compte la première que c'était lui, y est devenu comme la mascotte de l'étage, le chou-chou de tout le monde... Pis comme y est fin, drôle, en plus d'être beau, on essaye de le gâter le plus possible...»

Elle continuait donc à le trouver beau, alors que moi j'étais tellement abattu par son déclin!

«On s'est habitués à vous voir venir le voir, aussi.

— Y en a d'autres qui viennent.

— Vous, c'est pas pareil, vous venez souvent pis vous avez l'air... de beaucoup l'aimer... »

Quoi lui dire ? La vérité ? Ou alors passer pour un sans-cœur qui abandonne son amant à la mort ? Je n'avais pas le courage de lui expliquer quoi que ce soit, de lui raconter ma peine d'amour actuelle ou celle que j'avais traversée quinze ans plus tôt à cause de Luc, alors j'ai murmuré une vague excuse et je suis entré dans la chambre de mon ami.

Elle m'a suivi avec le masque et les gants.

« Donnez-y pas vos virus par-dessus le marché ! »

Elle s'est rendu compte de l'énormité de ce qu'elle venait d'énoncer et a porté la main à sa bouche.

Luc l'avait entendue.

« Si Jean-Marc avait eu à me donner des virus, garde Cinq-Mars, ça fait longtemps que je les aurais attrapés ! Le pire qui aurait pu m'arriver, ç'aurait été d'avoir à aller m'acheter des aspirines ! Pis je serais pas ici à me morfondre en pleine canicule avec un œil éteint pis une oreille qui bourdonne ! »

Il partit d'un bon rire qui ne l'étouffa pas, ce qui me rassura tout de même un peu.

Garde Cinq-Mars sortit de la chambre. Si elle avait pu claquer la porte, elle l'aurait fait.

Luc s'essuya les yeux en me parlant.

« Comme ça notre grand voyageur s'en va demain matin à l'aube ! La Floride au mois de juillet, c'est un véritable suicide, ça, mon Jean-Marc ! »

*

La conversation fut animée pendant une bonne heure. Nous parlions de tout sauf de choses importantes. Les derniers potins artistiques que Luc glanait au téléphone en tannant ses amis acteurs et qu'il me rapportait en se pourléchant, tel un chat qui vient déposer un trophée au pied de son maître; son flirt avec un infirmier de nuit, leurs attouchements tellement *safe sex*, selon Luc, que « même un enfant de quatre ans pourrait aller voir le film »; la nourriture de l'hôpital insipide au point qu'elle en devenait une drogue dont on ne pouvait plus se passer (Luc s'amusait à dire que le Jell-O aux cerises était gris et le pudding au riz transparent); la musique qui lui manquait tant parce qu'écouter d'une seule oreille était enrageant; la pauvreté des émissions de télé et, en dernier ressort, quand tout avait été dit, quand le silence risquait de tomber dans la chambre surchauffée, le temps qu'il faisait...

Lorsque le repas de midi arriva, il en demanda un deuxième pour moi.

« C'est pas tous les jours fête, mon boy, j'te paye une traite!

— J'peux pas manger sans enlever mon masque...

— Enlève-le. Franchement! J'pense pas que tu me tousses dans la face ou qu'on se donne un French kiss pendant le repas! »

Nous rîmes presque aux larmes au-dessus d'un roast beef caoutchouteux et d'un plat de patates pilées grumeleuses arrosées d'une sauce en enveloppe. Quant aux légumes trop cuits, n'en parlons pas. Mais le Jell-O aux cerises était bel et bien rouge.

Après le repas, je crus qu'il allait dormir un peu mais il sortit un livre de sa table de chevet et me demanda gentiment si j'avais le courage de lui faire la lecture. J'avais passé tout le mois de juin, même dans ses pires jours, quand il était terrassé par d'affolantes quintes de toux, à lui lire, en anglais s'il vous plaît, tous les volumes de *Tales of the City* d'Armistead Maupin, qui nous avaient fait rire et pleurer et qui m'avaient donné, à moi, des complexes, comme chaque fois que je lis quelque chose qui me bouleverse vraiment. Pourquoi s'entêter à vouloir écrire quand on arrive devant des œuvres comme celles-là, à ce point pleines de vie, brillantes, semblables à ce qu'on voudrait écrire soi-même? De quoi j'avais l'air avec mon petit succès local?

Cette fois, c'était *Le Horla* de Maupassant dans une vieille édition de poche.

«Mon Dieu, pourquoi tu veux que j'te lise ça?

— Parce que tu pars demain, que c'est court, que tu vas pouvoir le finir d'une seule traite pis que ça me fait peur.

— Tu l'as déjà lu pis tu veux que je le relise?

— Pas récemment. Je l'ai lu quand j'étais adolescent. J'avais pas pu dormir de la nuit, j'm'en souviens...

— Tu risques d'être déçu.

— Je le sais. Mais j'aimerais ça avoir peur, juste un peu. Pis chus tanné de la violence de Stephen King.»

Il tourna la tête dans ma direction, pour que son œil qui voyait encore plonge bien dans les miens.

«J'aimerais ça avoir peur pour d'autres raisons que celles qui me rongent depuis des mois...»

Ce fut une lecture ravissante. Et pas du tout terrifiante. Luc, aux anges, me demandait parfois de relire un passage qu'il trouvait particulièrement bien écrit, le chapitre, par exemple, où le Horla vient boire le verre de lait, la nuit; la fin, aussi, un peu abrupte mais très belle...

«Ça fait pus peur, mais c'est beau en maudit! C'est drôle, hein, après avoir lu ça, y était pas question, pendant des années, je pense, que je laisse un verre de lait à moitié bu traîner sur la table de la cuisine. J'avais peur que le Horla vienne le finir!»

C'est une œuvre très courte et, vers deux heures, la lecture terminée, Luc s'endormit d'un seul coup, sans me prévenir, comme s'il perdait conscience. Les cernes sous ses yeux s'étaient accentués, son front était mouillé de sueur, il ronflait avec des soubresauts assez violents pour m'inquiéter.

Garde Cinq-Mars est entrée dans la chambre à quelques reprises, m'a suggéré de rafraîchir le visage de Luc avec de l'eau froide. Elle m'avait montré comment lors de ma première visite, mais elle le refit patiemment, m'expliquant même comment mettre le masque à oxygène si Luc venait à en avoir besoin. Vers le milieu de l'après-midi — j'étais plongé avec ravissement dans le nouveau roman de Robert Lalonde —, elle s'arrêta devant moi avant de sortir de la chambre, visiblement embarrassée.

« J'finis à quatre heures pis j'voulais m'excuser avant de partir. Vous comprenez, on voit tellement de malades tout seuls.

— Inquiétez-vous pas pour lui. Des amies à moi, des femmes extraordinaires, m'ont promis de venir le voir plusieurs fois par semaine.

— Y les connaît, au moins ?

— Bien sûr... »

Je n'allais quand même pas lui avouer que Mélène n'avait jamais pu sentir Luc, que leurs relations se situaient encore, malgré la maladie de ce dernier, entre la politesse obligée et la moquerie dissimulée !

J'avais convaincu tant bien que mal Mélène de visiter Luc en mon absence. Je voulais m'assurer que quelqu'un viendrait le voir régulièrement, j'avais trop peur qu'il reste tout seul pendant de longues journées chaudes et épuisantes. Mélène avait d'abord commencé par répéter pour la millième fois qu'elle ne voulait pas, juste parce qu'il était malade, se sentir obligée de le trouver merveilleux, qu'il était aussi chiant et aussi prétentieux qu'il l'avait toujours été (ce qui était faux, d'ailleurs, Luc avait beaucoup changé durant la dernière année), puis, devant mon insistance et peut-être réalisant l'horrible situation dans laquelle Luc se trouvait, elle avait fini par céder, mais uniquement, prétendait-elle, par amitié pour moi.

« De toute façon, dis-toi bien que ça y fera pas plus plaisir de me voir arriver qu'à moi d'aller le voir ! »

Luc avait toujours énervé Mélène qui l'appelait *The Naked Lunch* à cause de ses pantalons trop serrés. Durant les sept ans où nous avions été ensemble, Luc et moi, elle n'avait jamais eu confiance en lui et avait eu la décence de se retenir, quand j'avais fini par apprendre qu'il couchait avec tout ce qui bougeait en pantalon sur terre, de me dire qu'elle m'avait prévenu. Quant à Luc, qui était au courant du surnom qu'elle lui avait donné, il l'appelait Adrienne Mesurat, même s'il n'avait jamais lu le roman de Julien Green, à cause de ce côté vieille fille qui me la rendait, moi, si attachante mais que lui trouvait ridicule. Il l'appelait aussi sa « méchante belle-sœur », parce que, prétendait-il, elle agissait avec moi comme une sœur aînée qui couve trop son benjamin et avec lui comme s'il m'avait volé à elle. Quant à Jeanne, Luc l'avait toujours ignorée et elle aussi.

Mélène avait vu d'un très mauvais œil notre réconciliation après trois années de silence et, folle de Mathieu, avait passé près de dix ans à continuer de me prévenir contre mon ancien chum. Je crois même qu'elle avait essayé de monter Mathieu contre lui sans savoir qu'ils avaient déjà eu une histoire ensemble et que Mathieu n'en gardait pas un souvenir impérissable. Mathieu avait eu la générosité d'être discret là-dessus, évitant ainsi d'amener de l'eau au moulin de Mélène.

Mon idée était donc loin d'être géniale, mais c'était la seule que j'avais eue, ayant depuis longtemps perdu contact avec les amis de Luc, ignorant surtout qui il fréquentait quand il était tombé malade au point d'être hospitalisé.

Il dormit une grande partie de l'après-midi; j'en profitai pour acheter une pile de magazines et je me délectai autant des *gossips* juteux de *Entertainment Weekly* que de la prose politiquement correcte du vénérable *Nouvel Observateur*. Ma valise était prête, mon passeport en règle, mes chèques de voyage bien rangés, je n'avais donc pas à retourner chez moi.

Vers quatre heures et demie, affolé à l'idée de prendre un deuxième repas à l'Hôtel-Dieu, je décidai de faire une surprise à Luc et sortis précipitamment de la chambre en laissant un message lui demandant de m'attendre pour souper, de ne surtout pas toucher à son repas avant mon retour.

*

Les yeux d'un enfant devant un arbre de Noël illuminé n'auraient pas été plus émerveillés. Luc avait ouvert la boîte plate de Da Giovanni avec des gestes exagérément excités, avait humé la grande pizza saucisse-fromage-tomates-olives qu'il aimait tant en mimant la félicité à la façon de Marcel Marceau lui-même et m'avait regardé avec le plus beau sourire que je lui avais vu depuis longtemps.

« Tu vas m'avoir tué avec une pizza et j't'en serai éternellement reconnaissant !

— Dis-moi pas ça ! Déjà que j'ai été obligé de dire à tout le monde que je croisais dans l'hôpital que c'était pour moi ! »

Le pauvre cabaret-repas gisait déjà sur le plancher de la chambre, presque poussé sous le lit. Relégués aux oubliettes, le poulet tiède, les petits pois plissés, le pouding chômeur sans personnalité... La boîte de pizza, triomphante, était étalée sur les couvertures, encore fumante et dégoulinante de gras.

« Du junk food, du *vrai* junk food, enfin ! Ça fait tellement longtemps ! Jean-Marc, tu peux partir pour Tombouctou, si tu veux, après un cadeau pareil !

— T'es sûr que tu peux en manger, au moins ?

— J'viens de te le dire, ça me ferait rien d'en mourir !

— Dis pas ça... Mais j'ai fait ça parce que tu me disais l'autre jour que t'en rêvais quasiment la nuit, de cette pizza-là...

— J'en rêvais le jour, c'est ben pire ! »

Le fromage qui s'étire, la sauce tomate qui coule, un morceau de pepperoni qui tombe sur la couverture ; Luc était pâmé. Il mâcha sa première bouchée les yeux fermés, le ravissement peint sur son visage.

« Écoute, ça goûte exactement la même chose que la première pizza que j'ai mangée dans ma vie, chez Da Giovanni justement, en 1959, c'est pas des farces ! »

Ça sentait sûrement la pizza jusque dans le corridor ; j'avais peur de voir garde Gadouas, l'infirmière de nuit, imposante et sévère, faire son entrée, confisquer la boîte de carton comme à l'école et, qui sait, aller elle-même se délecter derrière le poste de garde !

« En veux-tu ? Prends-en !

— J'comprends que j'vais en prendre ! C'est une

super-spéciale ! Tu pensais quand même pas manger tout ça tout seul ! »

Je savais que je me rappellerais ce repas pour le reste de mes jours, lorsque je penserais à Luc, des années plus tard, me viendrait toujours à l'esprit la vision de ce grand malade si maigre, si faible, risquant peut-être sa vie pour se bourrer une dernière fois la panse, et que jamais je ne regretterais ce geste. Il mâchait longuement, avec volupté, extirpant tous les jus, tous les gras, puis avalait en soupirant d'aise.

« Tu vois, dans des moments comme ça j'oublie que j'ai une machine à oxygène à côté de moi, que je peux étouffer d'une minute à l'autre, qu'une armée d'infirmières et d'infirmiers peut entrer dans ma chambre, me pomper, m'électrocuter, me frapper pour essayer de me garder en vie... »

La personne préposée au ramassage des cabarets fit de gros yeux en nous voyant nous empiffrer de grosse pizza grasse ; nous lui demandâmes gentiment de garder le silence. C'était une femme assez corpulente, visiblement gourmande. Elle fit un sourire complice, suivi d'un clin d'œil.

« Va falloir que vous achetiez mon silence, par exemple... J'en veux un morceau ! »

Elle resta debout sur place pour dévorer sa pointe de pizza. Silencieuse. Contente. Si Luc risquait d'être sérieusement malade, elle risquait sûrement sa place... pour un morceau de junk food.

« Ça fait du bien de se cacher pour tricher, hein ? J'étais au régime depuis deux mois ! »

Elle sortit avec le cabaret auquel personne n'avait touché.

« Vous avez rien vu.

— J'ai rien vu. Mais c'était bon en maudit ! »

Au premier rot de Luc, je ne pus m'empêcher de me crisper.

« Fais-toi-z'en pas. C'est bon signe. Ça veut dire que ça va passer. »

*

Les adieux furent presque mouillés. Nous étions tous les deux très émus et trop coincés pour le montrer.

« Amuse-toi bien, Jean-Marc. Oublie. Tout. Moi, l'autre, Montréal, ta peine... Pense quand même à moi la première fois que tu plongeras dans l'eau salée, mais oublie-moi tout de suite après !

— Tiens bon pendant que je serai pas là. Sois pas trop impatient avec le personnel de l'hôpital... pis pas trop bitch avec Mélène.

— Mélène ? J'vais la recevoir comme une véritable mère Theresa ! À genoux ! Les yeux baissés ! Les épaules rondes ! Pis si a l' emmène sa passionnante tricoteuse avec elle, j'vas aller jusqu'à y faire des compliments sur la beauté de son œuvre ! »

Des farces pour dissimuler l'émotion, encore. Une vraie accolade, un faux baiser.

« Tu sens la pizza.

— Toi aussi. »

J'avais la vue embrouillée. Je me disais : et si c'était la dernière fois que je lui parle ? Y faudrait peut-être que j'y dise quelque chose d'important, de senti. Mais, pour ne pas tenter le sort, je m'éloignai de lui en remettant, c'était ridicule, mon masque de papier.

Épuisé, il s'était appuyé contre la pyramide d'oreillers que je venais de rafraîchir en les tapotant longuement.

J'ai ouvert la porte.

« Jean-Marc... »

Mon Dieu. Ça y est. De vrais adieux. Je me suis tourné trop brusquement.

« Qu'est-ce que je vais faire ? Garde Gadouas va sûrement sentir mon haleine de pizza ! »

DEUXIÈME PARTIE

Un quai au bout du monde

En descendant de l'avion, à Key West, j'ai attrapé la grippe.

J'avais eu froid à Dorval, j'avais gelé dans le vol Montréal-Miami, j'avais été frigorifié à l'aéroport de Miami pendant deux longues heures et j'avais commencé à avoir un peu chaud dans le vol Miami-Key West.

En débarquant du petit bimoteur, j'ai eu l'impression d'entrer dans un bol de soupe tellement l'air était saturé d'humidité. Je fus en nage en trente secondes et la brusque exposition au soleil, comme d'habitude, me fit éternuer trois fois. D'une main je tenais ma veste de coton désormais inutile, et de l'autre, ma petite valise — j'ai enfin, à presque cinquante ans, appris à voyager léger — et j'éternuais à grands coups incontrôlables, les bras éloignés de mon corps le plus possible pour ne pas me salir. Les autres passagers m'évitaient en hochant la tête et le jeune homme préposé au transbordage des bagages me fit un clin d'œil en me disant, avec un bel accent chantant du Sud et un sourire dévastateur, que la vitamine C, dont regorgeait l'île, ferait des merveilles pour moi. Je le remerciai de son souhait et m'éloignai de l'appareil en me mouchant.

Gerry et Dan m'attendaient à la porte 1 (pourquoi lui donner un numéro c'était la seule !), brandissant chacun un bout de carton où étaient inscrits sur l'un mon prénom, sur l'autre mon nom de famille en lettres fioriturées jaunes et roses, entourées de guirlandes de diverses couleurs.

Gerry était parfaitement rond. Je n'avais jamais vu quelqu'un d'aussi rond de ma vie. Ce n'était pas un gros homme avec une bedaine, c'était une boule de chair sans fessier ni ventre visibles, parfaitement lisse, enveloppée d'un T-shirt bleu pâle et d'un short bleu marine garni d'une ceinture brun foncé. Il était le même de profil que de face et jouait, je le sentis immédiatement, de cette curiosité de la nature en bougeant sans arrêt, toupie vivante dotée de deux bras courts et de deux jambes grassettes. Il n'avait pas de cou et sa tête semblait posée directement sur la sphère parfaite de son tronc. On aurait juré qu'il était né bronzé. Sa peau avait épaissi, durci au soleil et suggérait le cuir bien entretenu. Il mourrait soit de haute tension, soit d'un cancer de la peau.

Quant à Dan, on s'en serait douté, c'était son antithèse parfaite. Long. Placide. Immobile. Pâle. Et exagérément moustachu.

Après m'avoir souhaité la bienvenue avec une voix nasillarde des plus déplaisantes (on n'était pas loin de Truman Capote ou de Tennessee Williams), Gerry me regarda des pieds à la tête en me disant que j'avais visiblement bien besoin de Key West. Je ne sus quoi penser de sa remarque et optai pour un sourire qui ne m'engageait à rien. J'étais un peu découragé. Je n'avais pas du tout envie de passer un mois en compagnie des Mutt and Jeff du milieu gay de Key West; j'espérais seulement que le pavillon que j'avais loué était retiré et discret.

La première chose que Dan me dit, avec une magnifique voix de baryton qui me plut sur-le-champ, était justement que le pavillon que je leur avais loué était retiré et discret. Et que je pouvais envoyer promener Gerry s'il devenait trop entreprenant. Coup de coude de Gerry, clin d'œil de Dan. Mon deuxième clin d'œil en moins de cinq minutes ! Key West était déjà à la hauteur de sa réputation.

Le chemin vers la maison de la rue White était très court mais je pus me faire une idée de l'extraordinaire variété de la végétation de cette île. Des dizaines d'essences d'arbres, des feuillus autant que les inévitables palmiers, des cactus géants, de monstrueux avocatiers, des bougainvilliers qui poussaient comme de la mauvaise herbe, des banians torturés et chevelus, des bananiers, des citronniers. Un soleil radieux, un ciel sans nuages, des fleurs partout, un délicieux air salin. Un moment de paix, à peine quelques secondes, le premier depuis si longtemps, se creusa un minuscule nid quelque part dans la région de mon cœur et j'ai dû sourire parce que Gerry, c'était décidément une maladie de l'île, me fit à son tour un clin d'œil.

« C'est un ordinateur que vous transportez là ?

— Oui...

— Vous êtes écrivain ?

— Chus d'abord professeur de français, mais je viens de publier un livre, à Montréal, qui a relativement bien marché... Et j'ai apporté mon ordinateur au cas où l'envie d'écrire me prendrait... En fait, y faudrait que j'écrive... »

Gerry et Dan s'étaient aménagé un petit paradis à la fois ombragé et ensoleillé : une coquette maison blanche sous les poincettias royaux aux fleurs rouge orangé et les grappes de bougainvilliers roses qui, m'expliqua Gerry avec force gestes, étaient la fleur de l'île — Dan n'était pas d'accord et prétendait que c'était l'hibiscus : on sentait là une vieille chicane de couple qui jamais ne trouverait sa résolution; une jolie piscine verte, bordée de tuiles roses et blanches, au motif simple et de bon goût, prolongeait la terrasse de bois et, au fond de la propriété, se profilait le fameux pavillon. Il dépassait, en fin de compte, toutes mes espérances. Assez grand, bien meublé, télé-câblé, plancher de grosses dalles alternativement octogonales ou carrées, lit queen size (pour mes folles nuits, me dit Gerry pendant que je me disais que je ne pourrais jamais supporter autant de clins d'œil sans faire de crise) et air climatisé, même si j'en avais assez supporté pour aujourd'hui.

Avant même que j'aie déposé ma valise sur le plancher de mon nouveau home, Gerry m'avait offert un cocktail — il était deux heures moins dix de l'après-midi — et une baignade. J'acceptai la baignade, fis comprendre à mots couverts que je buvais très peu et, surtout, jamais avant six heures du soir. Dan, qui arriva sur les entrefaites avec une bouteille de « champagne » Andrès et trois coupes, parut si dépité que je décidai de faire une exception et avalai, uniquement pour leur faire plaisir, quelques gorgées de cette escroquerie qui promet plus de maux de tête que d'enivrement.

L'eau de la piscine était délicieusement tiède, presque chaude; je m'ébrouai longtemps et avec un évident bonheur, ce qui parut faire plaisir à mes hôtes. Qui, eux, calèrent la bouteille d'Andrès en un temps record en me prédisant un séjour prodigieux, du repos si j'en voulais, de l'excitation veut-veut pas, de nouveaux amis, un tan incroyable et beaucoup plus encore. Je les sentais me soupeser, me détailler sous toutes les coutures, me jauger. Je savais très bien que je n'avais pas grand-chose à leur offrir. Leurs goûts devaient plutôt se situer vers le genre golden boy musclé à la queue de cheval agressive ou aux juvéniles boucles blondes. Heureusement, je n'avais aucune intention, ni surtout aucune envie de faire un effort pour leur plaire physiquement. J'éviterais même, si la chose était faisable, de les fréquenter. Je leur dirais en temps et lieu, au risque de les décevoir, que j'étais un petit être sauvageon, blessé, qui avait besoin de solitude et qu'il ne fallait surtout pas qu'ils s'attendent à ce que je sois très *friendly* avec eux.

Un grand frisson me prit en sortant de la piscine et je décidai d'aller me détendre sous une longue douche chaude.

Une demi-heure plus tard, je tremblais de froid dans mon grand lit queen size, sous le regard consterné de Gerry et Dan.

*

Enfant, lorsque je faisais de la fièvre, le même cauchemar revenait hanter mes journées autant que mes nuits : des lutins vicieux et laids commençaient par agiter des chaînes sous mon lit — je pouvais les entendre rire et sacrer en brassant leurs fers pour bien me faire remarquer leur présence —, puis décidaient d'envahir ma couchette trempée de sueur : ils partaient à l'assaut de la grande cage de métal, grimpaient le long des pattes, lançaient des crochets pour bien assurer leur équilibre — je *voyais* les petites mâchoires de fer mordre mon drap, mes couvertures! —, puis aboutissaient dans le lit en brandissant dans ma direction divers instruments de torture plus menaçants les uns que les autres. Ils fourmillaient autour de moi, je sentais déjà la froideur du métal sur ma peau trempée. Je hurlais de peur et rien ni personne ne pouvait me consoler, apaiser mon agitation. Ça durait des jours et j'en sortais complètement épuisé, amaigri. Mes frères me disaient en riant qu'ils m'avaient entendu crier de peur comme un bébé et j'étais terriblement humilié.

Je fus de nouveau cet enfant pendant deux jours complets. Avec fièvre, lutins, instruments de torture et tout. Mais, cette fois, pour des raisons évidentes, Mathieu s'était joint à eux et, chose plus étonnante encore, Sébastien aussi. L'agressivité contre Mathieu, que j'avais retenue jusque-là, s'exprimait enfin, je suppose, mais elle se retournait contre moi et il devenait le bourreau que j'avais refusé qu'il fût. Quant à Sébastien, il suivait son père, il avait déjà oublié le mot de tendresse laissé sur mon plancher, c'était un sans-cœur, un méchant lui aussi... Parfois, au beau milieu d'un cauchemar, je me disais je devrais pas penser ça d'eux, j'vais le regretter quand j'vais aller mieux, c'est pas des monstres, mais je ne pouvais pas m'en empêcher et je prenais un malin plaisir à me faire du mal à travers eux.

De temps en temps Gerry entrait dans mon pavillon avec un bol de soupe au poulet, se penchait sur moi, me remontait un peu dans mon lit si je ne frissonnais pas trop et me faisait manger à la petite cuiller en me disant des choses qui se voulaient en même temps apaisantes et drôles.

« Y a rien comme la soupe au poulet contre la fièvre, Jean-Marc... Ma mère appelait ça *the Jewish penicillin*...»

Quand il prononçait mon nom, ça donnait quelque chose comme «Jeanne-Mark» et j'avais l'impression, du fond de ma fièvre, qu'il s'adressait à une de ses lointaines cousines... Et les clins d'œil s'étaient tellement multipliés que j'aurais juré qu'il prenait des photographies de moi dans mon lit de douleur.

Mais sa soupe était délicieuse, réconfortante et sa bienveillance sincère. Sa seule présence me calmait quand j'avais des poussées trop fortes. Et on aurait dit qu'il les sentait venir parce qu'il était presque toujours là quand elles se produisaient.

Il posait sa main potelée sur mon front, sa rondeur me rassurait, je fermais les yeux, m'endormais même, parfois.

Le premier soir, juste avant de me border pour la nuit, il me demanda gentiment si j'avais *the big disease*. J'ai dit non en souriant, ce qui l'étonna un peu vu mon état.

« Pourquoi tu souris ?

— Parce que nous aussi, en français, on l'appelle *the big disease* : la grosse maladie, pour pas à avoir à toujours la nommer... On l'appelle aussi la grosse grippe...»

Il sourit à son tour.

« Ah, c'est bon, ça... *The big flu*. Me donnes-tu le copyright ? J'vais m'en servir comme si c'était de moi... Mes amis vont aimer ça.

— *Be my guest.*

— Avez-vous tous cet accent-là, au Québec, quand vous parlez anglais ?

— Je sais pas. Oui, probablement. Pourquoi ? Mon anglais est si mauvais que ça ?

— Non, non, pas du tout, tu parles très bien. C'est juste que ton accent est très différent de celui des Français. C'est vrai que votre français est pas du tout le même ? »

Je me mis à tellement frissonner que je dus me réfugier complètement sous les couvertures.

« Excuse-moi, c'est vraiment pas le temps des interviews... »

Il avait éteint les lumières lui-même, laissé une veilleuse, s'était retiré sur la pointe des pieds en disant *goodnight, sleep tight*, comme sa mère avait dû le faire des années plus tôt quand il était malade. J'avais éveillé sa fibre maternelle — c'est un trait de mon caractère, je semble produire cet effet-là chez tous les gens que je rencontre ! — et je m'endormis en me disant qu'au moins j'étais entre de bonnes mains.

Je dormis presque sans arrêt pendant deux longues journées. Je me levais parfois pour aller faire pipi, me traînais jusque sur la terrasse pour contempler quelques instants les superbes journées que je manquais, puis revenais me coucher, épuisé.

Mélène, à qui j'avais promis de parler en arrivant, appela le deuxième jour. Je dormais, Dan lui expliqua ma situation. Elle était prête à sauter dans le premier avion pour venir me chercher mais Dan la rassura, lui disant que c'était une simple grippe, que je n'étais pas du tout en danger.

Je la rappelai moi-même au bout de deux jours, me faisant le plus rassurant possible, mais elle devina, probablement à la faiblesse de ma voix, que je n'étais pas totalement rétabli.

« R'viens, si ça va pas mieux...

— Mélène, juste l'idée de reprendre l'avion me donne le goût de perdre connaissance...

— J'peux aller te chercher.

— Chus assez grand pour choisir quand j'dois rentrer...

— Rappelle, en tout cas.

— Ben oui. »

Conversation plate, dénuée de tout sentiment. Inquiétude mal contrôlée d'un côté, impatience mal dissimulée de l'autre. J'aurais préféré lui parler de la beauté de l'île, de la gentillesse de Gerry et de Dan, mais j'en étais totalement incapable. J'étais étourdi, j'avais mal à la tête, je voulais me recoucher.

Ce même soir, Dan entra en trombe dans mon pavillon, sans frapper, et posa ses bras sur ses hanches.

« C'qu'y te faut, c'est un bon steak. Ça va te refaire le sang. On a acheté des porterhouses, j'viens d'allumer le barbecue, comment tu manges ta viande ? »

Je n'étais pas venu jusque-là pour prendre mes repas en communauté ; je me retrouvai pourtant, tout de suite après la tombée de la nuit, à une jolie petite table ronde décorée en rouge et argent où trônait un impressionnant bonsaï (Gerry : « Je l'ai sorti pour qu'il prenne bien l'humidité, mais je vais l'éloigner quand les steaks vont arriver. »), je me surpris même à raconter ma vie au-dessus d'un délicieux et gigantesque steak littéralement noyé sous une étonnante sauce cajun qui allait, selon Dan, tuer mes derniers miasmes de grippe. Tout y passa : mes années à l'université, mes premières tentatives avortées pour essayer de décrire l'histoire de ma famille, la réussite, enfin, l'année précédente, avec ce roman plutôt tardif mais dont j'étais particulièrement fier (Gerry, toujours : « Tu sais qu'y a plus de cent écrivains qui habitent ici ! On en connaît quelques-uns... On connaît même trois prix Pulitzer ! Des hommes merveilleux... On va te les présenter. »), ma peine d'amour, surtout, qui me sembla ridiculement peu originale avec l'éloignement et qui ne produisit chez mes hôtes qu'une bien légère bouffée de sympathie.

Ils auraient voulu de l'action et du sang ; je leur livrais une séparation très civilisée et une peine d'amour refoulée qui refuse de s'exprimer.

Gerry passa rapidement sa main sur la mienne.

« Pauvre toi. Mais qu'est-ce que tu veux, on finit tous par passer par là... »

Son chum le regarda avec un petit air ironique.

« Gerry ! On est ensemble depuis vingt-deux ans !

— J'parle pas de l'avenir, Dan, j'parle du passé ! J'ai déjà été abandonné, moi aussi !

— Oui, pis j'les comprends !

— T'es donc drôle ! Pis y est pas dit non plus que tu partiras pas un jour avec un *spring chicken* qui va toute te gruger, même l'argent que t'as pas !

— J'f'rai jamais ça, tu le sais bien... Les *spring chickens* sont toujours pauvres tandis que les belles grosses dindes dodues sont toujours pleines aux as ! »

Une napkin rouge qui vole au-dessus de la table, un bon éclat de rire, un vrai échange de complicité et de tendresse, cette bouchée de viande, dans ma bouche, si tendre, si savoureuse...

Le vin, de l'américain mais du bon, coulait à flots. Deux bouteilles à trois. C'était énorme pour moi, surtout après trois jours de jeûne, mais ça semblait tout à fait normal pour Gerry et Dan. Mon verre se remplissait par miracle aussitôt qu'il était aux deux tiers vide ; j'avais beau protester, Dan repoussait ma main, penchait la bouteille... Gerry était de plus en plus bavard, Dan riait de plus en plus fort à ses reparties pas toujours si drôles, me semblait-il.

Le steak fini, Gerry me regarda avec cet air mouillé de qui a juste un peu trop bu.

« Tu sais que tu peux prendre *tous* tes repas avec nous, si tu veux ! Les trois ! Tous les jours !

— Gerry ! Jean-Marc (Jeanne-Mark, encore, il fallait que je m'habitue) n'a pas nécessairement envie de faire du « social »... Surtout après c'qu'y vient de traverser.

— Justement, après une grippe, t'as besoin de te secouer un peu, faut pas rester tout seul...

— J'parle pas de sa grippe...

— Oh, c'est vrai, pardon... Excusez-moi... »

Puis, après un moment de silence :

« Après une peine d'amour non plus, si vous voulez mon opinion franche et directe... »

Même la pomme de terre au four était exceptionnelle, ou n'était-ce pas plutôt ma faim qui l'était ? En tout cas, je mangeais avec un appétit qui devait faire plaisir à voir.

« Merci pour l'invitation, les gars, mais chus vraiment venu ici pour être le plus seul possible.

— J'me mêle peut-être de c'qui me regarde pas, mais au risque de me répéter, j'te dirais que quand on traverse une période difficile, comme ça, faut justement pas rester tout seul... »

Bon, ça y est, me suis-je dit, une autre Mélène !

« De toute façon, on donne beaucoup de partys ici, on reçoit *énormément*... »

Dan était en train de débarrasser la table pour faire de la place à une gâterie annoncée depuis le début du repas, quelque chose appelé *Key lime pie* et qui, selon Gerry, consolait d'absolument tout, même du pire.

« Fais-y pas peur en plus, Gerry !

— Ben quand y va voir le zoo arriver avec des caisses de bouteilles de champagne pis des gallons de scotch, y va ben être obligé de se rendre compte qu'on reçoit ! »

Dan s'éloignait en se dandinant un peu trop dans son pantalon blanc serré. Faisait-il ça pour moi ou était-il en perpétuelle représentation ?

« On reçoit pas avant la semaine prochaine...

— On est samedi soir ! C'est la nouvelle semaine demain ! »

Après ce clin d'œil-ci, me suis-je dit, je n'en enregistrerai plus jamais un, sinon je vais devenir fou.

Dan posa la *Key lime pie* sur la table comme ma mère le faisait jadis avec sa dinde de Noël.

« Voici la chose. »

La chose ressemblait à s'y méprendre à une tarte au citron meringuée mais son goût était beaucoup plus prononcé et son abaisse, à base de biscuits Graham, se mélangeait à la pâte de citron vert avec un bonheur parfait. Une des choses les plus délicieuses que j'avais jamais goûtées. Et des plus cochonnes.

Cette fois, Gerry ne fit pas de clin d'œil mais tapocha des yeux d'une façon comique.

« Un million de calories par bouchée ! »

Il se pinça ou, plutôt, essaya de pincer une quelconque partie de sa sphère personnelle dans la région de ce qui aurait dû être sa taille.

« Pis ça s'en va directement là. »

Dan parla la bouche pleine pour ne pas rater son effet :

« T'es tellement gros que c'est rendu que ça s'en va se loger directement derrière tes oreilles ! Quand tu vas avoir des oreilles obèses, c'est toi qui vas être obligé d'émigrer à Montréal pour aller oublier ta peine d'amour ! »

Gerry ne riait pas des farces de Dan, il se contentait de hausser les épaules. C'était lui le comique du couple et il voulait que ça se sache.

Si la *Key lime pie* allait se loger derrière les oreilles de Gerry, elle me tomba, moi, directement sur le cœur. J'eus rapidement une vague nausée que je ne pouvais pas montrer à mes hôtes sans paraître impoli et je me retrouvai dans la désagréable situation de faire l'éloge de la maudite tarte une demi-heure après le début de mon mal de cœur. Je me voyais déjà tourner dans mon lit toute la nuit en me battant contre les graisses et le sucre...

Quand arriva le temps des digestifs, je refusai catégoriquement, à la grande déception de Dan qui brandissait avec fierté une bouteille de mandarine Napoléon. Il avait bu beaucoup de vin et son teint blafard quelques heures plus tôt s'était coloré d'une vilaine teinte violacée. C'est bizarre comme les gens sexy perdent tout sex-appeal quand ils ont bu.

Nous nous installâmes sur des chaises longues entourant la piscine. J'avais allumé la lumière de la table de chevet de mon pavillon qui faisait un bel effet de lanterne chinoise. Tout était paisible et beau. Les criquets s'étaient réveillés aussitôt le soleil couché, trouant la nuit de leurs stridentes stridulations. Mais mon malaise persistait et je voyais avec horreur venir le moment humiliant où j'aurais à courir vers ma salle de bains, les deux mains plaquées sur la bouche.

Mais la baignade, une idée de Gerry, me sauva.

L'eau tiède glissait sur mon corps, mes gestes brusques, dans une caricature de natation parce que je ne sais à peu près pas nager, débloquèrent mon système digestif et je me sentis très vite soulagé. Je fis la planche, ça j'y arrive facilement, pendant de longues minutes, admirant la splendeur du ciel étoilé. L'eau était de plus en plus tiède et moi de plus en plus mou.

Dan et Gerry étaient tombés dans la mandarine Napoléon et explosèrent en cris de déception et en vives protestations quand je leur annonçai que j'allais me coucher.

Mais Dan fut le premier à comprendre, comme ça semblait être l'habitude, et me souhaita bonne nuit pendant que Gerry continuait à répéter qu'il ne fallait surtout pas que je reste seul, que la solitude était l'ennemie des solitaires et que mon salut se situait au cœur de leur désormais éternelle amitié.

Ai-je besoin d'ajouter que vis-à-vis ma première vraie soirée à Key West je me recouchai avec ce que les Anglais appellent des *mixed feelings* ?

*

J'avais dû trop dormir ces derniers jours ; je roulai dans mon lit une partie de la nuit, le steak bloqué dans l'estomac, le vin me faisant battre les tempes.

Malgré le plaisir que j'avais eu à manger en compagnie de Gerry et Dan, j'avais ressenti pendant tout le repas un vague malaise que j'avais mis sur le compte de ma grippe qui achevait. Mais en posant la tête sur l'oreiller, je sus ce qui m'avait manqué pendant toute la soirée. La complicité de Mathieu. Je pensais au plaisir que nous aurions pris tous les deux à ce repas, aux regards de connivence que nous aurions échangés par-dessus la table, au fou rire qui nous aurait secoués quand nous nous serions retrouvés seuls, aux commentaires toujours si justes, si drôles de Mathieu après une soirée éprouvante ou tout simplement cocasse. L'humour de Mathieu me manquait terriblement tout à coup. Son rire au moment où on s'y attendait le moins parce qu'il venait de trouver une faille chez quelqu'un qu'il n'aimait pas ou de découvrir le moyen de se moquer d'une situation délicate. Sa façon de raconter — il n'était pas menteur mais, en bon conteur, exagérait et embellissait délicieusement les choses —, son animation quand il était inspiré, sa façon de ponctuer la fin de ses phrases avec un ricanement, savourant encore ce qu'il venait de dire.

Je n'étais pas fait pour rire tout seul. Je cherchais sa voix, son rire dans la nuit. Si je ne m'étais pas retenu, je me serais levé, j'aurais pris le téléphone, j'aurais composé son nouveau numéro et je lui aurais dit : ris, ris, un peu, juste un peu, j'en ai besoin, j'ai *absolument* besoin de t'entendre rire. Même au fin bout de la Floride, je ressentais son absence comme une brûlure alors que j'avais eu la naïveté de croire que le seul fait de m'éloigner de Montréal aurait suffi à panser ma blessure. J'avais beau me dire que c'était normal, que je ne pouvais pas «guérir» comme ça, en quelques jours, comme j'avais guéri de ma grippe, me parler comme à un enfant bouché, la souffrance continuait à me trouer le ventre et j'étais accablé, paniqué. Je ne dormirais pas, la nuit serait sans fin, désespérante, épuisante, je ne pourrais pas fonctionner le lendemain, je ne voulais même pas voir le lendemain arriver.

L'avion. Il fallait que je reprenne l'avion le plus vite possible. Par n'importe quel moyen. À n'importe quel prix. Retrouver Montréal, des endroits familiers, rassurants, plutôt que de rester dans cette île que je n'avais pas encore visitée trois jours après mon arrivée, que je n'avais plus du tout envie de connaître... Non, ce serait peut-être pire, l'appartement de la rue Bloomfield, les voisines d'en bas, Outremont, tout me déprimerait... Quoi faire, alors? Dormir! Pendant des mois, pendant tout le temps que prendrait ma douleur pour s'amenuiser, s'éteindre doucement, se faire oublier. Mais je ne pouvais même pas dormir maintenant, comment pouvais-je penser à le faire pendant des mois? Je ressassai les idées les plus folles — le maudit esprit d'escalier — durant toute la nuit; je pensai aux cures de sommeil auxquelles se livrent les acteurs épuisés, à des cuites sans fin qui gèleraient mon cerveau, à la cryoconservation, même, le comble de l'absurde engendré par cette société hantée par la jeunesse et la mort : j'irais m'étendre à côté de Walt Disney, le héros de mon enfance, en attendant que le remède à nos maladies respectives soit découvert, et je me réveillerais, beaucoup plus tard, guéri et flambant neuf! J'étais ridicule, je le savais, et pour la première fois depuis des années j'étais incapable d'en rire. Exactement comme j'étais incapable de pleurer depuis le départ de Mathieu.

Un orage tropical est tombé au milieu de la nuit, violent, déchaîné. Je me suis levé, j'ai ouvert la porte de mon pavillon. Des trombes d'eau se déversaient dans la piscine criblée de milliards de gouttes qui rebondissaient de plusieurs pouces; le caroubier au-dessus de la maison de Gerry et Dan penchait dangereusement, échevelé par le vent, ses longues fèves battant le toit d'aluminium; les cocotiers perdaient leurs fruits qui tombaient dans la rue avec un sinistre bruit sourd. Les chaises de jardin avaient été poussées par le vent contre le mur de la terrasse, toutes les petites tables avaient déjà été renversées. Au milieu d'une série d'éclairs qui donnaient au jardin un air de film d'horreur, j'ai vu Dan, tout nu, sortir de sa maison, sauter dans la piscine en m'envoyant la main.

« Viens me rejoindre ! C'est merveilleux quand y pleut ! »

Gerry sortit à son tour, enveloppé dans une robe de chambre en ratine violette.

« Vas-y pas, c'est dangereux ! »

Au même moment un coup de tonnerre nous fit sursauter tous les trois et Gerry rentra dans la maison en hurlant.

« Y va se faire électrocuter ! »

Dan me regarda en souriant. Il cria pour bien se faire entendre.

« Y me dit ça depuis vingt-deux ans ! Y *voudrait* que je me fasse électrocuter, mais la méchante sorcière qu'y invoque tous les jours veut pas y répondre ! »

J'ai sauté. Sans réfléchir. J'étais sur le pas de mon pavillon puis, sans transition, je me suis retrouvé dans la piscine avec mon T-shirt et mes shorts Létiga. L'eau était chaude, la pluie à peine plus fraîche, mes vêtements me collaient à la peau. Je barbotais comme un enfant, la tête penchée en arrière pour bien sentir la pluie sur mon visage.

« L'orage t'a réveillé ?

— Non, je dormais pas.

— Tu vas dormir après ça, crois-moi ! »

Gerry était revenu près de la piscine. Sa robe de chambre prenait une teinte plus foncée sous la pluie. Il l'enleva — Humpty Dumpty nu et exagérément poilu, avec un énorme sexe qui lui battait la cuisse, une vision des plus étranges —, descendit avec nous dans l'eau, empruntant les quatre marches de ciment, cependant.

« Pour une fois, si la piscine déborde, ça sera pas juste de ma faute ! »

L'orage finit comme il était venu, rapidement, sans prévenir. Nous nous retrouvâmes tous les trois dans une piscine trop pleine, au bord de se déverser sur la terrasse de bois. Dan et Gerry faisaient la planche — on aurait dit qu'ils se faisaient de la publicité ! —, moi je n'osais pas parce que je savais que mes shorts de coton étaient devenus transparents.

Au bout de quelques minutes, Gerry sortit de l'eau, entra dans la maison sur le bout des pieds, convaincu, peut-être, de moins dégoutter ainsi, en ressortit avec trois énormes chaudrons. Nous nous mîmes à vider la piscine de son trop-plein d'eau avec un plaisir d'enfants qui sont sûrs et contents de faire un mauvais coup.

« Vous avez pas de *waste* sur votre piscine ?

— Oui, mais c'est plus amusant comme ça ! »

La baignade aussi finit comme elle avait commencé : en quelques secondes nous fûmes tous les trois à l'extérieur de la piscine, les adieux furent succincts, les portes rapidement fermées.

Si tout n'avait pas été trempé, les chaises renversées, la piscine encore un peu trop pleine, j'aurais juré qu'il ne s'était rien passé.

Un calme total, une parfaite immobilité étaient tombés sur Key West endormi. L'orage n'avait pas apporté l'ombre d'une petite fraîcheur. Il faisait toujours aussi chaud, aussi lourd, l'humidité continuait à tout recouvrir, à tout pénétrer.

Douché, séché, habillé de frais, je m'écroulai dans mon lit et m'endormis immédiatement. Du plomb. Pas de rêves, pas d'angoisse. Juste un tout petit manque, l'absence d'une odeur, de la douceur d'une peau quand j'étirais la main dans mon sommeil.

*

Trois petits coups contre un carreau des portes-fenêtres de mon pavillon. Je me suis réveillé en sursaut, incapable de me rappeler où j'étais. Le physique si particulier de Gerry qui se profilait dans la porte dont j'avais oublié de baisser le store me ramena à la réalité et, malgré mon érection du matin que j'essayais tant bien que mal de dissimuler, j'allai lui ouvrir.

« Excuse-moi mais y est huit heures et demie pis je dois partir pour le travail. Dan est déjà rendu depuis une bonne heure. »

Dans mon impatience à leur raconter mon histoire, la veille, j'avais oublié de leur demander ce qu'ils faisaient dans la vie.

« Comme j'te l'ai dit hier, tu peux venir nous rejoindre au café tant que tu voudras... »

Un café ? Quel café ? On ne m'avait jamais parlé d'un café !

Il me tendait une carte d'affaire bleu poudre imprimée en noir et enluminée de fil d'argent.

« Sans nous vanter, on est très bons. On est un des cafés les plus courus, le matin, à Key West. »

Sans mes lunettes de récente victime de la presbytie, j'ai un peu de difficulté à lire depuis quelque temps. J'éloignai la carte de mes yeux, fronçai les sourcils dans un effort surhumain pour faire le point, ce qui sembla beaucoup amuser Gerry.

FRENCH CAFÉ
Breakfast and Lunch par excellence
Duval St.
Key West.

Il me tendit ensuite une carte de l'île.

« J'ai mis une croix où on habite, pis une où est situé le café. T'es à dix minutes de marche. Tu peux manger ici, si tu veux, la cuisine est pleine de bonnes choses, mais pour ton premier matin tout seul, comme ça, j'te conseillerais de venir nous voir... »

Il faisait aussi chaud, aussi lourd que la veille. Des nuages gris, très bas, poussés par un vent d'une force étonnante, cachaient parfois le soleil et l'île sombrait pour un court instant dans la semi-obscurité. Ce passage de la lumière à la pénombre se faisait si rapidement qu'on aurait juré que c'était l'île elle-même qui avançait dans l'océan, mais sans le tangage ni le roulis des bateaux.

Quand je suis sorti de la maison, la mer scintillait au bout de la rue White — c'était la première fois que je la revoyais depuis mon arrivée, quatre jours plus tôt —, mais la rue elle-même était plongée dans une espèce de crépuscule assez surprenant pour neuf heures du matin. Le nuage passé, les verts, de l'émeraude des bougainvilliers au presque lapis-lazuli des cactus géants, du vert-de-gris de certains troncs moussus au tendre citreux des nouvelles pousses partout présentes, magnifiés par le soleil, brillaient de tout leur éclat dans leur renversante diversité. Il avait continué à pleuvoir pendant la nuit et l'asphalte n'était pas encore tout à fait sec. Des fleurs, partout, pendaient au bout des branches, jusqu'à toucher le sol. Les hibiscus, fleurs d'un jour qui meurent aussitôt que nées, jonchaient les parterres ; les omniprésents bougainvilliers projetaient vers le ciel ou la pelouse leurs grappes de blanc, de rouille, de rouge et de rose ; les poinsettias sauvages achevaient de reverdir ; de minuscules fleurs roses que je ne connaissais pas essayaient de se frayer un chemin à travers tout ça, se faufilant entre les branches des arbres bas, pointant leurs téméraires corolles vers le soleil.

Tout était d'une grande beauté, les maisons blanches, ou bleues, ou jaunes autant que l'ahurissante végétation. Mon attention, mon admiration étaient sans cesse sollicitées, j'avais envie de tirer doucement les branches basses, de caresser les troncs torturés des banians souvent envahis, recouverts de gigantesques feuilles jaunâtres, étranges parasites ornementaux ou les énormes et invitantes fleurs inconnues qui poussaient n'importe où et n'importe comment. À l'intersection de deux rues, devant une variété d'arbres particulièrement impressionnante, je me dis que ce moment privilégié de paix, d'exaltation valait à lui seul la peine que j'avais prise à me déplacer, moi si sédentaire, surtout dans le malheur. L'air, le soleil, les coloris, tout me faisait du bien.

J'avais évidemment beaucoup entendu parler de la rue Duval, le cœur de Key West, de sa vie nocturne échevelée et intense, de ses boutiques chic ou cheap qui ferment tard et n'hésitent pas à égorger le touriste imprudent, de ses galeries d'art où l'on retrouve, comme partout ailleurs, plus d'horreurs que de splendeurs, mais dans la lumière du matin, elle m'apparut comme n'importe quelle rue centrale d'une jolie petite ville d'Amérique du Nord. Les boutiques, c'est vrai, semblaient assez intéressantes, mais tout était fermé. Rien, sauf quelques restaurants, n'ouvrait avant onze heures dans cet îlot du sud qui avait la réputation de se coucher plutôt tard.

Le French Café était situé tout au bas de la rue Duval, entre l'antre d'une *psychic reader* et une boutique de location d'équipement de snorkle. C'était une grande maison blanche très Nouvelle-Orléans, dont la grande galerie de façade qui se prolongeait jusque sur le côté avait été transformée en terrasse où, déjà — je pus tout de suite faire la différence — des touristes et des « locaux » prenaient leur petit déjeuner. Les premiers, engoncés dans leurs déguisements propres, examinaient le menu ou leur assiette avec une attention toute paranoïaque pendant que les autres mangeaient joyeusement sans se poser de questions. La terrasse était bondée mais il restait une table de coin, l'une des meilleures, qui, j'en avais le pressentiment, m'était destinée.

Gerry, qui faisait office d'hôte et de serveur, me vit arriver, me fit un grand salut amical et me montra la table.

« On t'a gardé ça. On était sûrs que t'allais venir ! »

Il disparut dans la cuisine à petits pas précipités pour bien me montrer à quel point il était occupé.

Les locaux, probablement déjà alertés de mon arrivée, me regardèrent passer en me détaillant comme l'avaient fait Gerry et Dan le premier jour. Une table en particulier, une huitaine d'hommes trop gras ou trop maigres, semblait particulièrement intéressée par mon intrusion dans le café. Je supposai que c'étaient les intimes, déjà prévenus de ma santé chancelante et du fait qu'un écrivain de plus s'ajoutait à la longue liste de ceux qui avaient choisi leur île comme refuge. Certains me saluèrent même de la main et je me dis qu'il me serait bien difficile de les éviter, que j'aurais dû rester tranquillement à la maison, à me faire des toasts et du café en rongeant mon frein et en m'arrachant la peau du cœur comme j'étais censé le faire...

Gerry ressortit de la cuisine avec un énorme plateau d'assiettes ridiculement chargées de ce que les Américains se sentent obligés de manger le matin : toasts, café, bacon, saucisses, *grits*, *home fries*, gaufres et crêpes, sans compter la confiture et le sirop d'érable qui trônaient déjà sur la nappe à carreaux. La table voisine explosa en cris de joie et une famille complète se jeta sur sa première ration quotidienne de cholestérol.

Mais ce que j'entendis me coupa le souffle.

Gerry leur parlait anglais avec un invraisemblable accent français, celui qu'empruntent si souvent les acteurs américains qui jouent des rôles de garçons de table parisiens au cinéma sans avoir quelque notion de français que ce soit. C'était absolument faux, caricatural, sans aucune intonation crédible pour qui s'y connaissait un peu en français, mais la famille d'Américains semblait boire ses paroles comme s'il avait été Paul Bocuse lui-même descendu du ciel des grands chefs pour daigner leur adresser la parole.

« *Ze French toast eez espechialy goude, hire. It come from my familie, an ole ricipie of ze southe of Fraance.* »

J'ai dû ouvrir la bouche d'une façon assez comique parce que Gerry me fit, eh oui! un énorme clin d'œil complice auquel, pour une fois, je répondis.

Son boniment terminé, il se fraya un chemin jusqu'à moi, ce qui n'était pas une tâche facile vu sa corpulence, et me souhaita la bienvenue, toujours avec le même accent.

«*A* nouveau *costumeure! Welcome to ze* French Café, oui, oui, oui! *How are you, zis mornigne? Some* café? *Eez very goude!*

— C'est quoi, cet accent-là, veux-tu bien me dire...»

Il se pencha pour me parler et baissa le ton en se tordant la bouche à la façon de W. C. Fields.

«On s'appelle le French Café, tu comprends, faut pas décevoir la clientèle...

— Y se rendent compte de rien?

— Penses-tu! Des fois y s'en doutent quand c'est des gens qui ont voyagé, mais y jouent le jeu...

— Si y a des vrais Français qui viennent...

— Y en a... J'les entends toujours parler avant de les servir, alors je reprends mon accent à moi...

— Mais qu'est-ce que tu fais quand tu parles à tes amis qui mangent ici?

— J'continue! Ça les fait mourir de rire! Y me demandent même de le faire dans les partys! Écoute, toi qui es Français d'origine, comment y est, mon accent?»

Comment le décevoir? Je lui dis que c'était à s'y tromper. Rose de plaisir, il repartit avec ma commande en me promettant une portion impressionnante de *home fries* — je n'en avais même pas commandé! — pour un si beau compliment. Me croyait-il? Probablement pas mais ça n'avait, je suppose, aucune espèce d'importance. N'étions-nous pas dans le pays du «faire comme si»?

Ils me laissèrent manger en paix mais, comme je m'y attendais, tout de suite après le repas qui était délicieux, même les *home fries* que je ne digère jamais d'habitude, j'eus droit aux présentations officielles. Dan vint me chercher cérémonieusement, me guida à travers les tables qui s'étaient rapidement vidées de tout ce qui était touriste depuis un bon quart d'heure, me poussa vers l'assemblée de ses amis qui s'était grossie de quelques spécimens nouveaux.

Il y avait là Greg, Chuck, Rick, Mike, Brad, d'autres surnoms du même genre mais aucun vrai prénom, Gregory, Charles, Richard, Michael, Bradford et les autres ayant depuis longtemps décidé que leurs prénoms ne faisaient pas assez mâles et que ces raccourcis, comme de brusques petits cris à consonance sexy, donnaient d'eux une image plus virile. J'avais l'impression de lire le sommaire d'une revue porno, mais ce que j'avais sous les yeux en était bien éloigné. Les chauves étaient automatiquement moustachus, les chevelus glabres, les gros portaient des T-shirts trop serrés et les maigres des camisoles de corps qui laissaient deviner leurs muscles parfois ridicules de mollesse, parfois impressionnants de rondeur et de fermeté. (On sacrifiait visiblement beaucoup à la déesse gonflette à Key West.) Enfin bref, des clichés sympathiques et sans complexes qui me reçurent amicalement en leur sein malgré ma grande réticence. Brad m'avança une chaise, Mike m'offrit un autre café que j'acceptai, Chuck entama la conversation.

Je crus comprendre qu'ils se retrouvaient là tous les matins au petit déjeuner avant d'aller travailler, les couples autant que les célibataires, moins pour encourager leurs amis propriétaires du café que pour continuer, ou finir, le party de la veille.

J'avais aspiré à la solitude et j'étais tombé dans un party perpétuel!

Gerry et Dan se joignirent à nous et je crus voir venir le moment où tous, sans exception, décideraient de ne pas aller travailler ce jour-là tant l'atmosphère était détendue, amicale, joyeuse.

Ils échangeaient les derniers potins, vraiment les derniers puisqu'ils s'étaient quittés à peine quelques heures plus tôt, sirotaient leur café en riant de tout et de rien, s'excusaient de ne pas pouvoir m'expliquer toutes leurs allusions, leurs farces, leurs jeux de mots.

Pendant près de dix ans, avant de rencontrer Mathieu, j'avais été le seul homme dans un groupe de femmes, par choix, parce que j'avais toujours voulu éviter le ghetto gay masculin de Montréal; je me retrouvais tout d'un coup au milieu d'un groupe d'hommes qui ressemblaient à ceux dont je m'étais tenu éloigné et, plutôt que d'en éprouver du malaise, je me sentais à l'abri de tout, protégé, sans doute parce que je ne connaissais personne, que je pouvais me noyer, disparaître dans la masse de mes semblables en goûtant sans arrière-pensée leur vitalité, leur insouciance, leur sens de l'humour.

Mais vers dix heures trente, comme à un signal, ils se levèrent d'un seul bloc. Greg et Mike s'en allaient ouvrir leur galerie d'art appelée Cactus Flower en l'honneur de leur chien détesté de tous mais qu'ils adoraient; Brad devait commencer sa journée comme vendeur dans une trappe à touristes à l'autre bout de la rue Duval; Rick et Chuck n'avaient qu'à traverser la rue pour atteindre leur salon de coiffure, le meilleur et le plus cher de Key West, etc. Il y avait même un éboueur, Jim, et un policier, un autre Gerry, tous les deux très sexy et visiblement les idoles et les briseurs de cœurs du groupe.

La plupart se donnèrent rendez-vous pour le coucher du soleil et Gerry m'expliqua qu'ils se retrouvaient tous les soirs à un quai près de chez lui pour regarder le soleil s'éteindre.

« L'hiver, c'est plus impressionnant parce qu'y disparaît directement dans la mer, alors qu'à cette époque-ci de l'année y se couche derrière l'île... mais c'est quand même très beau, tu vas voir.

— J'peux donc me considérer comme invité ?

— Bien sûr ! »

Ça semblait évident pour lui et je n'osai pas lui rappeler que je lui avais dit pas plus tard que la veille que j'étais venu à Key West pour être seul. Mais, en fait, je n'en étais plus très sûr moi-même. Gerry, Dan et leur joyeuse compagnie avaient piqué ma curiosité et je sentais que je me retrouverais avec eux au coucher du soleil...

La terrasse vidée, les tables nettoyées, Dan disparu dans la cuisine pour préparer le menu du lunch, Gerry vint déplier devant moi une grande carte de Key West et m'expliqua la ville dans ses moindres recoins. Natif de l'endroit — les locaux s'appelaient eux-mêmes les *Conchs* à cause de la conque, emblème de l'île —, il en connaissait les moindres recoins, me fournissait les adresses des jardins privés à visiter autant que celles des boutiques et des bars les plus connus, m'indiquait sur la carte les rues à sens unique, les maisons qu'il fallait voir, l'emplacement des plus beaux banians. Où aller, quoi éviter, utiliser mon accent dans les endroits chic parce que les Américains snob adorent qu'on leur parle avec dans la voix un parfum venu d'ailleurs, le dissimuler le plus possible dans les boutiques cheap à cause du peu de sympathie que vouent certains vendeurs de bimbeloterie aux *French Canadians* et de leur propension à vouloir les rouler.

J'avais bien sûr déjà entendu parler de la réputation de certains Québécois à Hollywood ou à Miami Beach, mais je ne savais pas qu'elle descendait jusque dans les Keys. Cela me peina, Gerry s'en rendit compte.

« Sont pas pires que certains Américains en Europe, au fond, tu sais...

— Je le sais, mais c'est quand même blessant d'apprendre des choses comme celle-là.

— Tu pourras juger par toi-même, tu vas en croiser tous les soirs sur la rue Duval. »

Il n'allait pas jusqu'à dire que ceux qui n'aimaient pas les Québécois avaient tort et je fus encore plus blessé. Le racisme antiquébécois descendait donc jusqu'ici ? Avait-il connu de mauvaises expériences ici même à son restaurant et généralisé à partir de ce qu'il avait vu ? Je n'osai pas le lui demander. Un court malaise, le premier, s'installa entre nous qu'il brisa en jetant un trousseau de clefs sur la nappe à carreaux devant moi.

« Maudite tête folle, j'ai oublié de te donner ça, ce matin... C'est les clefs de la maison.

— J'voulais justement vous les demander... J'étais soulagé de voir que votre porte se verrouillait toute seule... J'avais peur d'être obligé de vous téléphoner pour vous demander quoi faire.

— Dis-le pas à Dan, c'est le genre de choses qui le met en furie. Y me les avait confiées pour que je te les donne. J'perds toujours mes clefs, j'les oublie partout, j'sais jamais où elles sont pis ça l'exaspère. En parlant de clefs, y a aussi celle de la bicyclette qui est attachée à la galerie.

— Vous fournissez aussi la bicyclette ? »

Il me regarda quelques secondes avec un petit sourire avant de me répondre.

« Pas toujours. »

Il n'y avait aucune espèce de flirt dans sa façon de me regarder, je m'en rendais compte, tout à coup, sûrement parce que j'avais senti au fond des yeux de certains des amis de Gerry, un peu plus tôt, ce besoin de plaire, de séduire à tout prix, cette hantise de ceux qui veulent désespérément se rassurer, se prouver qu'ils pognent encore et qui draguent tout ce qui bouge. Non, il y avait juste une sympathie sincère pour quelqu'un qu'on aime bien et à qui on veut faire plaisir. Puis je me demandai si ce n'était pas là une façon de me faire oublier ce qui venait d'être dit au sujet des Québécois, un prix de consolation, en fait — une bicyclette pour effacer un germe de racisme —, et une jolie paranoïa vint fleurir mon petit cœur pourtant déjà pas mal entamé.

« J'peux vous payer, tu sais... j'allais justement m'en louer une pour la durée de mon séjour ici.

— Est là. Profites-en ! Ça nous fait plaisir. »

Au moment de partir, après être allé saluer Dan qui s'était attifé d'un comique chapeau de chef cuisinier qui ne lui allait pas du tout, je me suis tourné vers Gerry.

« Excuse-moi, mais ça me chicotte. Avez-vous hésité à me louer votre pavillon parce que j'étais Québécois ? »

Il se pencha sur une table parfaitement propre pour faire semblant de la nettoyer, mimant le geste de ramasser d'inexistantes miettes de pain en ouvrant une main en coupe et en glissant l'autre sur la nappe, du centre vers le bord. Il alla même jusqu'à vérifier qu'aucune ne tombait par terre. Ma mère, qui était grosse elle aussi, avait fait ce geste pendant toute mon enfance et je fus troublé par la similitude de leurs deux silhouettes, celle de maman se substituant pendant une fraction de seconde à celle de Gerry.

Elle allait se tourner vers moi et me lancer :

« T'es pas capable de couper ton pain au-dessus de ton assiette comme tout le monde, non ? »

Mais ce fut Gerry qui se contenta de dire sans se retourner :

« En effet, les *French Canadians* qu'on a eus jusqu'ici étaient pas très sympathiques... C'était surtout des ben mauvais tipeurs... Des fois y nous laissaient rien du tout sous prétexte qu'on les reverrait jamais... Mais laisse faire ça, écoute, ça a pas d'importance, on sait ben que vous êtes pas tous comme ça...

— Ça répond pas à ma question. »

Il m'a regardé avec un air vraiment désolé.

« Oui, on a hésité. Mais Sam, le gars qui travaille à la Chambre de commerce, nous a dit que t'étais gay pis que t'avais l'air correct... Les gays, en général, sont corrects... »

*

Ma première journée à Key West fut un total enchantement. Tout me plut : l'architecture, la végétation, les habitants qui vous souriaient quand vous leur demandiez un renseignement, qui prenaient la peine de bien vous expliquer ce que vous vouliez savoir en vous souhaitant la bienvenue dans leur île. Je ne sentis aucune animosité envers mon accent québécois, pourtant très prononcé, et finis par oublier l'incident du matin qui avait failli me gâcher mon plaisir.

J'ai fait de la bicyclette tout l'après-midi, le long de la mer, au centre-ville, m'arrêtant dans un quelconque boui-boui du port pour manger des fruits de mer absolument délicieux, le midi, et me bourrant la face sans aucune culpabilité chez Hägen-Dazs vers trois heures, avant de rentrer, fourbu, à la maison.

J'avais chaud, je puais, mais je ne ressentais plus ce poids sur mon cœur qui avait changé le rythme de ma respiration ces dernières semaines. Je prenais de grandes goulées d'air salin, les dégustais en me disant que j'avais eu une brillante idée de venir jusqu'ici.

Je n'avais pas fait de bicyclette depuis près de vingt ans et j'étais convaincu que les muscles de mes jambes allaient exploser lorsque j'arrivai à mon pavillon. J'avais de la difficulté à descendre dans la piscine, les marches étant un peu plus hautes que la normale, je me donnais l'impression d'être un vieillard qui avait essayé de se prouver qu'il était encore capable des exploits de sa jeunessse. Mais à force de patauger, ma circulation reprit normalement, mes muscles se dénouèrent. Je restai de longues minutes dans l'eau tiède à faire la planche, me gorgeant de soleil tout en espérant ne pas attraper une insolation, ma grippe à peine guérie.

Le téléphone, vers six heures trente.

Gerry, bien sûr.

« Mange pas avant qu'on arrive ! »

J'avais déjà la casquette de base-ball sur la tête et la clef de la bicyclette à la main. J'avais aperçu de très tentants restaurants en passant dans la rue Duval.

« Vous arrivez quand ?

— Tout de suite ! Bourre-toi pas dans les vieilles chips qui ont attrapé l'humidité, non plus, on arrive avec des neuves ! »

Ils croulaient littéralement sous les paquets. Des boîtes dans lesquelles s'entrechoquaient des bouteilles d'alcool, des sacs gigantesques de chips, de fritos, de nachos, de crottes au fromage, des *mixers* dont la seule vue me donnait mal au cœur, rouge malade pour les bloody mary, jaunâtres et crémeux pour les autres.

« La gang vient prendre l'apéritif. »

Ils avaient déjà la tête dans les armoires à la recherche de plats assez grands pour contenir leurs cochonneries, celles du bas pour Gerry, celles du haut pour Dan qui, je l'avais tout de suite remarqué, n'avait pas l'air de bonne humeur.

« Pis votre restaurant ? »

Gerry, accroupi, sortit la tête d'une armoire. Un gros pitou surpris à voler.

« Quoi, notre restaurant ?

— Y a un personnel du soir?

— Ben non, on ouvre juste le matin pis l'après-midi. »

Il leva la tête vers son chum qui grignotait déjà un pretzel.

« As-tu vu le plat à pasta? Y serait assez grand pour les nachos.

— Y est dans le lave-vaisselle. Tu devrais t'en rappeler, tu l'as mis là toi-même. »

Il venait d'y avoir une engueulade monstre, peut-être même dans la voiture entre le restaurant et la maison, je pouvais sentir la tension entre eux comme un champ électrique tangible. Et plutôt que de me désoler pour eux, je pensai à Mélène et Jeanne à qui je n'avais pas parlé depuis quelques jours.

Pour détourner l'attention, je ramenai la conversation au French Café.

« C'est quand même rentable? »

Avant de me répondre, Gerry continua à regarder Dan, appuyé contre le bloc central de la cuisine et dévorant de plus en plus de pretzels. Mais il ne me regarda pas en parlant pour bien faire comprendre à Dan que leur discussion n'était pas terminée et qu'il ne perdait rien pour attendre.

« Quoi?

— Le restaurant. C'est quand même rentable?

— Ah oui! on a en masse de clients! On a pris ça à condition de pas avoir à ouvrir le soir. Faudrait faire de vrais repas pour que ça marche, le soir, pis notre chef est juste bon dans le petit déjeuner pis dans les sandwiches monstrueux qui découragent le client avant même qu'y aye commencé à manger. »

Dan sortit de la maison par la porte-fenêtre donnant sur le patio et disparut par la cour recouverte de fin gravier qui servait de garage. Un moteur qui rugit, des roues qui crissent, un homme, un vrai, qui brûle du caoutchouc.

Les épaules de Gerry, si tant est que la chose fût possible, s'arrondirent un peu plus, il poussa un soupir de découragement, s'assit en la remplissant sur l'une des chaises hautes cannées disposées autour du bloc central pour faire bar.

« Écoute, Jeanne-Mark. Est-ce que j'ai fait une gaffe ? »

J'ai cru qu'il me parlait de ses relations avec Dan et comme je n'avais pas du tout envie d'entrer dans ce genre de discussions, j'en avais assez de mes propres problèmes, je fis l'innocent.

« Je le sais pas. J'vous connais pas encore assez pour juger de ces choses-là...

— J'parle pas de ça. On s'engueule dix fois par jour, c'est un des seuls plaisirs qu'y nous reste. Écoute, j'ai invité la gang à prendre l'apéritif avant d'aller au coucher de soleil, ce soir. J'ai appelé tout le monde avant d'en parler à Dan, pis quand y l'a appris, y m'a dit que c'était une bien mauvaise idée. J'ai fait ça pour que t'ayes de la compagnie pis Dan prétend que ça serait mieux qu'on te laisse tranquille, un peu. Pis là j'me rends compte que c'est peut-être lui qui avait raison. »

Avoir eu un couteau à viande sous la main, je l'aurais égorgé, vidé de son sang, je l'aurais fait rôtir à 400 pendant des heures et servi à ses amis couché sur un lit d'épinards avec une pomme dans la bouche et du persil dans le nez. Mais il faisait tellement pitié, tout rond dans sa chaise haute trop petite pour lui, les doigts croisés sur son immense bedaine, les yeux baissés sur le sol dallé, que toute mon agressivité fondit d'un coup. Je me suis approché de lui, posé une main sur son épaule. C'était la première fois que je le touchais et je fus étonné de la dureté de sa peau, des muscles qu'on devinait dessous. Je m'étais attendu à des chairs molles et flasques — il n'avait certainement pas l'air d'un hercule quand je l'avais vu nu —, et je trouvais une force insoupçonnée, presque inquiétante. Je me dis que je n'aimerais pas le voir en colère.

Prudence.

« Oui, effectivement, c'était une gaffe. Mais c'est pas grave. Je sais que t'as fait ça pour mon bien, pour me faire plaisir, pour pas que je me sente seul... »

Je m'écoutais enfiler les clichés et j'avais envie de hurler de rire.

« J'étais très bien, très à l'aise avec tes amis, ce matin, mais là j'aimerais ça me retrouver tout seul pour un bout de temps. En tout cas aujourd'hui. »

J'ai cru qu'il allait couler en bas de sa chaise. Il n'était plus rond, il fondait comme une chandelle.

« Qu'est-ce qu'on va faire ? Y s'en viennent ! Ça m'étonne même que les coiffeuses soient pas déjà là en train de boire le Campari au biberon ! »

Même dévasté il était drôle. Je lui fis mon plus beau sourire, celui que Mathieu — Mon Dieu, Mathieu... un petit pincement au cœur — appelait « le requin dans un gant de velours » et que je n'utilise qu'en dernier ressort, quand tout le reste a échoué.

« C'est à quelle heure, le fameux coucher du soleil ?

— Ces temps-ci, vers huit heures et demie...

— Bon. C'est simple, j'vais y aller tout de suite. J'me suis pas encore promené à pied au bord de la mer. Prenez votre apéritif pis vous viendrez me rejoindre là... T'as juste à me dire où c'est...

— C'est au bout de la rue White, pis ensuite à droite. C'est un quai en bois. Tu vas voir, y doit déjà y avoir pas mal de monde à cette heure-ci... »

J'allais partir lorsque Gerry me retint par le bras.

« Qu'est-ce que j'vais leur dire quand y vont me demander comment ça se fait que t'es pas là ?

— Tu leur diras que j'étais déjà parti quand tu m'as appelé...

— Y vont vouloir qu'on mange tous ensemble !

— J'vais m'occuper de ça. J'vais leur expliquer, y vont comprendre. »

Il descendit de son siège comme un enfant se glisse pour la première fois en bas de sa chaise haute.

« O.K.

— T'es déçu ?

— Qu'est-ce tu penses ? Un party où le principal invité est pas là !

— Avec c'que vous avez acheté comme alcool, y vont vite oublier...

— On a juste acheté c'qu'y nous manquait... »

J'ai remercié le ciel de ne pas avoir à assister à cette beuverie. Avant de quitter la maison, je me suis retourné une dernière fois vers lui. Il n'avait pas bougé de sa place.

« J'apprécie c'que t'as voulu faire, Gerry. Mais chus pas du genre à essayer d'oublier mes problèmes en plongeant la tête la première dans le monde. Ni dans l'alcool. J'aimerais ça, ça serait sûrement plus facile, mais chus pas capable...

— Vous êtes tous pareils, les écrivains. J'suppose qu'on va tout retrouver ça dans un roman ! »

Je n'y avais jamais pensé.

« T'as peut-être raison. Ça va peut-être servir à quelque chose, en fin de compte.

— Une chance que je lis pas le français ! »

J'étais à mi-chemin de mon pavillon quand j'entendis Gerry murmurer, sans doute pour lui tout seul.

« En tout cas, si tu parles de moi dans un roman, arrange-toi pour que je sois moins gros ! »

*

L'orage de la veille avait malmené la plage. Il faut dire que Key West étant un roc au milieu de la mer protégé par un des plus longs bancs de corail du monde, les vagues en temps normal sont faibles et le sable à peu près inexistant. Les plages, en fait, sont importées des Bahamas par camions. Un vilain orage suffit à tout bouleverser, le sable disparaît presque complètement sous les roches charriées par le roulis et tout est à recommencer :

les camions arrivent, déversent leur chargement dans un bruit d'enfer, des hommes étendent, ratissent, piétinent le sable et la nouvelle plage est née. Elle dure des mois, des semaines ou à peine quelques jours selon le bon vouloir des éléments. C'est du moins ce que m'expliqua un monsieur qui m'aborda aussitôt que je fus assis vers le milieu du vieux quai de bois qui s'avançait assez loin dans la mer.

C'était un quai qui avait dû servir autrefois aux pêcheurs de crevettes, à cette époque lointaine où Key West fournissait les plus beaux fruits de mer du continent et la presque totalité de la production mondiale d'éponges. Il avait été beaucoup plus long, en forme d'équerre, on voyait encore les chicots de l'ancienne structure qui dépassaient de l'eau en deux lignes parallèles bifurquant vers la gauche, maintenant le refuge de centaines de mouettes et de pélicans, sérieux mais bavards, qui se juchaient sur les pieux de métal, le bec face au vent, le cou rentré dans les ailes comme s'ils avaient froid.

Ça sentait l'eau salée, le varech, le vent me décoiffait, j'étais assis au bord du quai, les jambes pendantes, comme tout le monde, et j'attendais que le fameux miracle se produise. Le soleil était encore haut au-dessus de l'île, mais le spectacle s'annonçait déjà grandiose. Une lumière dorée nimbait Key West et j'essayais d'imaginer ce que ce serait quand tout deviendrait rose, or et vert. J'allais connaître, je le sentais, des minutes de grande exultation que je pourrais renouveler à volonté chaque soir.

Il m'aborda sans préambule, sans m'avoir regardé avant, comme si on s'était quittés quelques minutes plus tôt en se donnant rendez-vous ici. C'était un barbu rastaquouère dans la quarantaine, installé dans la position du lotus, maigre, noueux, aux yeux d'un vert étonnant, à côté de qui j'avais justement décidé de m'asseoir pour avoir la paix, les contemplatifs étant rarement diserts. Surtout devant un spectacle comme celui qui s'annonçait. Plus loin, presque au bout du quai, des familles de touristes piaillaient et prenaient des photos. À éviter, m'étais-je dit. Il ne se présenta pas et ne me demanda pas non plus mon nom ; il se jeta tout de suite dans un cours sur Key West au demeurant fort intéressant, mais que je n'avais pas du tout envie d'entendre à ce moment précis : la plage importée, les éponges, les crevettes, les naufrageurs, fondateurs de l'île et richissimes bandits qui avaient deux fois fait de l'île la ville la plus riche des États-Unis, selon lui ; le climat, la situation géographique — Cuba, à quatre-vingt-dix milles au sud — , la flore, la faune, le rôle de l'importante base militaire et des sous-marins pendant la crise de la baie des Cochons. Au début, j'avais envie de l'envoyer chier, mais en même temps j'étais fasciné par ce qu'il me racontait. Et sa façon assez particulière de le raconter. Il parla assez longtemps, sur le ton monocorde de celui qui récite une leçon, sans jamais jeter un regard dans ma direction, ses yeux verts fixés sur l'horizon changeant ou bien fermés, comme en contemplation devant un spectacle intérieur encore plus beau. Puis il se tut brusquement... en me tendant la main comme un mendiant. Je m'étais bêtement laissé prendre par le premier guide parfaitement immobile de l'Histoire ! Mais ce n'avait pas été un piège désagréable, de ceux, insultants, qui ne rapportent rien et vous laissent sur l'impression de vous être fait naïvement baiser par de petits malins sans scrupules. Je lui tendis un billet en souriant. Il le glissa dans son maillot de bain sans me remercier et surtout sans quitter la position du lotus.

Je m'éloignai, de peur qu'il recommence son boniment.

Les oiseaux avaient quitté leurs chicots de métal pour partir à la pêche. Des bandes de pélicans rasaient les vagues à la recherche de bancs de poissons, plongeaient brutalement quand quelque chose bougeait sous l'eau pour s'élever ensuite, une victime gigotante dans le bec ou bredouilles quand le poisson avait réussi à s'échapper. S'ils ne voyaient rien d'intéressant, ils se contentaient de frôler la surface de l'eau avec le bout de leurs ailes dans un geste d'impatience assez amusant.

Le soleil descendait de plus en plus rapidement, rasant le faîte des palmiers. Je commençais à croire, à espérer, plutôt, que la gang à Gerry ne viendrait pas, lorsqu'ils arrivèrent en groupe compact, Greg, Jim, Jay et les autres, comme une bande de moineaux qui se jette sur un bout de pain.

Ils me cherchaient, me trouvèrent tout de suite, me firent de grands gestes en s'asseyant pas très loin du début du quai. Dan ne s'installa pas avec eux, les dépassa pour se diriger vers moi. Je vins à sa rencontre. Il avait l'air préoccupé.

« Ça va, Jeanne-Mark ?

— Oui, oui, tout va bien. Je viens de me faire donner un cours d'histoire sur Key West... »

Dan me montra le barbu en position du lotus.

« Lui ?

— Eh oui... »

Il sourit, ce qui me soulagea un peu.

« Combien ?

— Y m'a pas demandé de prix...

— J'peux y demander de te remettre ton argent, si tu veux, je le connais très bien...

— Pas du tout, y m'a appris un tas de choses intéressantes... J'aurai même pas besoin de m'acheter une brochure ! »

Dan s'approcha très près, me regardant droit dans les yeux.

« T'es sûr que tout va bien, que t'es capable de faire face aux autres ? Tu peux regarder le coucher de soleil tout seul ici si tu veux...

— Non, non, ça va aller... »

Il me prit par l'épaule pendant que nous nous dirigions vers les autres, ce qui me mit un peu mal à l'aise. Je n'avais tout de même pas besoin de sa protection !

« Faut pas laisser Gerry t'envahir. Faut pas te laisser faire, Jeanne-Marc. C'est un gars merveilleux, mais y se mêle rarement de ce qui le regarde... »

S'ils avaient bu, ça ne paraissait pas. Ils n'étaient pas vraiment plus joyeux que le matin, ils paraissaient même un peu plus discrets, loin de leur point de ralliement.

Ils m'accueillirent avec chaleur, me faisant une place entre Gerry et quelqu'un que je n'avais pas encore rencontré et qu'on me présenta avec tellement de sous-entendus que je compris vite qu'il m'était en quelque sorte «destiné». Je saisis en même temps l'avertissement de Dan : Gerry avait organisé une *blind date* et était prêt à tout pour que ça fonctionne. Le petit nouveau parut aussi étonné que moi et rougit jusqu'à la racine des cheveux sous l'insistance de Gerry qui se disait «convaincu que nous allions nous entendre à merveille»... Il s'appelait Michael (pas de surnom ? pas de Mike ? pas de Mick ? étonnant !) et travaillait dans la seule brûlerie de Key West. Une magnifique odeur de café se dégageait d'ailleurs de lui. Il s'en excusa tout de suite — il devait le faire à tout bout de champ — en expliquant qu'il n'avait pas eu le temps d'aller se changer chez lui, que Gerry l'avait littéralement «enlevé» à la fermeture de sa boutique. Je me sentis obligé de dire qu'il sentait divinement bon, ce qui était vrai, et c'est Gerry qui rougit cette fois. De fierté.

Gerry était donc sorti après mon départ pour aller me cueillir un prospect ! Malgré tout ce que je lui avais dit !

J'essayai d'attraper son regard. Il faisait l'innocent en me montrant la beauté du ciel.

La demi-heure qui suivit fut époustouflante.

Le soleil disparu derrière les palmiers de l'île, je crus le spectacle terminé et fis le geste de me lever pour échapper à un autre piège, j'en avais subi assez pour aujourd'hui, mais Gerry me dit d'attendre, que le plus beau allait suivre, de relaxer, un peu, de laisser les choses suivre leur cours... Au début de sa phrase je savais qu'il parlait du coucher du soleil, mais à la fin je n'en étais plus très sûr.

Nous étions une bonne douzaine, assis les uns contre les autres, les pieds ballants, le corps un peu penché en avant pour scruter l'eau qui changeait de couleur sous le quai ou les derniers rayons du soleil qui découpaient le ciel en tranches parallèles bleues ou roses. Nous étions plongés dans une incroyable lumière dorée qui ambrait nos peaux et nous conférait un air presque irréel. Nous étions tous très beaux. Des dieux nimbés d'or qui regardaient le monde disparaître. Le temps s'était suspendu, les conversations si animées quelques secondes plus tôt avaient cessé et tous, sans exception, nous étions tendus vers le ciel qui s'embrasait lentement devant Key West qui flambait.

Le ciel passa lentement du rouge sang au jaune citron. L'humidité de l'air était presque palpable, un vent chaud s'était levé aussitôt le soleil couché. On aurait juré que c'était lui qui avait chassé le rouge du ciel, l'emportant hâtivement vers un autre point du globe où l'astre se préparait à disparaître. Et le jaune citron vint sans que je m'en rende vraiment compte. Je m'étais étendu sur le bois du quai humide — je me demandais s'il séchait jamais — pour regarder apparaître les étoiles et je me pâmais sur l'éclat de Vénus lorsque Michael me dit de regarder vers l'ouest. L'île se détachait en noir devant une lumière comme je n'en avait jamais vue dans ma vie : c'était de la peinture à l'huile, épaisse et riche mais en même temps transparente ; c'était un tableau en deux couleurs parfaitement découpées qui ne se mêlaient pas, le noir dentelé des arbres posé sans délicatesse mais avec précision sur l'invraisemblable jaune du ciel. Je faisais partie d'un tableau hyperréaliste et je n'osais pas bouger. Cela ne dura que quelques minutes, le bleu profond de la nuit envahissant irrémédiablement tout le ciel.

Mais pendant ces quelques minutes ma douleur revint, plus forte, plus cuisante que jamais. J'avais réussi à l'amadouer, à la calmer pendant un certain temps, mais elle profita de ce moment de totale beauté pour revenir me dévorer. J'avais plaqué ma main sur ma bouche, j'étais presque plié en deux tant ma souffrance était grande. Encore une fois l'angoisse s'empara de mon plexus solaire, irradiant vers la région du cœur, creusant son trou. J'avais besoin, absolument, de la présence de Mathieu à mon côté. Ce tableau qui se défaisait graduellement devant mes yeux était peut-être la première chose que je découvrais tout seul depuis dix ans et j'aurais voulu, je voulais la partager avec Mathieu comme j'avais partagé toutes les autres. Nous en aurions parlé ou nous serions restés stupéfaits, mais nous aurions été ensemble ! Je me serais rapproché de lui, je l'aurais pris par les épaules... Mais les larmes ne vinrent pas là non plus.

Michael s'était sensiblement éloigné de moi et Gerry me regardait d'une drôle de façon.

Le jaune noyé dans la nuit naissante, la vie diurne complètement retirée du ciel, le quai fut plongé dans l'obscurité.

La gang à Gerry se leva d'un bloc.

Je fis comme eux pour dissimuler mon trouble.

Nous étions seuls. Les touristes avaient depuis longtemps déserté le quai pour aller manger rue Duval, il était trop tôt pour les dragueurs...

Aussitôt le pied posé sur la plage, Gerry quitta son air songeur pour reprendre sa gaieté habituelle.

« Quelqu'un a faim ? »

Des rires s'élevèrent dans la nuit, des moqueries, et même un beau gros blasphème.

« Chez qui on va ? »

La maison de mes hôtes, la plus rapprochée, fut élue à l'unanimité et les deux coiffeuses s'offrirent d'aller acheter de la viande pour faire des grillades. Quelqu'un cria : pas encore des grillades, mais on le fit taire.

Je m'approchai de Gerry qui ne me laissa pas le temps de parler.

« J'sais c'que tu vas me dire, Jeanne-Mark... Tu veux pas venir manger avec nous autres ?

— Exactement. J'vais marcher jusque sur la rue Duval.

— Dan me l'avait dit. Chus pas capable de m'empêcher de faire des affaires comme ça...

— Tu parles de Michael ?

— Ça paraissait tant que ça ?

— Ça paraissait plus que ça, c'était presque indécent !

— Excuse-moi... Mais faut pas y en vouloir à lui, y le savait pas lui non plus... Y vit à peu près la même chose que toi, alors j'avais pensé...

— Arrête de t'excuser pis fais-le pus, c'est tout. »

Nous montions la rue Reynolds. Je pouvais deviner les grappes de fleurs dans l'obscurité et j'essayais d'imaginer leurs couleurs. Il fallait que je me concentre sur autre chose que l'angoisse que je sentais toujours rôder autour de moi, prête à me dévorer.

Puis, tout d'un coup, le concert des criquets commença. Ils explosèrent tous en même temps et la nuit prit un air de fête. Je me revis, enfant, au mois d'août, assis avec ma mère sur le balcon, un verre de coke tiède à la main. Un criquet, un seul parce qu'ils sont plutôt rares à Montréal, se mettait à striduler et maman poussait un soupir de satisfaction :

«Les criquettes chantent, y va encore faire beau demain...»

Ah! retrouver ce balcon en encorbellement à la rambarde de fer forgé, le vieux fauteuil de ma grand-mère dans lequel je m'étais écrasé, l'odeur de ma mère qui flottait dans la nuit... Un refuge, vite !

«T'as passé un moment difficile, tout à l'heure, hein?»

C'était Michael qui nous avait rejoints, Gerry et moi.

«T'as pas besoin de me répondre. Ça m'est arrivé, moi aussi. À peu près en même temps que toi. Mais mon problème à moi, c'est que mon ex est dans la même petite île de quatre milles par un mille et quart pis que je peux le croiser n'importe quand... J'le vois quatre ou cinq fois par semaine pis ça me tue. Pis j'ai pas les moyens d'aller essayer d'oublier à Montréal...»

Il nous quitta aussitôt, disparaissant derrière les tennis municipaux, petite silhouette courbée sur sa douleur.

INTERCALAIRE II

« Nous sommes désolées de ne pouvoir vous répondre, mais si vous nous laissez un message...

— Mélène ? Jeanne ? Êtes-vous là ? Répondez si vous êtes là... »

Un déclic, le bruit du téléphone qu'on décroche.

« Jean-Marc ? On te pensait mort !

— Franchement, j't'ai parlé avant-hier ! Comment ça va ?

— C'est à toi qu'y faut demander ça !

— Ça va bien... Enfin, ma grippe est finie.

— C'est quoi, c'que j'entends derrière ? Ça a plus l'air d'un vacarme de party que du calme d'une maison de repos...

— C'est mes propriétaires qui font une petite fête.

— Pour fêter ta réhabilitation ? Tu guéris vite !

— Écoute, chus pas responsable des partys que font mes propriétaires !

— C'est-tu comme ça tous les soirs ?

— Si tu veux savoir si y ont fait des partys pendant ma grippe, non. Y ont même pris soin de moi comme des vrais momans... Avec la soupe au poulet et tout.

— Coudonc, j'ai de la misère à t'entendre, appelles-tu du cœur même des festivités ?

— J't'appelle de mon pavillon... Y est juste à côté de la piscine, j't'ai tout expliqué ça, l'autre jour... Y avait plus de monde que ça tout à l'heure, mais tu sais c'que c'est, y a toujours des traîneux...

— Veux-tu me dire qu'y avait encore plus de bruit que ça plus tôt?

— J'veux dire que si j'ai pas appelé plus tôt, c'est parce qu'on se serait pas entendus du tout. C'est des Américains swigneux, Mélène, y fêtent pas au son de Juliette Gréco! J'vous ai pas réveillées, toujours?

— On est vieilles filles, Jean-Marc, mais on s'endort quand même pas devant Bernard Derome!

— C'est pas ben ben nouveau comme farce, ça, Mélène.

— M'as-tu appelée juste pour me dire que mes farces sont vieilles?

— Ben non, j't'ai appelée pour avoir de vos nouvelles.

— Sont bonnes.

— Bon, t'es fâchée, là? Si t'es fâchée, passe-moi donc Jeanne.

— T'es ben bête!

— Chus pas bête, j'veux juste que tu me répondes autre chose que «sont bonnes» quand j'te demande de tes nouvelles.

— Qu'est-ce que tu veux que j'te réponde? T'es parti depuis moins qu'une semaine, y a rien de changé! C'est toi qui devrais me raconter ton merveilleux voyage à l'étranger! Tout ce que j'ai eu au bout du fil, l'autre jour, c'est un zombie qui avait de la misère à parler! C'tait certainement pas à la soupe au poulet qu'y t'avaient drogué, c'te fois-là!

— J'ai sué dans le fond de mon lit jusqu'à ce matin, alors j'avais pas eu le temps de rien voir... Mais j'ai fait le tour de Key West, aujourd'hui, à bicyclette.

— À bicyclette! T'étais pas trop faible?

— C'est pas la mononucléose que j'ai eue, Mélène!

— Pis, toujours, Key West?

— C'est magnifique. C'est encore plus beau que ce à quoi je m'attendais.

— On dirait que tu me lis une carte postale.

— Mélène, si tu continues, j'raccroche!

— Excuse-moi. Mais j'ai eu une semaine vraiment hystérique au bureau.

— Bon, ça c't'une nouvelle...

— Mais j'aime mieux pas en parler. C'est le début de la fin de semaine, pis j'veux essayer d'oublier c'qui s'est passé entre lundi et vendredi. Y a assez de Jeanne-la-tricoteuse, là, qui arrête pas de m'interviewer depuis le souper sous prétexte de me faire sortir le méchant...

— Comment a va, Jeanne?

— T'entends pas ses broches?

— Êtes-vous en froid?

— On est pas en froid, on vit pas dans le même monde! Y paraît... Tiens, tu voulais des nouvelles, en v'là une... Y paraît que c'est une contemplative et moi une hystérique! Ça y a pris toutes ces années-là pour découvrir ça! C'est à se demander si a' m'a regardée une seule fois depuis quatorze ans!

— Qu'est-ce qu'a' dit? J'viens de l'entendre parler.

— Tu y demanderas toi-même, a' veut te parler, après.

— Vous êtes pas au bord... d'une rupture, j'espère...

— Jeanne! Jean-Marc demande si on est au bord d'une rupture! Trouves-tu que c'est une bonne idée?

— Mélène! Franchement!

— Excuse-moi. On est pas au bord d'une rupture... C'est juste moi qui suis pas endurable, ces temps-ci. Trop de travail, trop de chaleur... Au fait, quel temps y fait, à Key West?

— Viens jamais ici l'été, toi qui haïs l'humidité!

— Mon Dieu, tu dois être heureux là! Es-tu en sueur au bout de trente secondes après être sorti de l'air climatisé?

— Exactement.

— Pis on entend le party malgré l'air climatisé!

— Mes portes sont pas fermées.

— Une invitation pour quequ' bel Américain sexy qui se baigne sans maillot?

— Si tu savais comme chus loin de ça...

— De quoi y ont l'air, tes propriétaires? Sont-tu aussi gays que tu le pensais?

— Si tu me permets de changer de conversation, j'aimerais ça que tu me dises si t'es allée voir Luc...

— Oui, chus allée voir Luc...

— Ça s'est passé comment ?

— Tu m'avais pas dit à quel point y avait changé...

— Oui, mais tu m'écoutes pas quand j'te parle de lui.

— J'ai eu un choc.

— J't'avais prévenue.

— J'sais, mais j'm'attendais pas à ça. J'avais même pas l'impression que c'était le même gars. Ça a été plutôt difficile comme contact. Je l'avais pas revu depuis qu'on s'était chicanés au sujet de Mathieu...

— Vous vous êtes pas engueulés, au moins...

— On s'engueule pas avec un mourant, Jean-Marc.

— Y est pas mourant.

— Y va mourir bientôt, Jean-Marc.

— Pas avant que je revienne.

— J'espère. Y a fait une crise pendant que j'étais là... C'tait terrible... J'savais pas quoi faire, j'pleurais, les docteurs couraient partout... Y ont fini par me mettre à la porte parce que j'étais dans leurs jambes.

— J'te remercie de faire ça pour moi.

— Fais-toi-z'en pas... À partir de maintenant, j'vais le faire pour lui. C'est pas parce que y a été chien avec moi que chus pas capable de prendre soin de lui sur son lit de mort.

— T'étais pas plus généreuse avec lui que lui l'était avec toi, Mélène.

— C'est vrai. On se méritait, tous les deux. Y voulait te garder pour lui tout seul en continuant de courailler pis moi j'essayais de te protéger, comme toujours.

— Comme toujours.

— Écoute, appelle-le donc, demain. Y était en train de me demander de tes nouvelles quand sa crise a commencé.

— Oui, oui, j'avais l'intention de l'appeler, de toute façon... Mais chus revenu trop tard.

— T'étais pas au party toute la soirée?

— Penses-tu que j'ai ça dans le goût? J'ai été manger dans un restaurant pis quand chus revenu le party battait son plein.

— Pauvre toi. Y a Mathieu, aussi, qui a téléphoné. Y voulait de tes nouvelles, lui aussi.

— S'il vous plaît, parle-moi-z'en pas. Si y te rappelle, dis-moi-le pas.

— C'est pas trop dur, loin comme ça?

— J'aime croire que c'est plus facile.

— Laisse faire le temps...

— C'est ce que je fais. Comment y va?

— Qui, Mathieu?

— Oui.

— Tu m'as dit de pas parler de lui.

— Laisse faire ça. Comment y va?

— Bien, je suppose. À part la culpabilité.

— Y t'a parlé de culpabilité?

— Jean-Marc, embarque pas là-dedans! Tu te ferais juste du mal! C'est pas parce qu'y culpabilise que ça veut dire qu'y veut revenir...

— Je le sais...

— Mets-toi pas à espérer, là.

— Ben non...

— T'avais raison de pas vouloir que je te parle de lui... Moi non plus, j'ai pas tellement envie d'avoir de ses nouvelles, ces temps-ci...

— Passe-moi donc Jeanne, sinon j'vais te tanner avec mes questions... J'vais vouloir que tu me parles de lui...

— Prends soin de toi.

— Ben oui.

— Sois prudent.

— Ben oui !

— Appelle souvent !

— Ben oui.

— Essaye de profiter de toute la beauté qui t'entoure.

— J'essaye.

— J't'embrasse.

— Moi aussi.

— Jeanne ! Jean-Marc veut te parler.

— Mélène !

— Quoi ? Me parles-tu ?

— Oui. Écoute, peux-tu dire à Jeanne que j'vais la rappeler demain matin ? J'pense que chus pus capable de parler, là.

— As-tu réussi à pleurer ?

— Non, c'est ça le problème.

— As-tu essayé, au moins?

— Oui, oui, mais ça marche pas. Raccroche, là.

— O.K. J'vais dire à Jeanne que tu vas la rappeler. A' va comprendre.

— Embrasse-la pour moi... Pis excusez-moi.

— Salut.

— Salut.»

TROISIÈME PARTIE

Premiers soulagements

Le quai est vite devenu mon refuge. J'allais y lire, chaque après-midi, aussitôt que les nuages s'amoncelaient à l'horizon. Parce que je déteste m'exposer au soleil. J'aime sentir la chaleur, l'humidité sur ma peau, mais je ne peux pas supporter, à l'encontre des cadavres brûlés qui jonchaient la plage, de m'exposer aux rayons meurtriers. Je m'assoyais toujours au même endroit, les pieds ballants, le corps souvent penché au-dessus de l'eau. Je lisais Allison Lurie parce qu'elle habitait l'île — Gerry prétendait la connaître mais Dan levait les yeux au ciel chaque fois qu'il en parlait; il avait même dit, une fois : « Y la connaît! Y achète ses poireaux à la même place qu'elle! » —, je découvrais son monde si attachant dont m'avait tant parlé Mélène mais que je ne m'étais pas encore décidé à aborder. Ses descriptions de Key West me ravissaient, j'avais envie d'aller vérifier sur-le-champ les endroits dont elle parlait, je passais des heures délicieuses à goûter *The Truth About Lorin Jones* ou *Imaginary Friends*.

Et je guettais les orages. Je les voyais se préparer, d'abord imprécis dans la blancheur de l'horizon, puis de plus en plus définis à mesure que les nuages passaient de l'opalin au gris, du gris au noir. J'en ai regardé défiler au large, violents, bruyants mais inoffensifs pour nous parce qu'ils remontaient le Gulf Stream. Je voyais où ils commençaient et où ils finissaient, blocs rectangulaires de pluie grise habités de fureur d'éclairs qui semblaient se déplacer lentement lorsqu'ils venaient de Cuba parce qu'ils se dirigeaient vers nous, mais qui disparaissaient très vite quand ils contournaient l'île pour se jeter dans le golfe du Mexique, tout en averses et coups de tonnerres. J'en ai vu, aussi, qui changeaient de cap sans prévenir et qui fondaient sur nous en quelques secondes, menaçant de noyer Allison Lurie que j'avais juste le temps de cacher sous mon T-shirt vite trempé. Il m'est arrivé, un jour de grand vent où j'avais hésité à me rendre sur mon quai, d'en compter six petits qui luttaient avec acharnement pour s'approprier l'horizon.

Si le ciel restait clair, ce qui était plutôt rare en cette saison des pluies, je m'installais sous le dais d'une table à pique-nique et, quand mes yeux n'étaient pas baissés sur mon livre, je regardais passer les familles en vacances et les petits couples de gays qui n'avaient pas encore découvert la plage du fort Zachary Taylor. Et aussitôt que le soleil commençait à pencher vers la mer, je retournais à mon quai du bout du monde. Lotus était toujours là, du matin au soir, à débiter son boniment à quelque touriste piégé qui buvait ses paroles ou semblait faire semblant de ne pas l'entendre. Il en arnaquait plusieurs par jour et ça devait suffire à ses besoins qui me semblaient plutôt limités puisque je ne l'ai jamais vu ni manger ni boire. Ni aller faire pipi, d'ailleurs. Son laïus terminé, il replongeait dans son monde, absolument immobile, même sous le soleil le plus cuisant. Sa barbe noire était de plus en plus longue mais il ne semblait pas s'en préoccuper. Je finis par imaginer qu'il habitait le quai, qu'il ne le quittait jamais, qu'il en était le gardien secret, l'âme, le protecteur. J'avais l'intention d'aller vérifier qu'il était bien là la nuit mais après les copieux repas de Gerry et Dan — oui, j'avais accepté leur offre et j'y prenais grand plaisir —, je n'avais plus du tout envie de sortir de la maison de la rue White : je m'écrasais devant la télé, je regardais des vieux films en noir et blanc sortis des oubliettes par des chaînes de télévision spécialisées et je m'endormais tôt en essayant, sans toujours y parvenir, de ne pas trop penser.

Chaque soir, quand il ne pleuvait pas, une demi-heure avant le coucher du soleil, la gang à Gerry se pointait sur le quai, parfois au grand complet, surtout les fins de semaine, parfois tronquée d'un ou de plusieurs de ses membres occupés ailleurs. Ils s'installaient au début du quai — j'appris avec amusement au bout de quelque temps que mon ami Gerry avait peur de la « haute mer » et obligeait ses amis à rester près de la plage — en commentant la forme des nuages, les couleurs changeantes de l'eau, la boule de feu qui se mourait derrière l'île avec une étonnante rapidité. Il m'arrivait de me joindre à eux, mais la plupart du temps je restais à lire dans la partie du fond, près des pieux de métal où trônaient les oiseaux blancs.

Gerry avait expliqué mon cas en détail, ils avaient compris et n'insistaient jamais pour que j'aille m'asseoir avec eux. Quand je le faisais ils semblaient l'apprécier, quand je restais éloigné ils se contentaient de m'envoyer la main en souriant.

Un soir d'orage annoncé, alors que le ciel gris était coupé en deux à l'horizontale par une barre de lumière éclatante d'où s'échappaient des rayons de soleil qui n'étaient pas sans rappeler les illustrations de Gustave Doré de mon enfance — ah! sa Bible avec son Dieu vengeur, ses damnés torturés et grimaçants, ses démons sadiquement joyeux! —, une chose étonnante se produisit.

J'étais assis entre Dan et Gerry qui me reprochaient de ne plus aller petit déjeuner chez eux (j'avais découvert, sur Duval près d'Angela, un très joli café où un très joli serveur me faisait de très jolis sourires, ce qui me flattait et m'occupait pendant que je mangeais), lorsque le silence se fit sur le quai. Toutes les têtes se tournèrent en même temps vers la plage et un des coiffeurs, je crois que c'était Chuck, murmura, comme dans un état second :

« Ah, sont revenus de vacances... »

Le couple le plus inattendu qui soit se présenta alors sur le quai. Un beau vieux monsieur dans la soixantaine précédait un splendide jeune homme aveugle d'à peine trente ans, très droit, souriant, la main droite posée sur l'épaule gauche de son guide. Ils s'avançaient lentement, comme conscients de l'impression de majesté qu'ils dégageaient. J'ai tout de suite pensé à un vieil Œdipe qui n'aurait jamais perdu la vue conduisant son jeune guide aveugle. Une tragédie grecque — rôles inversés — se dirigeait vers nous dans la lumière bleue d'un coucher de soleil avorté. Ils furent accueillis par des salutations respectueuses et j'ai compris qu'ils faisaient eux aussi partie de la bande. Gerry me présenta. Ils s'appelaient Bill et Rob. Rob, le jeune aveugle, me tendit d'abord la main en me disant qu'il avait entendu parler de moi, que j'étais déjà célèbre dans le monde du quai qui m'appelait «l'anachorète» parce que je n'avais pas encore dragué un seul de ses membres. Le vieux monsieur me serra ensuite chaleureusement la main, mais sans rien dire et ils s'installèrent entre Dan et moi. Rob plia soigneusement sa canne blanche, la tendit à son ami. Puis il dit, avec beaucoup d'émotion dans la voix :

«Bill, décris-moi ce que tu vois.»

Gerry me glissa à l'oreille :

«Y sont partis depuis un mois. Rob a dû s'ennuyer des couchers de soleil de Key West.»

La description que fit alors Bill de ce que nous avions sous les yeux était si fidèle en même temps que d'une telle beauté poétique dans le choix des mots, leur agencement, les images visuelles qu'ils formaient que j'aurais volontiers passé des heures à écouter sans sentir le besoin de regarder le sujet lui-même. C'était exactement le coucher de soleil tel qu'il se déroulait en même temps qu'une transposition qui en donnait une image transcendée, belle à couper le souffle. Bill avait une magnifique voix de baryton dont il n'abusait pas mais dont il savait tirer les plus beaux sons, les plus belles modulations, comme s'il avait récité un poème qu'il improvisait.

De temps en temps, Rob se contentait de dire, en souriant :

«Je vois... Je vois...»

La bande au complet était suspendue aux lèvres de Bill et j'ai compris que ce récit faisait aussi partie du cérémonial que j'avais donc connu incomplet jusquelà, que tous les membres de la confrérie du quai s'en étaient ennuyés pendant un mois, que j'assistais non pas à un événement unique comme je l'avais d'abord cru mais à une célébration quotidienne dont ils avaient tous besoin. La description de Bill devait se renouveler tous les soirs selon le spectacle qui s'offrait à lui. Toujours le même récit sans jamais être pareil.

Rick, l'autre coiffeur, avait fermé les yeux et suivait la voix de Bill en bougeant la tête comme on suit une musique qu'on aime.

J'ai pensé à la première symphonie de Mahler avec ses fureurs et ses temps calmes et je me suis mis, moi aussi, à suivre la musique des mots de Bill.

Quand la nuit fut venue, que le rideau de nuages gris se fut refermé sur la dernière lueur du soleil mourant derrière les palmiers, les conversations reprirent comme si rien ne s'était passé. On n'avait plus besoin de remercier Bill depuis longtemps, je suppose.

Il est toujours gênant de dévisager un aveugle, mais comme il me parlait de Montréal qu'il avait eu l'occasion de visiter à de nombreuses reprises, je me surpris à examiner Rob. De près, il était beaucoup moins éclatant ; il était évident que la maladie le rongeait, son visage était rougeaud, des plaques desquamées causées par le sarcome de Kaposi tachaient son front, sa maigreur était terrible. Je n'ai pas pu m'empêcher de penser à Luc, presque aveugle lui aussi, enfermé dans sa chambre d'hôpital suffocante au milieu de la canicule montréalaise. La culpabilité, encore. Mais je n'aurais pas pu emmener Luc à Key West, il n'était plus autonome, il n'était même plus transportable, il fallait donc que je me débarrasse de ce sentiment gênant. J'ai alors pleinement réalisé qu'il allait bientôt mourir, qu'un deuxième trou se creuserait en moi, définitif, lui aussi, insupportable, et j'ai eu envie de hurler de douleur, oui, mais surtout à l'injustice.

En apprenant que j'avais écrit un roman, Rob s'est exclamé qu'il voulait absolument que Bill le lui lise. Quand je lui eus dit que mon livre était écrit en français, il se mit à rire en me disant qu'il était idiot, qu'il aurait dû y penser.

«J'ai appris le français, à l'école, mais j'ai bien peur d'avoir tout oublié. Le manque de pratique, je suppose.»

Il ne crut pas bon de s'excuser comme le font toujours les Canadiens anglais qui regrettent tant de ne pas parler le français mais qui ne font à peu près jamais rien pour l'apprendre. Il l'avait appris, l'avait oublié par manque de pratique, c'était tout.

Le signal fut donné par Gerry qui décréta qu'on se retrouverait tous chez Baby's, rue Fleming. Le groupe se mit en branle.

Rob me tendit la main pour que je l'aide à se lever.

«Viens-tu avec nous ou si tu continues à jouer ton personnage d'ermite ?

— J'avais l'intention de vous suivre. Et je joue pas un personnage d'ermite. Je suis venu ici pour guérir d'une peine d'amour et j'ai pas toujours envie de voir du monde, c'est tout.»

Rob partit d'un beau rire qui dut résonner jusqu'à l'hôtel Marriott au bout de la plage.

«Gerry m'a conté au téléphone sa gaffe avec Michael. On le changera jamais ! Mais t'es entre bonnes mains...»

Bill s'était automatiquement placé devant Rob qui n'avait eu qu'à lever la main droite pour trouver son épaule gauche.

« À tout à l'heure, Jean-Marc. »

Il était le premier à prononcer mon nom correctement.

« À tout de suite... »

Je les ai regardés s'éloigner. Les pas de Bill étaient moins sûrs parce qu'il faisait noir, ce qui semblait amuser Rob.

Je me suis tourné vers Gerry qui ne m'avait pas quitté d'une semelle.

« Tu leur avais parlé au téléphone ?

— J'étais le seul à savoir qu'y étaient revenus de Savannah. Chus toujours le premier qu'y'appellent ! »

Il était rouge d'orgueil.

« Ça fait longtemps que Rob est malade ?

— Oui. Mais y a l'air mieux qu'y'a un mois.

— Est-ce que... Bill est aussi atteint ?

— Non. Y est même pas séropositif. Y sont pourtant ensemble depuis longtemps, depuis que Rob était adolescent, je pense. C'est un des mystères de cette maudite maladie-là... »

*

La première personne que je vis en entrant chez Baby's, un restaurant italien que le groupe fréquentait assidûment, plus à cause de son ravissant personnel, semblait-il, que pour la qualité de sa table, fut Michael, installé seul devant une énorme portion de spaghetti. Je me suis tout de suite tourné vers Gerry qui, lui aussi, avait ouvert de grands yeux.

« Si c'était arrangé, je sais pas c'que j'te fais !

— Non, non, j'te le jure ! Tout le monde du groupe vient manger ici ! C'est un hasard ! »

Michael faillit s'étouffer en me voyant, je fus donc obligé de croire Gerry. Je fis un vague signe de la main auquel Michael répondit par un sourire figé. Et je me rendis compte pour la première fois qu'il était sensiblement plus jeune que le reste du groupe tout en m'avouant que je le trouvais, en fin de compte, pas mal cute. Et au regard que nous jetait Gerry, comme pour faire une vérification, je compris qu'il ne pouvait pas être totalement innocent et j'ai eu envie de lui crever la panse pour le voir se dégonfler, ridicule ballon qui revolerait un peu partout dans la pièce en se dessoufflant, comme dans les cartoons...

Une magnifique queue de cheval vint nous accueillir et je sentis le pouls du groupe se précipiter. C'était là, je supposais, la principale raison de la popularité du Baby's. Rob a dit : « Salut, Giorgio, j'te reconnais à ton parfum... » et tout le monde a gloussé comme s'il avait osé aborder la reine d'Angleterre au milieu d'une audience publique. La queue de cheval recula d'un pas ou deux comme si on venait de lui dire qu'elle ne sentait pas bon ou trop fort, puis me regarda en fronçant les sourcils.

« Vous avez un p'tit nouveau dans votre groupe ? Y appartient à qui ? »

Ce n'était pas du tout appréciateur ; j'aurais tout aussi bien pu être un chiot que quelqu'un du groupe venait de se payer, alors que je suis tout sauf « petit ». Je me mis à détester la queue de cheval sur-le-champ.

Mais Gerry lui a répondu tellement vite que je n'ai même pas eu le temps de rougir d'indignation avant la fin de sa phrase :

« Y appartient encore à personne, mais ça s'ra pas long, j'pense... »

La queue de cheval nous a montré ses dents sans toutefois daigner rire. Gerry en fut visiblement marri. Il venait en plus de recevoir un coup de coude de la part de Dan et je me demandai s'il l'avait senti vu l'épaisse couche de graisse qui séparait ses os de sa peau. Mais Gerry se frottait exagérément les côtes pour faire rire les autres. Dan, exaspéré, s'éloigna.

Dès que Rob apprit par Bill que Michael était présent, il demanda qu'on le guide vers sa table. Michael, qui ne les avait pas encore vus, se leva à leur approche. Rob et Michael s'embrassèrent très affectueusement. Je vis un touriste, ahuri, détourner le regard. Sa femme, elle, fronçait les sourcils en les dévisageant. Leur fils — avait-il voulu vérifier si éventuellement ses parents seraient compréhensifs ? — les regardait alternativement avec un regard où se lisait une douloureuse envie.

Tout le temps que nous prîmes à nous attabler, ce qui fut relativement long puisque Gerry insistait pour placer chaque convive à sa guise, la conversation continua à l'autre table. Je vis Michael s'essuyer les yeux, Bill essayer de le consoler en lui caressant le bras avec une grande douceur, Rob lui enserrer les épaules de son bras libre en appuyant la tête sur son front.

Je me retrouvai installé entre mes hôtes de la rue White. Chasse gardée ou enfant surprotégé, je ne le savais pas trop, mais ça commençait à m'énerver. Je me penchai vers Dan pour lui poser une question en montrant la table de Michael. Gerry étira aussitôt le cou pour écouter. Il avait probablement remarqué que je m'adressais à son chum plutôt qu'à lui et il le prenait très mal.

« Y ont l'air d'être très intimes... »

Ce fut évidemment Gerry qui répondit. Je voyais venir le moment où un plat de grissini ou une carafe de vin que venait de déposer la queue de cheval sur la table me passerait devant le visage pour aller garnir celui de Gerry. Dan semblait sérieusement furieux et je répétai le geste que venait de poser Bill pour essayer de le calmer.

Pendant ce temps-là, Gerry parlait.

« J'comprends qu'y sont intimes ! Michael est le frère aîné, mais à peine d'une couple d'années, de Rob. Mais y est clean. Y a aucune maladie... »

Ça sentait le pedigree et je ne pus m'empêcher de sourire tant la persistance de Gerry à me matcher avec Michael me paraissait enfantine.

« Rob l'avait pas encore rejoint, c'est pour ça qu'y est ému comme ça. C'est un gars merveilleux, Michael, tu sais, très sensible, très... artiste. Y aime beaucoup la littérature... j'pense. »

C'était gros et aussi subtil qu'un matou dans un harem de chattes en chaleur, et même Dan ne put s'empêcher de rire en haussant les épaules.

Une deuxième queue de cheval, tout aussi sexy que la première, vint porter le menu et Gerry, dans sa grande gourmandise, l'ouvrit tout en continuant à parler.

«Imagine-toi donc qu'y sont trois enfants, dans la famille, pis qu'y sont gays tous les trois! Le troisième, c'est une fille qui travaille dans un garage pas très loin de chez nous, sur la rue White... Tu vois le genre...»

Dan en profita pour intervenir.

«Tu dis n'importe quoi! Jaclyn est très féminine!

— Arrête, chus plus féminine qu'elle!

— J'ai pas dit que c'était une caricature, j'ai dit qu'elle était féminine!»

Mais je ne les écoutais presque plus. Je regardais Michael, Rob et Bill qui s'approchaient maintenant de notre table, le premier tenant son assiette de pâtes, les deux autres transportant son vin, sa serviette de papier et ses ustensiles. Gerry se leva au milieu de sa réplique qui semblait particulièrement acerbe mais que je n'avais pas entendue. Il passa de la colère noire à la bonne humeur en moins d'un dixième de seconde, son visage s'illuminant comme s'il venait d'apercevoir la Sainte Vierge elle-même.

«Vous avez bien fait! J'allais justement vous suggérer de l'inviter à notre table...»

Un brouhaha assez comique s'ensuivit. Gerry voulait visiblement installer les nouveaux venus près de nous, surtout Michael, je suppose, mais Dan avait vite couru déplacer des chaises, à l'autre bout, et aidait déjà Rob à s'asseoir. Trois nouveaux hôtes à une table c'est beaucoup et tout le monde fut obligé, plus ou moins, de changer de place. Ce fut long, bruyant, plein d'exclamations et de rires. Un verre de vin fut renversé, une salière aussitôt vidée dessus. Le coupable fut condamné à payer la première tournée et je le vis, c'était Brad, le vendeur de T-shirts, vérifier discrètement s'il avait assez d'argent sur lui.

Le calme revenu, tout le monde, sauf Gerry qui lançait des regards noirs à Dan, se plongea dans le menu. Bill le lisait à Rob qui hochait lentement la tête.

Dan était revenu à sa place et avait avalé une coupe de vin d'un coup. Il se pencha sur Gerry.

«Tu regardes pas le menu? C'est étonnant!

— C'est déjà fait! J'sais c'que je veux!»

Je me sentis obligé d'intervenir tant le ton avait été agressif.

«Les gars, s'il vous plaît... On est là pour manger entre amis...»

Mais Dan ne put s'empêcher de lancer la réplique de trop :

«Tu changeras jamais... maudit entremetteur! T'es mûr pour jouer *Hello Dolly* dans la pire des productions amateurs! Laisse donc le monde faire leur vie eux-mêmes, une fois pour toutes!»

Gerry fut aussitôt derrière lui, penché au-dessus de son épaule gauche et de ma droite.

« Tu veux une scène ? C'est ça que tu veux ? Hein ? En plein restaurant ? Devant nos amis ? Devant Jeanne-Mark qui a pas encore eu l'honneur d'assister à la chose ?

— J'veux pas de scène, j'veux que tu laisses Jeanne-Mark tranquille ! Si y veut se faire un chum à Key West, y est capable tout seul !

— Michael est ici par hasard ! C'est pas de ma faute !

— Voyons donc ! T'es venu au monde avec un récepteur de téléphone incrusté dans le cou !

— J'te jure, j'vous jure à tous les deux que je l'ai pas appelé ! »

Il fut interrompu par la deuxième queue de cheval qui prenait les commandes. Gerry fut obligé de lui céder sa place. Dan me regarda. Toute agressivité semblait avoir quitté son visage, comme si l'insignifiante petite altercation qui venait d'avoir lieu entre eux l'avait amusé au point d'endiguer ses récriminations.

« Sauvés par le trio de pâtes ! »

C'est, effectivement, ce que commanda Gerry.

Le repas fut animé, bruyant et, pour moi, assez instructif. La table était séparée en deux groupes : les buveurs de vin, dont faisaient partie mes propriétaires, le trio qui s'était tardivement joint à nous et les deux coiffeurs, et les buveurs de bière, qui comprenaient le policier, l'éboueur, le vendeur de T-shirts, d'autres que je ne connaissais pas et qui calaient verre sur verre sans même sembler goûter ce qu'ils ingurgitaient. Atavisme ou simple hasard, toujours est-il que les deux catégories de buveurs avaient chacune pris un bout de la table et que même les sujets de conversation différaient. Les buveurs de vin étaient plutôt farce légère et commérage, les autres sport et plein air. Tous mangeaient avec délectation leurs pâtes au demeurant assez ordinaires tout en dévorant des yeux les queues de cheval qui circulaient dans la salle comme des mannequins faisant la publicité d'une marque de vêtements particulièrement cochons : les pantalons étaient très serrés, les shorts très courts, les maillot de corps très échancrés, les lunchs très en vue. Conscientes du pourboire qui grossirait en conséquence, les queues de cheval visitaient volontiers et souvent notre table et draguaient tout le monde sans vergogne.

Vers le dessert, au moment où les sujets de conversation commençaient à s'user un peu, un incident raviva la bonne humeur et le repas se termina dans l'euphorie générale.

Une dame âgée et très chic s'approcha de notre table et se pencha sur Gerry, lui-même penché sur son tiramisu.

« Vous êtes bien le propriétaire du charmant café français où nous avons mangé, mon mari et moi, ce matin ? »

Gerry se lança alors dans un numéro de haute voltige qui me coupa le souffle. Je l'avais vu plusieurs fois emprunter son faux accent français depuis mon arrivée, mais cette fois-là il se surpassa pour épater la galerie et dépassa de loin tout ce que je lui avais vu faire jusque-là. Il changea d'accent aussi rapidement qu'il avait changé d'humeur un peu plus tôt. C'était à la fois Charles Boyer susurrant *Come wiz mee to ze Casbahhh*,

Maurice Chevalier chantant *Zank heaven for littule girls* et l'inénarrable inspecteur Clouseau de Peter Sellers. C'était faux et vrai en même temps, ça ne venait de nulle part mais on sentait que c'était la France qui était visée, ça changeait de ton, de sonorité, de rythme presque à chaque début de phrase, c'était beau, presque grandiose dans la caricature et la dérision. Il fit des compliments à la dame sur sa tenue vestimentaire, lui embrassa les deux mains avec une effusion tout exagérée, lui demanda ce qu'elle avait pensé de son petit déjeuner, lui promit pour le lendemain les meilleurs œufs bénédictine de sa vie même si elle ne les digérait pas et un cappucino dont elle se souviendrait jusqu'à sa mort. Il fit des plaisanteries sur la calvitie du mari, sur sa cravate plutôt criarde, sur son teint rougeaud, un peu comme les stand-up comics américains dont la spécialité est l'insulte et qui gagnent des fortunes en agressant leur public : Don Rickles, par exemple, ou Rip Taylor.

Nous gloussions tous dans nos desserts, Dan le premier dont l'admiration pour son chum se peignait sur son visage presque transfiguré. Il faisait semblant de tousser dans sa serviette de table, essuyait ses larmes, essayait en vain de contrôler les soubresauts de ses épaules. Et je compris que Gerry faisait tout ça pour Dan, justement, qu'il savait sensible à ses pitreries. Après sa performance, tout serait pardonné et aucun reproche ne viendrait plus entacher la soirée. Le principal souci de Gerry, en plus de bien le nourrir, était de faire rire Dan.

Mais, curieusement, la dame ne semblait pas très sensible au numéro de Gerry qui finit par s'en apercevoir et perdre pied.

Quand elle fut bien sûre qu'il avait terminé, elle continua à le regarder droit dans les yeux et lui demanda avec le même accent qu'il avait affecté devant elle :

« *How come you speak wiz a French accent wiz me but not wiz your friends ?* »

Elle lui tourna le dos et sortit du restaurant en disant très fort pour que tout le monde l'entende bien :

« Je déteste qu'on rie de moi ! Dès demain matin, je cours me plaindre à la Chambre de commerce de Key West ! »

Aussitôt qu'elle fut sortie, le restaurant se transforma en véritable pandémonium. La plupart des clients acclamaient bruyamment Gerry, les autres applaudissaient la dame qui avait si bien su le démasquer puis le déjouer. Gerry avait mis ses mains sur sa bouche et ressemblait aux jumeaux d'*Alice in Wonderland* de Walt Disney, Tweedledee et Tweedledum : un trop gros petit garçon gaffeur qui aurait voulu se faire oublier.

« Mon Dieu ! Pensez-vous qu'a' va vraiment le faire ? »

Mais une dernière et encore plus cuisante humiliation l'attendait.

Le repas terminé, les factures payées — les queues de cheval avaient pris bien soin de faire des additions séparées par couples ou individuelles pour ne pas heurter la clientèle —, le dernier verre de vin ou de bière avalé, Michael s'approcha timidement de Gerry qui crut qu'il allait enfin être consolé, son chum se contentant de rire de lui depuis l'épisode de la femme chic.

« Merci beaucoup de m'avoir téléphoné cet après-midi, Gerry. Tu m'avais promis une surprise, c'en était toute une ! T'as bien fait d'insister pour que je vienne même si j't'ai dit que je voulais pas... Rob avait essayé de me rejoindre à la brûlerie, mais j'avais congé, j'étais à la plage... »

Plutôt que de le tuer, Dan et moi éclatâmes de rire, c'était trop drôle.

Humilié jusqu'à la plus petite fibre de son gros être, Gerry était rouge comme une crevette sortant du barbecue.

« Bon ! O.K. ! C'est vrai que je l'avais appelé pour y promettre une surprise ! Mais la surprise c'était pas Jeanne-Mark ! C'était son frère ! »

*

La soirée était encore jeune pour ce groupe de gais lurons délurés et, sans trop m'en rendre compte à cause du vin que j'avais bu, je me laissai entraîner à un bar à la mode de la rue Duval — je crois que je n'avais pas mis les pieds dans un de ces endroits depuis ma rencontre avec Mathieu, dix ans plus tôt —, le Macho Person, où se réunissait chaque soir tout ce que Key West comprenait de gays de tous sexes, de toute allégeance et de tout acabit. Mais la faune avait peu changé en dix ans et j'aurais tout aussi bien pu être à Montréal qu'à Berlin ou San Francisco à la fin des années soixante-dix. Il y avait là des hommes très masculins (la moustache sévissait encore même si elle commençait à être sérieusement et internationalement *out*), d'autres très féminins, nerveux, excités, souvent d'une blondeur douteuse, et beaucoup plutôt ordinaires, comme moi, qui servent partout dans le monde et depuis toujours à garnir les coins sombres et les rangées de stools alignées le long des murs pendant que les autres se pavanent en cueillant les morceaux de choix. N'ayant jamais été un morceau de choix, j'ai toujours détesté les bars et les ai, en fin de compte, très peu fréquentés. Il y avait aussi des filles massives en habit cravate ou en jeans trop serrés, le *Hollywood haircut* fraîchement taillé et bien brillantiné, une main brassant le petit change au fond de leur poche, l'autre entourant la taille de leur blonde. Elles venaient moins pour draguer que les gars et avaient plutôt tendance à rester entre elles, en petits couples propres qui savent bien se tenir. Quelques-unes, plus âgées, se mêlaient aux groupes d'hommes, fraternisaient volontiers et payaient des tournées accueillies avec force cris de joie, mais elles étaient plutôt rares. Quelques magnifiques jeunes filles, la démarche assurée et vêtues avec goût, se promenaient dans tout ça avec un air de ne pas vouloir y toucher et faisaient tourner toutes les têtes, même celles des hommes (ceux, jaloux, qui auraient voulu leur ressembler, les bisexuels qui ne savaient vraiment plus où donner de la tête tant le choix était diversifié, les moustachus que leur présence dans cet endroit étonnait).

Notre groupe étant composé de premiers et seconds choix — on avait mis à l'avant le policier et l'éboueur pour fendre la foule —, et celui-ci étant connu dans tout Key West sous le nom, je l'appris ce soir-là, de *The French Café Follies*, nous nous retrouvâmes très bien placés, près de la scène où un spectacle semblait se préparer. Un énorme travesti encore à moitié peinturé et qui faisait des efforts désespérés pour ressembler à la défunte Divine allait et venait sur le plateau en donnant des ordres à un souffre-douleur maigrichon dont le T-shirt était déjà trempé de sueur. Le travesti était visiblement de mauvaise humeur — il devait considérer que ce *joint* n'était pas digne de son grand talent — et criait des choses que j'étais content de ne pas entendre.

La musique — dire qu'elle était tonitruante serait un euphémisme — me brisait les tympans et me brassait la cage thoracique. L'éclairage, cette fois c'est le mot pyrotechnique qui serait trop faible, me soulevait le cœur déjà barbouillé par le repas trop copieux que je venais à peine de terminer. Je me jurai de rester une demi-heure par pure politesse et de me sauver à la maison. Il était impossible de ne pas bouger, même à l'extérieur du plancher de danse, alors je faisais comme tout le monde, je me dandinais sur place en regardant évoluer le zoo qui m'entourait et que j'avais l'étrange impression d'avoir quitté la veille tant il était familier. La faune n'avait pas changé mais l'environnement, lui, avait évolué d'une façon spectaculaire. À mon époque — «dans ton vieux temps», avait un jour dit Sébastien et j'avais failli mourir d'apoplexie —, un miroir sur le mur du plancher de danse et quelques spots de couleur faisaient illusion alors que là j'aurais juré être une paillette de couleur au milieu d'un kaléidoscope manipulé par un fou.

Le deuxième Gerry, celui qui était policier, vint m'offrir une bière que je refusai au profit d'une eau minérale, ce qui sembla d'ailleurs le choquer profondément, et je lui posai les questions qui me trottaient dans la tête depuis que je l'avais rencontré.

« Les policiers travaillent jamais, à Key West ? J't'e vois toujours avec le groupe...

— J'travaille à la *gay beach*, entre onze et six heures. Le reste de mon temps est à moi.

— Tu peux être policier et ouvertement homosexuel ?

— Pour la *gay beach*, oui. Le conseil municipal en cherchait un, y m'ont trouvé.

— Tu dois être populaire...

— Disons qu'y a des gars qui haïssent pas ça se faire arrêter quand chus en uniforme. Tu devrais voir comment j'ai arrangé l'uniforme. »

J'étais tout à fait capable de l'imaginer et je ne pus réprimer un sourire qui, d'ailleurs, ne lui échappa pas.

Le premier Gerry, mon propriétaire, qui m'espionnait encore sans complexe et qui ne m'avait pas quitté d'une semelle, ne put s'empêcher de lancer au policier :

« T'es pas prétentieux du tout, mon Gerry ! »

L'autre se contenta de sourire tout en continuant son dandinement suggestif qui, je venais de le remarquer, ne m'était pas destiné mais plutôt à un superbe physique de footballeur qui traçait en dansant autour de nous des cercles de plus en plus serrés.

Lorsque le deejay annonça le début du spectacle, je décidai de passer de l'eau minérale à la bière, même si je n'en bois jamais. L'effet du vin commençait à se dissiper et j'avais peur que les bouffonneries du travesti me dépriment. J'en sifflai deux de suite sous l'œil goguenard du Gerry policier qui tenait déjà son footballeur par la taille.

« T'es pas à l'eau minérale, toi ?

— Juste à penser à ce qui se prépare sur la scène, chus convaincu d'avoir besoin de bière !

— T'as tout à fait raison, faut surtout pas regarder Sandra Deelicious à jeun ! »

Aussitôt le numéro de la mal nommée Sandra Deelicious commencé, je me retrouvai vingt-cinq ans plus tôt, jeune et baveux, fraîchement débarqué dans l'ouest de Montréal, me croyant dans un autre pays parce que j'étais très loin de mon Plateau Mont-Royal natal, et me délectant des clowneries de Belinda Lee, au Hawaïan Lounge, rue Stanley (sa Dracula féminine sortant d'un cercueil transporté par quatre *musclemen* fut un des grands moments de la fin des années soixante), ou de celles, un peu plus tard, de la Monroe, au PJ's de la rue Peel, apostrophant vertement les clients et sortant ceux qui osaient la contester. Si je tournais la tête, j'allais apercevoir mes amis de l'époque en train de caler leur bière, les vendeurs de poppers et de joints mal roulés, la préposée aux toilettes des dames ou le barman qui m'avait tant pâmé pendant deux longues semaines. Ça sonnait pareil et ça sentait la même chose.

Comme ses prédécesseurs depuis la nuit des temps, hommes déguisés en femmes pour faire rire d'autres hommes qui n'osaient pas le faire, Sandra Deelicious se démenait beaucoup pour nous amuser. Ce qui avait soutiré un rire gras à trois cents personnes ivres quand j'étais jeune avait toujours la même décourageante efficacité. Le propos était le même, les farces à peu près semblables, rien n'avait changé, en fait, sauf que la région du corps visée dans toutes ces farces à sujet unique était nommée, décrite, presque exhibée alors que dans mon temps on se contentait d'y faire allusion de peur de voir débarquer l'escouade de la moralité du tant honni maire Drapeau. Le vocabulaire de Sandra Deelicious pour désigner cette partie de son anatomie était varié à un point stupéfiant et je me dis que la langue anglaise, cette soi-disant puritaine, nous réservait parfois des surprises...

Malgré son petit talent de chanteuse et son évident manque de punch (trop nerveuse, trop occupée à plaire à tout prix, elle bafouillait ses fins d'histoires, cherchait parfois ses mots, les remplaçait par des onomatopées quand ils ne venaient pas), Sandra Deelicious avait une certaine présence physique — près de trois cents livres de chair gélatineuse déplacent pas mal d'air — et y avait recours quand le reste ne voulait pas suivre. Elle ponctuait donc tout ce qu'elle faisait ou disait de vulgaires bumps de son énorme cul, de grimaces qui se voulaient lascives mais qui ne provoquaient que des haut-le-cœur, et de gestes de la main qui lui attiraient sifflets et insultes. J'en avais trop vu de ces pathétiques créatures dans ma jeunesse pour trouver celle-là vraiment drôle.

Les clients réunis au Baby's ce soir-là venaient-ils donc autant pour insulter la maîtresse de cérémonie que pour assister au concours de *wet shorts* tant annoncé sur la marquise du bar?

Son numéro terminé tant bien que mal parce que tout le monde était tanné de ses farces plates et le manifestait bruyamment, Sandra Deelicious en arriva enfin au vif du sujet en annonçant le concours tant attendu. Un étonnant silence tomba sur le Macho Person. Tout en finissant ma quatrième bière qui m'était directement montée à la tête, je regardai autour de moi les cous s'étirer dans une attente presque fiévreuse et je me demandai ce qui se préparait de si important.

J'ai vite compris.

Ce concours de wet bobettes était en fait très simple. Les plus beaux spécimens de la place, ou ceux qui croyaient l'être, avaient posé leur candidature à une compétition de mensuration assez spéciale : ils montaient chacun à leur tour sur la scène en bobettes, Sandra Deelicious, au comble du bonheur, leur versait un seau d'eau sur le corps, les sous-vêtements s'imbibaient... et la foule hurlait son admiration quand le candidat en valait la peine — il y en avait de vraiment impressionants — ou sa déception quand la gêne, à la grande honte de son propriétaire, handicapait le membre à moitié exhibé. Ç'aurait pu être pitoyable si la foule avait vraiment été sérieuse, mais au bout de trois ou quatre phénomènes assez spectaculaires — les premiers étaient, semblait-il, toujours les plus intéressants —, c'était vite devenu tout à fait inoffensif, bon enfant, comique, parce que même les wet bobettes avaient cessé de se prendre au sérieux, et je m'amusai comme un petit fou. Il faut dire aussi que les cinquième et sixième bières contribuèrent grandement à mon euphorie. Et au mal de tête qui me prit tout d'un coup avant la fin de cette édifiante séance. La voix de Sandra Deelicious me vrillait de plus en plus le cerveau et j'aurais voulu me voir dans mon lit en train d'essayer de digérer trois aspirines.

Gerry, paqueté aux as, menaçait à tout moment de monter sur la scène et Dan le retenait à deux mains en lui disant, pour essayer de détourner son attention, que le salon était déjà assez garni de trophées comme ça... L'autre Gerry et son footballeur avaient disparu depuis belle lurette, probablement pour se faire une séance privée de wet bobettes...

J'ai voulu partir avant d'être malade devant tout le monde et j'allais faire un signe à Gerry ou à Dan lorsque, en tournant la tête, une curieuse vision me figea sur place.

Comme sur le quai devant le coucher du soleil, Bill décrivait ce qu'il voyait à Rob qui riait aux éclats. Ils se tenaient par le cou, Rob essuyait de temps en temps une larme avec le revers de sa main qui tenait sa canne blanche pliée. Ils semblaient beaucoup s'amuser. Je devinais que le vocabulaire de Bill, sa façon de décrire, son style avaient changé, qu'il était presque devenu un autre conteur, comme l'auteur d'un autre livre, une Schéhérazade piquante après celle, plus poétique, qui avait décrit Key West sombrant dans la nuit. J'aurais voulu pouvoir m'approcher d'eux, tendre l'oreille, écouter ce qu'ils disaient tous les deux parce que Michael, de temps en temps, ajoutait ses propres commentaires à ceux de Bill, à la grande joie de son frère qui le tenait par la taille. Je les ai observés assez longtemps, aussi ému que je l'avais été quelques heures plus tôt.

À un moment donné, Michael m'a vu les regarder et m'a fait un superbe sourire qui est allé se visser directement dans mon cœur ramolli et noyé par la maudite boisson.

C'était la dernière chose dont je me souvenais quand je me suis réveillé, le lendemain matin, avec un mal de bloc d'adolescent boutonneux après sa première cuite. Je ne me souvenais pas comment j'étais entré à la maison ni comment je m'étais couché; j'avais surtout oublié qui m'avait déshabillé, mis au lit, bordé. Enfin, je m'en doutais bien et j'aurais volontiers sauté dans le premier avion pour Montréal sans dire au revoir à mes hôtes tellement la honte m'étouffait.

Mais je me rendis compte que je n'avais pas pensé à Mathieu depuis presque vingt-quatre heures et, au lieu d'en être soulagé, j'eus peur. Guérir, oui, absolument, mais pas trop vite, quand même!

*

De temps en temps, surtout le matin en me levant, je jetais un rapide coup d'œil en direction de mon ordinateur que j'avais installé sur une jolie petite table près des portes-fenêtres de mon pavillon dans l'espoir, naïf que j'étais, que les muses se garrocheraient sur moi sans prévenir par une belle journée pluvieuse... Mais les muses restaient obstinément muettes, l'ordinateur fermé, et la culpabilité, du moins celle-là, absente.

Pour éviter de retomber sous le «charme» de la bande à Gerry et probablement aussi à cause de l'estomac barbouillé que m'avait légué mon début de cuite au Macho Person, je passai donc les quelques jours suivants à faire du tourisme, du vrai, sans presque voir mes propriétaires: j'ai visité le Musée des Naufrageurs, la maison

Audubon, la cathédrale, la maison de Hemingway et sa seule vraie piscine creusée de toute l'île; j'ai exploré les boutiques, par dizaines, où j'ai trouvé des cadeaux pour à peu près chaque être humain que j'avais jamais croisé dans ma vie — j'ai dû prévoir l'achat d'une seconde valise pour les contenir tous; j'ai parcouru l'aquarium municipal, le Tennessee Williams Center for the Performing Arts, j'ai mangé dans les restaurants les plus divers parce que Key West est un des endroits aux États-Unis où on mange le mieux, j'ai fait un pèlerinage à la maison que Tennessee Williams a habitée, au coin de Leon et Duncan, durant une partie de sa vie et que personne dans l'île ne reconnaît plus parce qu'elle vient d'être vendue, rénovée, toute pimpante, maintenant, alors qu'elle a été si longtemps laissée à l'abandon. Puis, à court d'idées, j'ai décidé un bon après-midi de prendre le Conch Train qui fait le tour de l'île en une heure et demie dans un rapide survol de tout ce que j'avais déjà visité de fond en comble pendant près d'une semaine. Le train lui-même est un objet multicolore assez joli qui fonctionne à l'électricité, conduit par un guide breveté qui est censé *tout* savoir sur Key West, son histoire, son architecture, sa faune, sa flore, son climat et son statut privilégié de seule île des États-Unis à faire partie des Caraïbes.

Une très mauvaise expérience m'attendait sur ce train, qui fit remonter à la surface le problème de la présence des Québécois en Floride auquel j'avais brièvement été confronté au French Café, au lendemain de mon arrivée, mais qui, en fin de compte, me fournit l'idée d'une nouvelle... Les muses ne furent pas du tout celles que j'escomptais mais elles frappèrent, et fort!

Un bruyant couple de Ti-Coune, gros et habillés comme des arbres de Noël, représentant à eux deux tout ce que des touristes ne devraient jamais être, deux caricatures de Québécois en goguette, vint s'installer juste devant moi quinze secondes avant que le train parte. Sentant vaguement que l'heure et demie qui allait suivre ne serait peut-être pas la reposante balade dont j'avais besoin après mes longues heures de marche, j'ai failli descendre du wagon pour attendre le prochain train. Mais, luttant contre la honte que je sentais monter en moi et que je condamnais, la considérant bourgeoise et élitiste, j'ai décidé de les assumer, me disant qu'il serait peut-être intéressant de voir ce que deux Québécois moyens penseraient d'une île comme Key West, un des seuls endroits vraiment excentriques en Amérique du Nord. C'était probablement différent de tout ce qu'ils connaissaient et j'étais curieux de voir leurs réactions.

Raymond et Ginette furent odieux. Ils commencèrent d'abord par s'ennuyer ferme. Je ne sais pas s'ils s'attendaient à visiter Fantasyland, mais toujours est-il qu'ils trouvèrent immédiatement, en tournant le coin de Whitehead, que ça manquait de piquant et Raymond ouvrit son énorme radio-cassette portative qui se mit à gémir une chanson western en français. Le guide, évidemment, lui demanda poliment de fermer son appareil. Raymond, évidemment, ne le comprit pas et finit par répondre des insanités d'une grande violence quand on lui expliqua par gestes qu'il empêchait les autres passagers d'entendre les descriptions qui nous parvenaient par de petits micros dissimulés dans le plafond du wagon. Je restai coi, ne voulant surtout pas être mêlé à tout ça.

J'entendis distinctement ma voisine, une dame d'un certain âge, cheveux bleus et joli petit ensemble lavande, dire à son mari :

« *These damn Frogs, again !* »

Malgré ma honte naissante, j'ai eu envie de l'apostropher, de la traiter de raciste, de lui dire que j'étais un *damn Frog*, moi aussi, qu'il ne fallait pas généraliser à partir d'un seul couple, que certains Américains à l'étranger, comme me l'avait dit Gerry, n'étaient pas plus drôles, mais je me dis qu'il était inutile de me mettre à m'engueuler avec mes voisins dès le début de la balade... Je me trouvais trou de cul mais je me taisais. Et, après tout, je n'étais peut-être pas, moi non plus, plus représentatif des *damn Frogs* que Ginette et Raymond !

Ginette, que l'architecture barbait — quand on a vu une maison blanche on les a toutes vues —, sortit son compact et passa la demi-heure suivante à refaire son maquillage déjà impressionnant, malgré les nombreux sursauts du train produits par la chaussée mal entretenue. En descendant la rue Duval, ils se pâmèrent sur quelques T-shirts à mon avis d'une grande laideur, saluèrent de la main et de la voix le Sloppy Joe's, le célèbre bar que fréquentait jadis Hemingway et qu'ils avaient visiblement déjà visité, puis tombèrent dans une espèce de torpeur d'où ils n'émergeaient que pour lancer un « calvaire que c'est plate » ou « on s'est fait fourrer pour douze piasses ! ».

Absolument tout leur déplaisait : les plages étaient laides à côté de celles de Miami, il n'y avait pas de gratte-ciel digne de ce nom, les maisons étaient trop vieilles, l'aéroport trop petit, l'île trop plate, la température trop humide et, comble de l'insulte adressée à un endroit de villégiature, il y avait trop de tapettes qui se déhanchaient en pleine rue dans des vêtements trop serrés.

Raymond se lamentait à haute et intelligible voix sur les cinq heures de route qu'ils allaient se taper pour retourner à la civilisation — Miami ! — et Ginette espérait tout de même que le coucher du soleil vaudrait toute cette peine qu'ils s'étaient donnée pour se rendre jusqu'au bout du monde. Raymond lui répondit, probablement pour la vingt-cinquième fois, que le coucher du soleil c'était pour les moumounes et qu'il allait faire un petit somme dans la voiture en l'attendant, ce à quoi elle répondit qu'elle savait très bien que son « petit somme » s'appelait le Sloppy Joe's et que si elle le retrouvait paqueté, incapable de conduire, elle prendrait l'autobus pour rentrer à Miami parce qu'elle n'avait pas envie de mourir sur le Seven Mile Bridge. Elle sortit même l'horaire et il le lui arracha en disant qu'elle voyageait avec lui, un point c'est tout.

En passant sur North Roosevelt, Ginette se plaignit que son mari ne lui avait pas dit qu'il y avait des centres commerciaux à Key West, ce dernier lui répondit qu'ils étaient passés devant en entrant dans l'île et que ce n'était quand même pas de sa faute si elle était coq-l'œil.

À la moitié du voyage, le train fit une halte — on nous l'avait annoncé avant le départ et c'était inscrit sur le prospectus qu'on nous avait distribué — dans un mini-centre d'achats où on avait dix minutes pour acheter des souvenirs en attendant de repartir vers le cœur de la ville, le vieux Key West.

Ginette et Raymond, croyant le voyage terminé, hurlèrent qu'on les avait volés, que ça n'avait même pas duré une heure, qu'ils exigeaient d'être remboursés. Pour les faire taire, pour calmer mon exaspération, surtout, je me dévoilai, leur dis que j'étais moi aussi Québécois et leur expliquai la situation. N'étant pas à une contradiction près, ils décidèrent alors de quitter ce maudit voyage plate-là et s'éloignèrent sans me remercier. Je n'étais même pas sûr qu'ils avaient vraiment enregistré que je leur avais parlé français. J'étais soulagé à un tel point que j'avais envie de courir derrière eux pour les embrasser en les remerciant de partir.

Et, bien sûr, je passai la deuxième partie du voyage — pourtant de loin la plus intéressante — à culpabiliser. Je me rappelais toutes les fois, à Acapulco surtout, parce que je ne connaissais pas du tout Miami, où j'avais eu honte de mes compatriotes, de leur vulgarité, de leur ignorance, de leur arrogance d'éternels humiliés qui ont enfin trouvé plus pauvres qu'eux à mépriser, tout en me disant que j'avais tort, qu'ils n'étaient pas pires que d'autres, qu'ils me faisaient honte uniquement parce qu'ils venaient de mon pays et que je ne les aurais peut-être même pas remarqués s'ils n'avaient pas été Québécois.

Et cette fois, je me disais aussi que s'ils avaient appris que j'étais homosexuel, c'est eux qui auraient eu honte de moi. Qui a tort ? Qui a raison ?

Pour me défrustrer, en arrivant à la maison, je me jetai donc sur mon ordinateur qui n'attendait que ça et je pondis un court texte dans lequel j'entremêlai ce que je venais de vivre et mes souvenirs d'Acapulco. Ce texte, *Los Tabarnacos*, me fit un bien énorme mais je n'étais pas sûr d'en être très fier parce qu'il y manquait peut-être, croyais-je, la fibre humaine, la sympathie pour les personnages, cet attachement pour mes contemporains qui avait été la principale qualité de mon premier roman. Mais le seul fait d'écrire, de travailler me fut un soulagement appréciable.

INTERCALAIRE III

Los Tabarnacos

« ¡*Amigo!* pas de Seven-Up ? »

Ginette est visiblement furieuse.

Pepe s'approche un peu plus en faisant un signe d'impuissance.

« *No Seben-Up, señora.*

— D'abord, on dit pas « Seben-Up », on dit « Seven-Up » ! Pis que c'est que j'vas boire, clisse ! »

C'est alors que Raymond intervient. Raymond porte un maillot de bain fluorescent vert lime en grande partie dissimulé derrière un énorme ventre de bière grillé par deux semaines de surexposition au soleil meurtrier d'Acapulco. Le tour du nombril a pelé plusieurs fois et la nouvelle peau est d'un rose un peu malade. Raymond est contre les crèmes solaires et a passé une partie de sa première semaine de vacances au lit, rouge comme un homard et tremblant de fièvre. Mais il va beaucoup mieux, la baie d'Acapulco au complet, à son grand désespoir, a eu le loisir de s'en rendre compte. Raymond est également affublé d'une invraisemblable moustache aux pointes cirées dont il est très fier mais dont ses trois beaux-frères n'arrêtent pas de se moquer. Ils trouvent tous les trois qu'il a l'air d'une moumoune avec ça, mais ils n'oseraient jamais le lui dire en face de peur de se faire péter la gueule. À la seule mention du mot moumoune, Raymond voit rouge et fesse sur tout ce qui bouge, ce qui fait d'ailleurs dire à Gilles, le plus jeune de ses beaux-frères, qu'il a peut-être un problème de ce côté-là...

« Que c'est qu'y a, ma poupoune ? »

Ginette s'est effouerée dans la chaise de bois qu'elle a tirée dans la mer à côté de celles de ses trois sœurs même si Pepe leur a déjà dit cinq fois que c'était interdit. Elles ont fait comme si elles ne comprenaient pas et ont maintenant l'air de flotter sur la marée montante dans leurs deux pièces également fluorescents mais aux couleurs beaucoup plus audacieuses : orange et rose pour Lise, magenta et canari pour Carole, rouge et orange pour Jojo, la plus jeune, qui veut toujours être la plus vue. Quant à Ginette elle-même, elle porte un maillot rose mexicain mais aux accessoires, lunettes de soleil et jolie passe dans les cheveux, du même lime que le maillot de son mari. Ils ont acheté le kit ensemble, le premier matin, dans la boutique de l'hôtel où ils se sont fait pleumer en pensant négocier une bonne affaire, et trouvent que ça fait très couple.

Raymond a toutefois demandé avant de sortir ses pesos :

« T'es sûre que j'ai pas l'air d'une crisse de moumoune, là-dedans ? »

Ginette s'est contentée de répondre avec un petit sourire en coin :

« Pas plus que les autres. Tou'es hommes portent ces couleurs-là, icitte, c't'année. Tu seul, t'arais l'air moumoune, mais avec moé tu vas faire mari. »

En sortant de la mer, tout le monde regarde ces quatre femmes grassouillettes qui luisent de tous leurs feux sous le soleil de quatre heures; elles sont convaincues que c'est parce qu'on les trouve belles. Elles ont l'air d'avoir les yeux fermés mais elles sont à l'affût des regards approbateurs des Allemands, des Français, des Américains, la plupart en shape, du moins les plus jeunes, qui s'ébattent et s'ébrouent dans les vagues trop fortes et réputées dangereuses de la plage Revolcadero, en face de l'hôtel Princess. Elles en ont même sifflé quelques-uns qui sont restés figés d'étonnement. Surtout les adolescents qui ne savaient plus où se mettre et qui ont pris le parti de replonger dans la mer pour échapper aux rires et aux paroles taquines qu'ils ne comprenaient pas mais dont il était facile de deviner le sens.

Quant aux petits Mexicains, s'ils s'approchent trop près, elles les rabrouent et les renvoient avec des moqueries. Ils sont vraiment trop petits pour elles. Et les *natives* sont réputés pauvres.

«Y ont pas de Seven-Up icitte non plus, clisse! J'suppose que j'vas encore aboutir avec un maudit Fanta! M'as avoir l'air d'un Fanta en partant d'icitte, moé, certain!

— Pour une fois que t'auras pas l'air d'un Seven-Up!»

Elle est aussitôt debout, les poings sur les hanches.

«Ça veut dire quoi, ça? Que chus faite comme une bouteille?»

Raymond, qui s'est fait dire en s'approchant dans le lit, la veille au soir, que c'était le mauvais moment du mois, même avec un condom, se fait soudain petit, servile. Quand elle est indisposée, Ginette fait des colères terribles, célèbres dans toute la famille. Si Raymond ne veut pas que la fin des vacances soit gâchée et le vol du retour, le soir, un cauchemar, il lui faut être très prudent avec elle.

« Voyons donc, ma belle poupoune, c't' une farce !

— Est plate, ta farce, Raymond ! »

Pepe est toujours là, son calepin à la main. Il commence à s'impatienter mais n'ose pas trop le montrer.

« ¿*La señora quiere un Fanta ?* »

Ginette se rassoit en produisant un désagréable bruit de succion dans la vaguelette qui léchait le siège de sa chaise.

« *La señora quiere* rien pantoute ! *La señora esta* mourir de soif, c'est toute ! »

Raymond se tourne alors vers Pepe et lui dit avec un magnifique accent québécois :

« *Nada !* »

Pepe s'éloigne en marmonnant. Raymond s'accroupit à côté de sa femme.

« La prochaine fois, on t'emportera une caisse de vingt-quatre de Seven-Up, ma poupoune. Comme ça, t'en auras presque deux par jour pour tout le temps des vacances... »

Elle devient toute tendre, elle fond de tendresse, Ginette. Ses colères ne sont jamais très longues et elle coule facilement dans le sentimentalisme.

« Tu ferais-tu ça pour moé, mon gros toutou ?

— Ben oui, t'sais ben... On sait jamais oùsqu'y en vendent, des Seven-Up, icitte!...

— Ouan, on dirait qu'y ont jamais vu ça! Pis moé, sans Seven-Up, tu me connais...

— Oui, j't'ai toujours vue boire du Seven-Up, pis j'voudrais pas que tu changes...»

Il l'embrasse. Ginette devient un bonbon fondant rose sur sa chaise.

Mais la tendresse aussi est de courte durée chez elle. Elle se raidit vite, tendue.

«En tout cas, la prochaine fois qu'on va en vacances, ça s'ra pas au Mexique, non merci! Chus t'assez tannée de chier de l'eau!»

Ses trois sœurs éclatent de rire.

La tourista est le sujet de conversation qui les fait le plus rire tous les huit depuis deux semaines. À tour de rôle, à la suite d'un drink glacé ou d'un plat suspect où dominait le porc dans un endroit infréquentable mais pas cher, ils en ont été atteints tous les huit, et ils ont maintenant un répertoire impressionnant d'anecdotes qui se terminent à peu près toutes de la même façon, c'est-à-dire un fond de culotte taché, un taxi qui sent le diable et même, dans le cas de Carmen, des visites très fréquentes à la mer dans le pire de ses crises parce que, prétendait-elle, elle n'avait pas le temps de se rendre aux toilettes.

Ils disent maintenant en se tapant sur les cuisses qu'ils savent pourquoi la baie d'Acapulco est si polluée.

« La Floride, c'est pus sûr, dans le temps des Fêtes, ma pitoune! Pis on a trop mauvaise réputation, là... Avec tout c'qu'y est paru dans les journaux contre nous autres...

— On retournera au Venezuela!

— T'as haï ça pour tuer!

— Ben, c'est quand même moins pire qu'icitte, clisse!

— Au Venezuela aussi t'as chié de l'eau, mon trésor...

— Aïe, coudonc, fais-tu exiprès pour me contredire, toé, après-midi! Sacre-moé donc patience! Pis essaye de te rendre utile, au lieu de me niaiser! Va demander au Princess si y ont du Seven-Up, un peu, là! Sont civilisés, eux autres, y en ont peut-être déjà entendu parler!

— Ça va coûter les yeux de la tête!

— Ça coûtera c'que ça voudra, j'veux un Seven-Up ou ben donc j'fais une crise que tu vas te rappeler pendant longtemps! Pis laisse-moé te dire que j'vas nulle part l'année prochaine sans m'informer d'avance si y ont du Seven-Up, clisse!

— Tu pourrais pas boire du Pepsi comme tout le monde, non!

— Le Pepsi, c'est pour les pepsis! J'ai de la classe, moé, j'connais le bon! »

Ses trois sœurs se tournent vers elle dans un parfait synchronisme. Carmen tousse dans son poing, Lise secoue lentement la tête, Jojo, elle, remonte son soutien-gorge en soupirant d'exaspération.

« Aïe, vous avez un an pour y penser à vos maudites vacances de l'année prochaine, ça fait que sacrez-nous patience avec vos discussions qui finissent pus ! Vous vous chicanez depuis votre mariage, lâchez-vous un peu ! De toute façon, vous êtes rendus tellement hystériques que vous serez peut-être même pus ensemble, aux prochaines vacances ! »

Jojo a le don de conclure les discussions, de trouver la réplique qui va mettre un point final aux chicanes de famille comme au chamaillage des enfants. Un silence pesant s'installe. Personne ne trouve rien à lui répondre, surtout pas Ginette qui, effectivement, se surprend de plus en plus souvent à penser à ce que pourrait être la vie sans la maison, les enfants, Raymond. Surtout Raymond. Et qui se demande si Jojo a visé n'importe où ou bien si elle a deviné quelque chose, la maudite.

Mais les sœurs Morin n'endurent jamais bien longtemps le silence. Le silence, chez elles, est synonyme d'ennui et elles le fuient comme la peste. Le silence, c'est pour la nuit, quand on dort. Le jour est fait pour l'agitation et le bruit, le rire et les crises. Et la parole. Elles parlent tout le temps. Devant la télévision, au cinéma (à l'église, lorsqu'elles y allaient encore, elles rendaient tout le monde fou avec leur incessant babillage), en magasinant, en travaillant, en prenant du soleil, ici à Acapulco, alors que tous en profitent pour se reposer, dans la voiture (en avion, elles sont à genoux sur leurs sièges pour parler aux voisins d'en arrière ou debout dans les couloirs pour prendre des photos en exigeant avec force cris que leurs victimes sourient). Elles ont toujours quelque chose à dire, c'est souvent la millième fois qu'elles le répètent, mais elles ne se gênent pas pour autant, elles meublent, elles remplissent les trous, elles comblent les distances même, si par malheur il leur arrive de se retrouver seules : elles se garrochent sur le téléphone pour appeler n'importe qui, elles regardent la télévision à deux, au téléphone, en commentant ce qu'elles voient à l'écran plutôt que de se taire et écouter. Elles parlent à leurs enfants pendant qu'ils font leurs devoirs, à leur mari pendant qu'il prend sa douche, à leur chat pendant qu'il fait pipi. Leurs réunions de famille sont étourdissantes et leurs partys de fête démentiels. Un étranger qu'on parachuterait au milieu d'une de leurs festivités croirait qu'un drame vient d'éclater alors que c'est tout simplement les sœurs Morin qui jasent.

Lise, la plus vieille, la plus raisonnable, du moins veut-elle le croire, lance donc un salutaire : « J'mangerais ben une pétate frite, moé ! » qui ramène illico l'enthousiasme sinon l'harmonie dans la famille. De petits cris de joie s'élèvent au bord de la plage. Tout le monde parle en même temps : que c'est donc une bonne idée, on commençait justement à avoir un petit creux, le souper est encore loin... Pepe est aussitôt appelé à la rescousse. Jojo regarde son ventre naissant, hésite, puis succombe dans un haussement d'épaules.

Raymond est déjà parti à la recherche d'un Seven-Up pour sa pitoune mais on prend la liberté de lui commander une papas fritas jumbo avec ben du ketchup. Pas du mexicain qui pique, du civilisé ! C'est Ginette qui a encore utilisé le mot « civilisé ».

Lise est contente. Elle a une fois de plus sauvé la situation, la famille est de nouveau agitée, la vie peut continuer.

En attendant la commande, on organise une partie de frisbee qui se déroule dans l'anarchie la plus totale, personne ne connaissant les règles, tout le monde voulant lancer le disque n'importe comment à n'importe qui, les hommes en profitant pour pousser les femmes dans les vagues et celles-ci réagissant en cris stridents et en coups de pied bien placés.

Pendant une bonne quinzaine de minutes, sept personnes hurlent, s'étourdissent et s'insultent sous le regard ébahi des autres baigneurs qui ne sont pourtant venus là que pour entrer doucement dans la mer, se laisser lécher par les vagues, faire de petits moulinets avec leurs bras en offrant leur visage au soleil. En paix.

Mais la smala Morin n'est certainement pas là pour le farniente ! Au beau milieu de la mêlée, Ginette lance même un « Maudit soleil de marde ! » bien senti auquel tout son groupe adhère dans un bel ensemble de ahanements et d'onomatopées de protestation.

Le retour de Raymond arborant fièrement un verre de Seven-Up qui a déjà commencé à tiédir est un véritable triomphe.

« C'est tellement chic, c't'hôtel-là, qu'on est gêné de juste commander une liqueur, ça fait que j'me sus pris une p'tite ponce... »

Ginette se lance sur lui comme s'il portait le Saint Graal en personne, la famille au complet l'ovationne et lui-même pousse dans le soleil de l'après-midi vieillissant un rugissement de joie en apercevant Pepe s'approcher avec les papas fritas.

Chacun des quatre hommes se charge d'une des chaises. Ils les portent à bout de bras pour montrer aux étrangers que c'est pas parce qu'on a de la bedaine qu'on n'est pas des hommes, sauf Gilles, le mari de Jojo, qui échappe la sienne au beau milieu du périple pourtant court et qui se contente ensuite de la tirer jusque sous la palapa, à la grande honte de sa femme, d'ailleurs, qui refuse obstinément de s'asseoir dedans.

Il se fera niaiser par ses trois beaux-frères au souper, il le sait, et se sent déjà déprimé.

La dégustation de la papas fritas a quelque chose de tribal, de sacré, comme une cérémonie longtemps attendue au cours de laquelle une importante communion, un repas universel se déroulerait dans une concentration de tout l'esprit et de tous les muscles. Ils sont penchés en avant, au-dessus de leurs assiettes de carton ou du sable brûlant, ils engouffrent presque en silence les grosses patates grasses qu'ils abhorraient à leur arrivée deux semaines plus tôt parce qu'elles étaient trop molles mais qu'ils ont appris à apprécier à force d'en dévorer deux ou trois portions par jour. Ils forment un cercle presque parfait autour de la petite table sous la palapa, assis ou debout, une serviette de papier dans une main et l'autre plongeant dans l'amoncellement de frites qui disparaît avec une vitesse confondante. Leur sérieux impressionne, leur détermination à finir leur portion le plus vite possible sans presque respirer entre les bouchées surprend mais attire aussi l'admiration.

Les sœurs Morin et leurs mâles traversent un grand moment de plénitude et de bonheur parfait. Qui se termine, point d'orgue, coda, par un rot bien fruité, bien rond, livré par un Raymond rouge non pas de confusion — roter c'est la santé — mais de bien-être.

Ils ont terminé leurs assiettes presque en même temps et ont le regard vague pendant quelques secondes. Un regret, une nostalgie — j'en aurais ben mangé deux ou trois de plus — se lit dans leurs yeux toujours posés sur les vestiges, miettes et taches de gras, de leur collation.

Lise se sent une fois de plus obligée de secouer son monde et propose une dernière saucette avant le retour à Acapulco.

Ils se rendent soudain compte que c'est leur ultime baignade, que les vacances sont vraiment terminées et tous, en même temps, ils tournent la tête vers la mer. Les vagues sont grosses, le soleil les traverse à la diagonale pendant la seconde où, hautes, elles lui offrent le dos et on peut apercevoir, le temps d'un éclair d'argent, des bancs de poissons si rapides qu'ils semblent vouloir s'envoler avant que les vagues s'abattent sur la grève.

« C'est d'jà fini, tabarnac ! »

On dirait que la moustache de Raymond a défrisé tout d'un coup, elle semble pendre, tout chez lui semble pendre, la moustache, les joues, le ventre, le gras des cuisses. Les bras, aussi, qu'il a pourtant toujours mouvants, levés, agités, et qui se tiennent maintenant comme deux excroissances inutiles le long de son corps.

Lise a un moment de panique. Il ne faut pas que ses troupes dépriment, il faut tenir le coup jusqu'à minuit, heure où leur avion doit s'envoler vers le froid, la neige, la sloche, le travail, les enfants, la maison surchauffée, la peau qui sèche, qui craque, le tan qui tombe en poudre dans la douche, la vie, la crisse de vie dans un pays de cul où on peut se baigner pendant à peine deux petits mois d'été remplis de maringouins et où on désespère en sacrant le reste du temps. Il faut faire des farces, il ne faut pas que cette dernière saucette soit triste, il faut empêcher les hommes d'aller se paqueter, sinon ils vont encore insister pour faire le voyage jusqu'à Montréal en maillot de bain, surtout Raymond qui a attrapé une bronchite l'année précédente ; rire, c'est ça, il faut rire, et sauter dans les vagues, et se dire qu'un an c'est pas long, qu'on n'aura pas le temps de se retourner que ça va déjà être le moment de faire les réservations pour les prochaines vacances...

Mais le cœur n'y est pas et rien, pas une seule petite plaisanterie, pas une seule petite proposition de jeu ne lui vient à l'esprit et Lise a les larmes aux yeux.

Ils se dirigent tous les huit vers les premières vagues. Ils n'entendront plus ce bruit de mousse quand l'eau vient vous lécher les pieds avant de se retirer ; ils ne sentiront plus cette odeur forte d'eau salée, la morsure du soleil quand la crème bronzante s'est diluée dans les vagues. Pendant les derniers jours, ils avaient oublié où ils étaient, abrutis par l'habitude du beau temps absolument invariable, de la chaleur, de l'humidité, et voilà qu'ils comprennent tous en même temps, comme un réseau de consciences branchées sur le même courant, que tout est fini, que tout est vraiment fini.

Ils sont affolés mais ne savent pas comment l'exprimer. La rancœur, oui, la frustration, la colère, ils savent comment sortir tout ça en mots verts et en cris, mais l'affolement devant une chose qu'on a vraiment aimée et qui se termine abruptement...

Alors Raymond se tourne vers Ginette en lui criant dans les oreilles :

« C'est la dernière fois c't'année que j't'pousse dans l'eau salée, ma maudite ! »

La poussée est malhabile, trop forte ; Ginette se retrouve sur le dos dans les vagues. Elle éructe, tousse, crache, sacre. Tout le monde rit, c'est la seule porte de sortie, il faut rire, et la débandade qui suit frise l'absurde.

Ils se tiraillent comme des enfants, se poussent, s'injurient, se pognent le cul ; ils sont enragés de rire, s'étouffent au milieu de leurs phrases ; l'eau bouillonne autour d'eux, forme écran comme pour les isoler du reste des baigneurs, ces maudits chanceux qui viennent d'arriver ou qui n'en sont qu'au milieu de leur visite ; ils sont désespérés et garrochent leur désespoir en millions de gouttes d'eau qui retombent joyeusement, ils se perdent dans le mouvement perpétuel du ressac.

S'ils partent le soir même, leur affolement, lui, va rester dans l'eau salée de la plage Revolcadero, en face de cet hôtel Princess assez civilisé pour vendre du Seven-Up.

Et même si ça fait moumoune, Raymond regardera ce soir-là le soleil se coucher sur une des plus belles baies du monde.

QUATRIÈME PARTIE

Michael

Je n'ai pas retravaillé *Los Tabarnacos*. J'ai décidé de le laisser reposer un peu. C'était mon premier texte depuis le début de l'été. J'avais désespéré pendant tout le temps de l'agonie de ma vie avec Mathieu de jamais pouvoir me rasseoir pour écrire, j'étais donc soulagé de pouvoir le faire même si ce texte était étonnamment différent de tout ce que j'avais écrit jusque-là. Était-ce là l'embryon d'un roman à venir, les sœurs Morin étaient-elles intéressantes au point de devenir le sujet de mon deuxième roman, ou n'était-ce pas plutôt un petit texte de vacances un peu trop méchant que je laisserais tel quel, oublié quelque part sur le disque dur de mon ordinateur? J'ai plié les douze feuillets en quatre, je les ai glissés dans un roman d'Armistead Maupin en espérant que ça leur donne un peu de talent, puis je suis allé me jeter dans la piscine.

Au lieu de me pencher sur ce que je traversais à ce moment-là, d'essayer d'analyser mes pensées, mes émotions, de me déchirer la peau du cœur, de me confier, au moins, à la page blanche — après tout, n'est-ce pas là la première fonction de l'écriture et n'avais-je pas grandement besoin d'une sérieuse introspection? — j'avais pondu un texte «divertissant» et j'en étais presque choqué. Passe encore d'être incapable de parler de ses problèmes aux autres, mais aller jusqu'à se le refuser à soi-même!

Je n'ai pas quitté la maison pendant deux jours. C'était la première fois depuis ma grippe et ce fut absolument délicieux. Je ne faisais rien d'autre que lire les journaux et les magazines qui jonchaient littéralement le plancher du salon et regarder la télévision étendu dans mon lit, le doigt sur le bouton du zappeur. J'ai regardé *Gone with the Wind* à sept heures du matin, j'ai passé l'avant-midi du deuxième jour devant de vieux dessins animés dont la plupart, je m'en souvenais très bien, avaient enchanté mes premières années de téléphage enragé, j'évitais les soaps qui m'ont toujours profondément ennuyé mais je dévorais les talk shows, Oprah Winfrey, Geraldo Rivera, Sally Jessy Raphaël, qui ne reculent vraiment devant rien pour obtenir des cotes d'écoute : ce jour-là, Geraldo interviewait des transsexuels qui voulaient redevenir des hommes en se faisant retransplanter un zizi, Oprah avait rempli son studio de mères et de filles qui partageaient le même homme, habituellement un salaud notoire dont elles étaient les seules à ne pas deviner le vilain jeu, et Sally faisait parler des femmes qui aimaient les gros et qui avaient amené avec elles leurs preuves nues, c'est-à-dire leurs hommes en caleçon qui paradaient et posaient comme des mannequins. Grotesque. Mais tout ça me rassurait un peu : on n'était pas loin de *Los Tabarnacos* et pourtant on était *à la télévision* ! La réalité, surtout aux États-Unis, dépasse vraiment toujours la fiction...

Je me laissais gâter par Gerry et Dan qui, en plus de mes repas du soir, me préparaient des lunchs gargantuesques pour le matin et le midi. Ayant épuisé ce que j'avais apporté comme lecture, j'ai fouillé leur bibliothèque pour me trouver un roman, mais j'ai vite désespéré : l'œuvre de Jackie Collins ou de Kitty Kelly ne m'intéresse pas beaucoup (quoique je me sois délecté comme tout le monde, je dois l'avouer, à la lecture de certaines pages croustillantes du *Sinatra* de cette dernière). Mais, tout à fait par mégarde, j'ai trouvé, «rangée» dans une vieille armoire à côté de la laveuse — en fait dissimulée sous la pile de serviettes de bain —, une collection assez impressionnante de revues pornos parmi les plus hot des États-Unis et que j'ai parcourues avec un vif intérêt mêlé d'amusement : si c'était là les fantasmes de mes propriétaires, j'avais affaire à un double cas de Docteur Jekyll et Mister Hyde assez intéressant et j'appréhendais le moment où ils sortiraient leur panoplie de sa cachette pour entreprendre mon initiation !

Entre-temps, je les sentais m'observer, tous les deux, commenter ma réclusion, en venir à des conclusions fausses que je n'avais pas le courage de réfuter. J'essayais de leur faire sentir que j'allais bien, que j'avais choisi de rester seul, mais ils étaient tellement convaincus d'avoir raison, que j'étais en train de sombrer à nouveau dans la dépression, que même une longue discussion avec eux n'aurait rien réglé.

Le matin du troisième jour, Gerry est entré en trombe dans mon pavillon sans souci du respect de la vie privée, a levé les stores de papier gris, m'a arraché le zappeur des mains. La conversation qui suivit frisait l'absurdité mais m'aida à sortir de la torpeur dans laquelle j'étais en train de m'enliser malgré moi.

«Bon, ça va faire, la dépression, c'est malsain.

— Chus pas du tout déprimé...

— On te regarde aller depuis deux jours pis on recommence à sérieusement s'inquiéter.

— Jouez pas à la moman avec moi, j'ai pas le goût. Pis donne-moi mon zappeur, ça va très bien!

— Le zappeur est à moi, j't'e l'ai juste loué!

— J't'e donnerai un supplément...

— J'veux pas un supplément, j'veux que tu m'écoutes!

— Vous avez pas à vous inquiéter, j'voulais juste me reposer, un peu, ça fait une semaine que je cours à travers Key West comme un fou.

— On t'a pas vu au café depuis une semaine, justement.

— Ça veut pas dire que chus déprimé!

— Ça veut pas dire non plus que t'as miraculeusement guéri! La gang est inquiète!

— Voyons donc! La gang est inquiète! On se connaît à peine! Y en a même à qui j'ai jamais parlé...

— Qui ça?

— Mike, le co-propriétaire de Cactus Flower...

— Y parle jamais! J'pense que moi-même j'y ai jamais parlé! Tu sauras que tout le monde me demande de tes nouvelles tous les matins!

— C'est pas parce qu'y sont polis que ça veut dire qu'y peuvent pus se passer de moi!

— De toute façon, Dan et moi on t'emmène dans un gros party, ce soir. Une cliente à nous, une peintre ex-tra-or-di-nai-re, fête son anniversaire pis tout ce qui a de plus important dans le milieu gay de Key West va être là! Ça va être plein de prix Pulitzer, pis de poètes nationaux, pis d'acteurs, pis de chanteuses... C'est la première fois qu'on est invités, les prix Pulitzer ont plutôt tendance à nous fréquenter juste à l'heure du petit déjeuner, ça fait qu'on a décidé de traîner notre écrivain étranger avec nous autres pour leur en spotter!»

J'ai failli l'envoyer chier mais j'ai surpris au fond de son regard une lueur d'amusement et j'ai compris que tout en étant sérieux dans son invitation, la perspective d'arriver dans un party d'artistes, lui un vulgaire cafetier, avec quelqu'un qui avait vraiment publié un livre, fût-il le plus obscur des nobodys, faisait sa joie.

« J'espère qu'y faut pas s'habiller pour aller là, parce que j'ai rien apporté... »

Je ne voyais plus ses clins d'œil depuis très longtemps mais je ne pus manquer celui, absolument monstrueux, qu'il me fit à ce moment-là en me répondant :

« Déguise-toi en écrivain, c'est tout ce que je te demande! »

*

Gerry avait omis de me dire que la peintre ex-tra-or-di-nai-re en question était une vieillarde toute cassée qui devait fêter un anniversaire qui se situait quelque part entre quatre-vingt-dix-neuf et cent ans!

Elle nous accueillit avec une voix d'outre-tombe où se devinaient des décennies d'abus d'alcools de toutes sortes et de cigarettes trop fortes, courbée dans un deux-pièces gris souris qui avait connu des jours meilleurs et pas trop sûre de qui nous étions au juste. Après que Gerry lui eut rappelé le French Café, son cappuccino et ses célèbres œufs bénédictine qu'elle avait pourtant goûtés le matin même à ce qu'il prétendait, son visage s'illumina et elle lui ouvrit les bras en l'appelant Joe. Il n'osa pas la contredire mais nous présenta, tout de même, Dan et moi, sous nos vrais noms.

« Vous vous souvenez de Dan qui tient le café avec moi...

— Pas du tout, enchantée... »

Le pire c'est qu'elle prétendit me reconnaître moi et me prit par le bras pour me guider à travers la maison comme si nous nous étions quittés les meilleurs amis du monde quelques heures plus tôt.

« C'est vous qui faites de si jolies photos sous-marines, n'est-ce pas ?

— Pas du tout, madame, je suis...

— J'en ai acheté une, je crois, l'année dernière... ou était-ce l'année précédente... Vous savez, à mon âge, les années ne se comptent plus parce qu'on ne les voit plus passer... Vous savez, j'ai quatre-vingts ans aujourd'hui ! »

Je restai coi. Je ne pouvais quand même pas lui dire qu'elle les portait bien, je trouvais qu'elle avait l'air d'en avoir vingt de plus !

Elle me présenta donc à quelques amis de son âge groupés dans le salon qui, comme elle, avaient des voix burinées par l'alcool, comme étant «*Jeanne-Mark Something, the famous French Canadian who takes these wonderful underwater photographies*». Gerry, qui nous suivait, rectifiait à voix basse en leur disant que j'étais plutôt l'auteur d'un très grand roman dont ils entendraient bientôt parler puisque la traduction anglaise était sur le point d'être publiée dans une grande maison d'édition américaine... Comme ils connaissaient tous bien la réputation de tête heureuse de leur hôtesse, ils prenaient un air complice et me souriaient en me tendant même parfois une deuxième fois la main, comme pour s'excuser de ne pas avoir deviné que je faisais partie de leur cercle.

Un des invités ayant la curiosité de savoir à quelle maison d'édition j'allais être publié, Gerry eut l'audace, vu sa grande ignorance de la chose, de venir me le demander à moi. Je lui dis à voix basse : «Démêle-toi avec tes mensonges...» et réintégrai presque avec soulagement mon rôle de photographe au bras de la jubilaire qui n'avait pas du tout l'air de suivre ce qui se passait.

Elle s'appelait Catherine S. Burroughs et habitait l'une des plus belles maisons que j'aie jamais vues. Dissimulée dans les magnolias et les bougainvilliers de la rue Petronia, la villa blanche en forme de L était prolongée par une piscine qui faisait sûrement trois fois la surface de celle de mes propriétaires et par un jardin d'une somptuosité à couper le souffle. Les hibiscus étaient plus beaux qu'ailleurs, les bougainvilliers de toutes les couleurs croulaient sur la terrasse, des orchidées blanches et roses jonchaient le sol parce qu'il ventait un peu et une impressionnante collection de bonsaïs occupait tout un coin de la terrasse, protégés de la brise par un muret mais gorgés d'humidité. Je lui en fis compliment et elle me répondit que c'était sa *girlfriend* qui s'occupait de tout ça, qu'elle-même n'avait jamais eu le pouce vert.

« Justement, la voilà... »

Une vieille dame toute ronde s'approchait, légère et flottante dans un mumu multicolore qui faisait concurrence, et gagnait, aux fleurs du jardin. C'était Muriel Gold, elle était fleuriste, en était fière et en parlait volontiers. Catherine m'abandonna au bras de Muriel pour aller répondre à la porte et mes deux compagnons vinrent nous rejoindre. Cris de joie comme s'ils ne s'étaient pas vus depuis six mois alors que Muriel avait accompagné Catherine le matin même au French Café, embrassades sans fin, nouvelles présentations parce que la jubilaire m'avait encore décrit pour ce que je n'étais pas.

« Un autre écrivain ! Vous savez que nous avons plusieurs prix Pulitzer ici, ce soir ! »

Décidément, c'était une manie ! Je m'attendais presque à ce que quelques-uns des hommes qui jasaient autour de la piscine portent une pancarte annonçant l'année de leur prix et décrivant leur pedigree complet, y compris leur état de santé !

Gerry abordant de nouveau le sujet de la sortie imminente de mon roman aux États-Unis, je les abandonnai lâchement tous les trois pour aller faire le tour du party d'anniversaire de Catherine S. Burroughs.

Ils étaient tous très vieux, très sérieux et sérieusement éméchés. Quelques-uns étaient déjà installés dans des fauteuils de rotin et on sentait qu'ils ne s'en extirperaient que pour rentrer chez eux. Les conversations se déroulaient plutôt à voix basse — je pouvais même entendre distinctement la voix nasillarde de Gerry qui vantait les bonsaïs de Muriel —, et en petit comité de trois ou quatre personnes qui se connaissaient depuis toujours et qui n'avaient pas envie de rencontrer un petit *French Canadian*, fût-il écrivain. Je compris vite que je n'allais pas passer là la plus folle soirée de mon existence et, malgré ma résolution de ne plus boire que de l'eau minérale, je me surpris à siffler une flûte de champagne tout en tendant la main pour m'emparer d'une deuxième.

Je maudissais une fois de plus Gerry qui, pourtant, me faisait de grands gestes d'amitié de l'autre côté de la piscine comme pour me dire tu vois comme on connaît du monde important, comme on est sur le point de devenir importants nous aussi! Dan, à côté de lui, arborait l'air ahuri de qui se rend compte qu'il est tombé dans un piège auquel il ne pourra absolument pas se soustraire.

Je lui fis discrètement signe de venir me rejoindre et je crus qu'il allait me donner un *French kiss* de reconnaissance lorsqu'il arriva à ma hauteur.

« Y va finir par me tuer avec ses prétentions de princesse! As-tu déjà vu une gang de monde plus plate dans ta vie? Chus sûr qu'y a même pas de bière dans c'te maison-là! J'vas encore être obligé de me taper du champagne, pis ça me donne des gaz! »

Le mot gaz lâché avec tant de sincérité dans cette noble assemblée me fit pouffer de rire. Et mon rire est tout sauf discret. Quelques augustes invités se tournèrent dans notre direction pour voir qui osait rire aussi fort.

Ils me tiraient la vulgarité du corps et j'avais envie de faire le tabarnaco juste pour voir leur réaction. Mais, au fond, c'était sûrement des gens charmants qui n'avaient pas plus que moi envie de rencontrer du nouveau monde et qui voulaient rester en petit comité. Encore une fois, c'était moi qui étais injuste.

Dan se pencha vers moi.

« On se sauve-tu ?

— Pis Gerry ?

— Y aime ça, lui, qu'y reste.

— Qu'est-ce que tu vas y dire ?

— Rien ! Y s'apercevra même pas qu'on est pas là, y va être trop occupé à distribuer des cartes d'affaires du café à tout le monde...

— Es-tu sérieux ?

— Y est capable de tout, tu sais ! J'gagerais que la femme de ménage, demain matin, va trouver des dizaines de petites cartes en couleur déchirées dans les cendriers ou flottant dans la piscine !

— C'est vrai que c'est pas du tout votre clientèle habituelle...

— Y viendront jamais au café, voyons donc ! C'est lui qui rêve, encore !

— Catherine et Muriel le fréquentent bien, elles...

— Muriel s'est entichée de Gerry parce qu'a' le trouve drôle, pis Catherine oublie tous les jours qu'a'l' l'a rencontré ! Un bon jour, Muriel va en trouver un plus comique, on les reverra pus pis ça va être la fin des prétentions sociales de Gerry... »

Nous étions sur le point de nous esquiver lorsque la voix de Catherine S. Burroughs nous cloua sur place.

« Ah ! Voici mon Canadien français ! Venez que je vous présente ! »

Elle s'approchait en compagnie d'un couple de sosies de Jeremy Irons mais avec un air encore plus snob que lui. Ils ressemblaient vraiment tous les deux à l'acteur anglais et je me surpris à me demander s'ils étaient jumeaux comme les deux médecins qu'avait justement et si génialement interprétés Jeremy Irons dans *Dead Ringers* de David Cronenberg.

Mais non, ils portaient des noms de famille différents. Ils n'étaient qu'amants mais on devinait facilement de qui était la photo qui trônait au-dessus de leur lit...

Et comme ils étaient encore plus chiants qu'ils en avaient l'air, Dan et moi mîmes rapidement fin à la conversation qui commençait déjà à tourner autour des derniers pulls en coton de Giorgio Armani — l'un des deux Jeremy Irons l'appelait d'ailleurs « Gio » comme s'ils avaient fait pousser des *pomodori* ensemble — pour nous diriger le plus discrètement possible vers la sortie.

Mais je restai en arrêt, frappé d'admiration, devant les tableaux de Catherine S. Burroughs, pourtant omniprésents dans l'immense villa mais que je n'avais pas encore pris la peine d'examiner. À mon arrivée, il y avait trop de monde dans le salon et dans le brouhaha des présentations plutôt bouffonnes dont j'avais été l'objet je n'avais pas eu le temps de bien regarder autour de moi.

Sur chaque tableau, il y en avait sept dans le seul salon, Muriel Gold, dans des positions différentes, à des âges différents, dans des décors exotiques où trônait cependant toujours la même pleine lune, Muriel Gold, mince et belle dans sa jeunesse, vieillissante, boulotte et encore belle dans les œuvres plus récentes, me regardait avec une intensité que je ne lui avait pas vue quelques minutes plus tôt. Je compris très vite que c'est la peintre que Muriel regardait, que ce regard lui était réservé à elle seule, que tout au long de leur vie commune Muriel Gold avait gardé ce regard exclusif pour sa maîtresse qui, elle, l'avait légué au monde dans des œuvres remarquables et là, devant Dan qui se demandait ce qui se passait, j'ai cru que ça y était, que j'allais pleurer. De pure jalousie. Un regard imprégné d'amour qui dure si longtemps !

« Viens-t'en avant qu'on se fasse prendre, Jeanne-Mark...

— Non, pas tout de suite, j'veux voir si y'en a d'autres...

— Tu les as pas vus ? Y a des portraits de madame Gold dans toutes les pièces de la maison ! Y en a même un, tout petit, dans la salle de bains... Tu parles d'une idée, faire le portrait de la même personne toute sa vie ! Pis en mettre jusque dans les toilettes !

— Écoute, si tu veux partir, donnons-nous rendez-vous dans une demi-heure, j't'jure que j'vais être là... J'voudrais faire le tour de tout ça. »

Rendez-vous fut pris au Loo, l'un des plus vieux et plus célèbres bars en ville. Dan me quitta avec ce froncement de sourcils caractéristique des gens qui se demandent si leurs amis ne sont pas en train de virer sur le top.

La miniature de la salle de bains dont avait parlé Dan était une chose absolument admirable que j'aurais volontiers volée si j'en avais eu le front parce que je sentais que, de toute façon, jamais dans ma vie je n'aurais les moyens de me la payer. Admirable et combien bizarre.

Muriel Gold, nue sous la douche, était à moitié cachée par le rideau qu'elle tenait délicatement de la main droite, comme si elle était en train de l'ouvrir avec une lenteur calculée. Le rouge dominait, carmin pour le rideau de douche, sang-de-bœuf pour le plancher de céramique, plus orangé pour le mur du fond percé d'une fenêtre où se devinait, à travers une branche de bougainvilliers, la même omniprésente lune blanche. Le tableau avait du mouvement, mais lent. C'était sûrement le premier tableau en *slow motion* que je voyais dans ma vie. Une impression de déjà vu s'en dégageait et je m'approchai encore plus, le nez presque collé sur la toile pour essayer de comprendre ce qui me chicotait. Puis je sus ce qu'il me rappelait, d'où l'inspiration de Catherine Burroughs était venue, pourquoi il m'avait tant frappé quand j'étais entré dans la pièce, pourquoi, surtout, il me semblait familier : c'était le cauchemar de Jack Nicholson dans *The Shining* de Stanley Kubrick. Il venait d'ouvrir la porte de la salle de bains, il entrait très lentement, le rideau, fermé jusque-là, s'ouvrait... Un fantôme apparaissait... C'était une très belle femme mais on sentait qu'elle ne le resterait pas longtemps, qu'elle se transformerait en monstre avant de se jeter sur Jack Nicholson et, par le fait même, sur le spectateur... La même horreur pure se dégageait du tableau, on avait envie de se sauver cul par-dessus tête avant même d'avoir terminé ce qu'on était venu faire dans cette pièce. Je regardai la date, en bas, à droite. Oui, c'était bien ça, 1980. Je ne pus m'empêcher de sourire malgré ma gêne : la peintre avait-elle poussé le cynisme jusqu'à poser ce tableau à cet endroit pour que ses invités mâles ne restent pas trop longtemps dans la salle de bains ?

En une demi-heure, Catherine S. Burroughs devint ma peintre favorite de tous les temps et de toutes les écoles. Je n'aurais vraiment pas su expliquer pourquoi, tout ce que je savais c'était que ses œuvres que je dévorais des yeux sans m'en rassasier, toutes, sans exception, me sautaient dessus, me brassaient, me *regardaient* jusqu'au fond de l'âme, c'était ça qui était unique, c'étaient elles qui me regardaient ! Muriel Gold me regardait avec amour et je fondais !

Après avoir fait le tour de la maison deux fois — j'étais même allé, impolitesse impardonnable, jusqu'à pousser la porte de leur chambre mais je n'avais pas osé regarder le tableau qui pendait au-dessus du lit quand j'en avais vu la teneur, me sentant voyeur et abusif — je revins vers le party qui s'était déplacé au grand complet vers la piscine. Muriel et Gerry étaient toujours en grande conversation, les deux Jeremy Irons s'étaient joints à eux et le fun était pogné, je le voyais à l'agitation des quatre personnages. Les Jeremy Irons avaient quelque peu perdu de leur vernis et parlaient les baguettes en l'air. Gerry devait être aux anges que deux snobs de plus s'occupaient de lui.

Dans la vie, Muriel n'avait pas du tout la présence que lui avait donnée son amie, c'est vrai, mais je ne la voyais plus de la même façon, je me surprenais même à espérer que Gerry réussisse à gagner leur vraie amitié à toutes les deux, la grande peintre qui devenait peu à peu sénile et sa désarmante muse.

Je cherchais Catherine Burroughs. Elle venait justement vers moi, transportant avec difficulté un énorme plat de sushis. Les bouchées de poisson semblaient vouloir s'échapper de l'assiette de porcelaine à tout moment parce qu'elle boitait un peu et j'eus un mouvement pour l'aider. Mais elle se contenta de lever vers moi ces yeux bleus qui avaient vu tant d'amour dans le regard de Muriel Gold et avaient réussi à le sublimer avec tant de génie.

«*Do you want some sushi?*»

Je pris un morceau de thon cru, mon favori, et dit à Catherine S. Burroughs avant de me le mettre dans la bouche :

«Vous êtes un génie, madame.»

Elle sourit avec une humilité vraie, se pencha sur son assiette de sushis.

«Même si ç'avait été vrai, ce ne le serait plus. Je ne peins plus depuis des années. L'arthrite.»

Elle releva vivement la tête.

«Venez, je vais vous montrer quelque chose...»

Elle allait partir avec son plat de poisson cru; je le lui pris des mains, le déposai sur une table à café.

Des gens qui venaient d'arriver essayaient de la retenir, mais elle les repoussait gentiment en leur disant plus tard, plus tard, j'ai quelque chose à montrer à ce jeune homme (je trouvais le «jeune homme» curieux, mais j'en étais tout de même flatté).

Elle me ramena en silence, me poussant doucement dans le dos, vers la chambre où je n'avais pas osé entrer plus tôt, ouvrit un placard, fouilla derrière les vêtements en se penchant dangereusement, sortit ce qui semblait être une toile enveloppée dans une vieille guenille.

Elle la posa sur le lit, défit délicatement le nœud qui reliait les quatre coins du tissu et prit le tableau qu'elle me présenta en tendant un peu les bras. Je la regardai, elle, avant de contempler son œuvre ; elle avait les joues roses, tout à coup, et ses yeux, pétillants quelques secondes plus tôt, s'étaient humectés.

«J'ai peint cela il y a presque cinquante ans. Juste après ma rencontre avec Muriel. C'était à Cape Cod. Un été magnifique. Je lui avais dit à l'époque que ce serait à la fois la première et la dernière toile qui nous représenterait toutes les deux ensemble. Je lui avais surtout dit que j'espérais que nous atteindrions cet âge ensemble. C'est une œuvre de jeunesse, j'avais à peine trente ans... »

C'était une magnifique toile où dominaient le noir, le blanc et le bleu, plus anguleuse que ce que la peintre avait fait plus tard, moins hyperréaliste, aussi, parce qu'on ne sentait pas la volonté de restituer avec une exactitude maniaque le grain de la peau, les muscles, la nervure des veines, le mouvement des chevelures, mais dont l'émotion, nue, assumée sans arrière-pensée, était à couper le souffle. Deux vieilles dames vues de dos s'avançaient dans une mer houleuse. L'une était boulotte, l'autre plus maigre. Elles se touchaient à peine, la petite grosse s'appuyant sur le bras de la grande maigre, mais on sentait immédiatement l'intimité qu'elles partageaient, peut-être depuis toujours, sœurs ou amantes, ou les deux à la fois. Tout, de la mer et du ciel, était bleu et blanc, plutôt carré de dessin mais d'une grande efficacité dans le double mouvement des vagues qui déferlaient vers nous et des dames qui pénétraient dans la mer, l'un, le deuxième, délicat, un peu peureux à cause de l'âge des sujets, contrant l'herculéenne force de l'autre. Cela avait été peint sur un burlap qui avait épousé une forme concave avec le temps et il aurait sûrement été impossible aujourd'hui de la redresser sans faire éclater l'huile, détruisant ainsi une œuvre aussi précieuse dans la production d'une grande artiste.

Catherine Burroughs restait courbée derrière sa toile. De temps en temps, elle y jetait un coup d'œil en glissant son nez par-dessus.

«J'avais eu beaucoup de difficulté avec mon ciel et mes vagues, j'avais beaucoup lutté avec eux, mais finalement j'en étais très fière.

— Vous pouvez en être encore fière aujourd'hui, madame.

— Mais une chose me désole. Je voulais que ce soit ma dernière toile. Je voulais pouvoir un jour poser mon pinceau, me dire que je n'avais plus rien à peindre et mettre cette toile à la suite des autres, toutes les toiles de ma vie, comme le mot fin, autrefois, au cinéma. Muriel et moi nous éloignant lentement vers l'inévitable. Ensemble. Mais j'ai cessé de peindre depuis des années et il y a déjà un trop grand trou entre ma dernière vraie toile et celle-là... On ne pourra pas vraiment voir vieillir en beauté l'amour de ma vie. »

Elle avait visiblement besoin de se moucher. Je lui pris la toile des mains, elle disparut dans la salle de bains attenante à la pièce.

À cette seconde précise, j'aurais donné ma vie pour posséder cette toile. Dans le trouble où elle m'avait jeté, j'étais convaincu qu'elle avait été peinte pour moi, cinquante ans plus tôt, probablement au moment où ma mère me portait dans son ventre, immobilisée dans sa chambre de la rue Fabre, à l'autre bout du monde, parce qu'elle était trop pesante pour se lever. Cette toile, je le sentais, m'était destinée, elle portait un message que je devais déchiffrer mais que je n'arrivais pas encore à saisir. J'aurais voulu rester des heures devant ces deux vieilles dames entrant dans la mer pour essayer de percer leur énigme, pour les faire parler.

Mais aussitôt de retour près du lit, son nez mouché, ses yeux essuyés, Catherine S. Burroughs reprit son œuvre, la coucha dans la vieille guenille, refit le nœud. Les deux dames vues de dos et leur mystère m'échappaient à jamais.

J'ai parlé pour cacher l'agitation dans laquelle je me trouvais.

« Pourquoi m'avez-vous montré ça à moi, madame Burroughs ? Vous me connaissez à peine. »

Elle me fit un magnifique sourire qui avait dû en son temps faire des ravages.

« Parce que vous me plaisez, que j'ai cru à votre compliment, tout à l'heure, qui était le premier sincère depuis si longtemps, et que vous avez des yeux de photographe. »

*

Avant de quitter sa chambre, je lui posai une question qui me brûlait les lèvres :

« Madame Burroughs, est-ce que je peux regarder la peinture qui est pendue au-dessus de votre lit ? »

Elle ne s'est pas retournée pour me répondre.

« Si vous avez eu la délicatesse de ne pas le faire jusqu'ici, continuez à vous en abstenir, s'il vous plaît... »

*

Au groupe formé par Muriel, les clones de Jeremy Irons et Gerry, s'étaient ajoutés Rob, Bill et Michael.

Catherine Burroughs pointa dans leur direction.

« Votre ami Joe vous attend. »

Elle reprit son plat de sushis qui avaient eu le temps de commencer à fermenter et qui allaient peut-être tuer un de ses prix Pulitzer. Elle s'éloigna comme si rien ne s'était passé.

J'avais complètement oublié ma promesse à Dan pendant ma visite dans la chambre de Catherine Burroughs et j'allais quitter la maison pour la deuxième fois quand

Michael se mit à me faire de grands gestes de la main. Il glissa quelque chose à l'oreille de Rob qui tourna la tête dans ma direction. Gerry hurlait déjà.

« Jeanne-Mark, as-tu vu mon chum ? »

Quelques têtes de prix Pulitzer se tournèrent vers lui pendant que Muriel pouffait de rire.

Je fus bien obligé de me joindre à eux. Et de dire la vérité à Gerry qui déclara, pour le bénéfice des *dead ringers* et de son opulente hôtesse :

« Hé qu'y sait donc pas vivre ! Un vrai sauvage ! J'pense que j'arriverai jamais à y inculquer le moindre savoir-vivre ! »

Il avait dit savoir-vivre en français, ce qui avait donné à peu près : « samôvar-vivreux », et Jeremy numéro I avait froncé les sourcils comme quelqu'un qui a eu la chance, lui, de faire une thèse de doctorat à la Sorbonne et qui n'endure pas qu'on assassine une langue aussi belle que celle du divin Racine.

Je lui aurais mis ma main sur la gueule. Mais, en même temps, j'aurais aussi mis ma main sur celle de Gerry ! Il était vraiment temps que je parte.

Et ce fut Michael qui me sauva.

Gerry, plus paqueté de près, plus poqué, aussi, et plus odorant, m'avait pris par le bras.

« J'espère que t'iras pas rejoindre c'te grand insignifiant-là quand y a tant de beau monde ici ! J'pense que j'ai vu passer, t'sais, là, comment c'qu'y s'appelle, le gars, là, qui joue dans un soap, l'après-midi, qui est beau comme un dieu pis qui est gay comme trois Liberace... »

Catherine Burroughs arrivait sur les entrefaites (« Prendriez-vous des sushis ? »), Michael en profita pour s'approcher de moi et me saisir la main.

« Moi aussi y faudrait que je me sauve d'ici avant de faire une crise... »

Je me dis que c'était le moment ou jamais, que Gerry ne pouvait quand même pas crier la bouche pleine de poisson cru, et je m'esquivai en compagnie de Michael. J'étais sûr que quelqu'un allait m'arrêter, que je finirais prisonnier de la maison de Catherine S. Burroughs comme les personnages de *L'Ange exterminateur*, mais nous sortîmes dans la rue Petronia sans problème.

Michael sentait toujours le café.

Il avait dû se doucher, se changer pour le party, utiliser une eau de toilette, mais la même bonne odeur de café que j'avais sentie la première fois que je l'avais rencontré, sur le quai du bout du monde, flottait autour de lui, à tel point que je m'amusais à imaginer les touristes que nous croisions se retournant sur son passage ou l'abordant pour lui demander où il s'approvisionnait... Il était conscient de cet arôme qu'il dégageait puisqu'il s'en était excusé sur le quai, mais cela allait-il, comme ceux qui travaillent dans la patate frite, jusqu'à la hantise, jusqu'à la propreté maniaque ?

Le Loo était tout près de la maison de Catherine Burroughs, au coin de Duval et Petronia, nous n'avions donc que quelques dizaines de mètres à parcourir. Nous marchâmes très lentement, peu excités, moi en tout cas, à la perspective de sauter dans une nouvelle atmosphère de party.

Je fus le premier à parler mais c'était vraiment juste pour dire quelque chose, un peu comme on aborde quelqu'un dans un bar avec un cliché dont on a de la difficulté à croire que c'est nous qui sommes en train de l'énoncer et qu'on se reprochera éternellement même si la question porte fruit.

« T'aimes pas les partys toi non plus ?

— Pas du tout, j'aime assez les partys, mais celui-là m'intéressait pas. »

Comme il ne disait pas pourquoi, le silence risquait de revenir, alors, encore une fois, je me jetai à l'eau.

« Pourquoi y t'intéressait pas ?

— Parce que je connais les partys de Catherine et Muriel par cœur. J'les aime beaucoup, elles, mais le monde qu'elles fréquentent me tape un peu sur les nerfs. Rob aime ça, lui. Bill aussi. C'est leur côté... disons mondain, pour pas dire snob. Bill est un poète très connu, tu sais, une des gloires de l'île, alors tu comprends, y est pas insensible aux compliments, aux rencontres qu'on peut faire dans ce genre de réunions-là... On croise des gens vraiment très connus dans cette maison-là... J'ai déjà mangé presque en face d'Allison Lurie. J'étais tellement impressionné que j'ai rien osé dire de tout le repas. Même si j'ai lu aucun de ses livres. Pis quand... quand Rob était encore en santé, y était la coqueluche de ces fêtes-là, y était toujours le plus beau, le plus jeune, le plus gâté, le plus fêté... Et son talent était tellement exceptionnel... »

Il s'était arrêté au milieu de sa phrase et je n'osai rien ajouter. Je supposai qu'il venait de se rendre compte qu'il était difficile d'imaginer que Rob avait été aussi beau il n'y avait pas si longtemps et qu'il venait lui-même, en plus, de parler de lui au passé, comme s'il était déjà parti...

Il avait croisé les bras et s'était un peu penché en avant. Il donna un petit coup de pied à une cannette de bière qui fit en roulant un bruit plutôt déplaisant dans cette rue tranquille.

Une musique western, des cris, des rires nous parvenaient déjà du Loo.

Juste avant d'entrer dans le bar, j'ai posé une main sur son épaule.

« Tu sais, j'ai un ami, mon ancien chum, en fait, qui se meurt, lui, du sida, à Montréal... J'comprends c'que tu veux dire parce que je l'ai vu moi aussi se dégrader... C'était peut-être un des plus beaux gars que j'aie rencontrés dans ma vie...

— Mais c'est pas ton frère ! »

Il m'avait dit ça sur un ton d'une étonnante agressivité, presque comme un reproche.

« Excuse-moi, Jean-Marc, c'est ridicule... je sais que j'ai pas l'exclusivité de la souffrance, mais je vis dans l'angoisse depuis quelque temps et... »

Il allait ajouter quelque chose quand nous entendîmes la voix de Dan venant de l'intérieur du Loo.

« Serions-nous en train d'assister à la naissance d'un nouveau petit couple ? »

Nous rougîmes en même temps, probablement parce que cette idée ne nous était pas venue ni à l'un ni à l'autre depuis la *blind date* manquée, quelques semaines plus tôt.

J'ai pris une respiration avant d'entrer, un peu comme lorsqu'on va sauter dans une eau qu'on sait trop froide.

Un grand bar rectangulaire en bois verni remplissait presque tout l'espace du rez-de-chaussée du Loo. Des tabourets l'encerclaient, tous occupés à cette heure par des buveurs plus ou moins avancés en boisson. Les conversations allaient bon train, des couples de gars ou de filles esquissaient quelques timides pas en se tenant par la taille sur un bout de plancher qui leur servait de piste de danse.

La première chose qui me frappa en entrant, ce fut l'âge de la clientèle. C'était un endroit fréquenté surtout par les plus de quarante ans et au contraire de ces boîtes à la mode où la jeunesse pavane sa beauté, ses pectoraux et son linge neuf en un perpétuel spectacle de soi-même, le Loo se spécialisait, côté homme, dans le moustachu, le barbu, le chauve qui en avaient vu d'autres et qui avaient autre chose à faire que de montrer leur physique (quand même habilement suggéré par des débardeurs échancrés et des pantalons ou des shorts moulés au bon endroit) et, côté femme, dans ce que j'ai toujours appelé « la sœur compréhensive » ou la lesbienne elle aussi d'un certain âge qui aime prendre un coup avec les gars.

Une superbe blonde, étonnante pour cet endroit, servait tout ce beau monde avec une efficacité sans faille, répondant du tac au tac aux plaisanteries pas toujours subtiles des gars, remettant les filles à leur place quand elles devenaient entreprenantes, mais toujours avec ce même sourire engageant qui vous tenait tout de même à distance.

Dan, la chemise déjà plus très propre détachée pour exhiber sa toison virile, trônait au milieu du reste de la bande à Gerry, pour une fois bavard et pas mal beurré. Il nous reçut comme un couple princier en vacances dans les colonies, ce qui n'effaça en rien notre embarras déjà grand.

Et nous commîmes l'erreur, Michael et moi, de commander lui un Coke et moi un Perrier.

« Oh, oh, oh ! Y veulent pas perdre le contrôle pour la nuit d'ivresse qui les attend ! »

Les autres, en particulier Rick et Chuck, les coiffeurs, essayaient de le faire taire mais il était trop plongé dans son ébriété pour se rendre compte de ce qu'il faisait.

J'inspectais la faune autour de moi pour éviter le regard de Michael. Ce dernier faisait probablement pareil de son côté pour la même raison.

Une chose à laquelle je n'avais pas encore pensé depuis le départ de Mathieu me vint à l'esprit pendant que je zieutais les gars autour du bar : j'aurais probablement beaucoup de difficulté à me remettre dans le circuit à mon âge, après dix ans de vie de petit couple rangé. Parce que mes goûts, en vieillissant, n'avaient pas changé.

J'avais quand même vécu tout ce temps avec un gars de quinze ans mon cadet ! Au commencement, ce n'était pas très grave, j'en avais trente-neuf, lui vingt-quatre, mais j'avais prédit dans un moment de découragement, quand Mathieu avait commencé à déménager chez moi morceau de linge par morceau de linge et que je voyais ce que j'avais d'abord cru être une simple aventure se transformer en amour, qu'un jour je serais un monsieur de cinquante ans et lui un toujours jeune homme de trente-cinq... et c'était exactement ce qui s'était produit. Et, évidemment, les gars qui me plaisaient n'avaient toujours pas mon âge. Si j'avais été seul, ce soir-là, mon œil se serait plus volontiers attardé sur Michael que sur Dan, pas parce qu'il me rappelait Mathieu, il ne lui ressemblait que très peu, mais parce que ces hommes de mon âge installés autour du bar, l'œil aux aguets sans en avoir l'air, ne m'intéressaient pas.

Je n'allais quand même pas me jeter à la poursuite de jeunes hommes dans la vingtaine, moi qui avais tellement toujours ridiculisé ceux qui sombraient dans le culte de l'éphèbe! Mais je ne pouvais pas non plus aller contre mes goûts!

Convaincu tout à coup — encore le maudit esprit d'escalier — que j'étais condamné au célibat pour le reste de mes jours, j'ai eu envie de commander n'importe quoi de fort, de me soûler la gueule encore une fois, de me laisser aller, de faire des folies, de ne plus me retenir comme je le fais trop souvent au lieu de laisser sortir le méchant. Mais le souvenir de ma récente cuite me calma un peu et je me dirigeai vers les toilettes après avoir demandé un second Perrier et m'être excusé auprès de Michael que son premier Coke ne semblait pas du tout intéresser. Il n'avait pas parlé depuis cinq bonnes minutes et regardait obstinément la surface burinée du bar.

Dans les toilettes, deux gars sniffaient de la coke sans même se cacher. C'est plutôt moi qui fus gêné de les trouver penchés sur la cuvette et je détournai la tête en me dirigeant vers l'urinoir.

« En veux-tu, man ?

— Merci, ça me rend malade... »

Excuse de quétaine peureux. Ils pouffèrent. J'espérais que leur précieuse poudre magique s'était envolée en poussière dans les toilettes, mais je les entendis sniffer à nouveau avant d'avoir fini ce que j'étais venu faire là.

« C'est de la bonne.

— C'est de la pure, man !

— C'est pas de la pure, ça existe pus, d'la pure...

— J'te dis que c'est d'la pure, man...

— Pis moi, j'te dis que t'as menti ! On n'a pas vu, d'la pure, depuis des années, à Key West !

— C'est là que tu te trompes, man, c'est ici qu'on trouve la meilleure, a' l'arrive par pleins bateaux, a' flotte par ballots les nuits sans lune... »

Je les laissai à leur discussion qui, je le sentais, ne connaîtrait jamais de conclusion.

À mon retour dans le bar, Michael avait disparu mais Chuck me faisait de grands signes dans l'embrasure de la porte qui donnait dans la rue Petronia. Michael avait dû lui laisser un message pour moi, une vague excuse, crédible ou non, qui me laisserait dans la gorge un arrière-goût d'abandon. Je le revoyais, le soir où nous nous étions rencontrés, se faufilant tête basse vers les tennis... Il se faisait donc une spécialité des fuites en douce, des esquives qui déstabilisaient ceux qu'il laissait en plan...

« Avant de grimper dans la face de Dan, Michael a décidé d'aller au Brad's Breath, un peu plus au nord, sur Duval. Y te dit d'aller le rejoindre si ça te tente...

— Si ça me tente... Lui, est-ce que ça y tente...

— Y t'aurait pas laissé ce message-là, Jeanne-Mark... »

La voix de Dan, encore plus cassée, plus pâteuse qu'à notre arrivée dans le bar :

« Ton *sweetheart* a disparu, mon beau ! Cours vite ! Y te reste pus grand temps à Key West, fais ton move ! »

J'eus un mouvement d'impatience.

« Qu'est-ce qu'y a, lui, ce soir, je l'avais jamais vu comme ça... »

Chuck se pencha, me parla directement dans l'oreille pour que personne ne l'entende, au point, même, où ça chatouillait un peu.

« La nouvelle court à travers Key West que le French Café fait pus ses frais... »

Dan m'envoyait des becs mouillés vaguement cochons. Il était vraiment paqueté, il avait de la difficulté à se tenir assis sur son stool, des verres de scotch à moitié bus s'entassaient devant lui et ses amis l'entouraient dans un fraternel mouvement de protection. Ils ne l'empêchaient pas de boire, mais ils l'empêcheraient de faire des gaffes.

« Gerry le sait-tu ?

— Non. C'est ça, le problème, y s'en doute même pas pis Dan sait pas comment y dire... Tout Key West

est au courant sauf lui. Pis plus le temps passe, plus le problème s'aggrave, évidemment. »

J'étais pris entre l'envie d'aller consoler Dan et l'égoïste besoin de courir vérifier mes chances du côté de Michael, qui, je devais me l'avouer, commençait à beaucoup m'intéresser. Chuck me poussa dans la rue.

« Tu peux rien faire pour lui ce soir. On va s'en occuper, nous autres... Occupe-toi plutôt de Michael. »

*

Le Brad's Breath, situé vers le haut de la rue Duval, dans le quartier plutôt ringard de la ville, était un vrai trou comme je n'en avais pas vu depuis longtemps : c'était volontairement laid, sombre et odorant, les fresques « cochonnes » frisaient le ridicule de très près, les barmans en bedaine arboraient une floraison exagérée de faux tatouages — la rage cet été-là —, la faune, cuir et jeans, bière et poppers, montrait le principal, jambes bien écartées, et cachait tout le reste mais en le moulant bien, du trop mince jeune homme aux pommettes pâles au trop gras monsieur dont le bourrelet généreux menaçait à tout moment de faire péter la ceinture de métal ouvragé. La casquette de cuir, presque nazie, n'était pas rare ni la mine patibulaire, vraie ou contrefaite, qui allait avec.

Dans mon pantalon blanc et mon T-shirt bleu Méditerranée — c'est ce que j'avais trouvé de plus « écrivain » dans ma garde-robe après l'exhortation de Gerry —, j'avais l'air d'un garçonnet qui pousse pour la première fois la porte d'une taverne. Les têtes qui se tournaient vers moi prenaient aussitôt un air de dédain assez dérangeant, comme si j'avais été un objet d'une grande laideur introduit dans un cénacle de beauté. Tout est question de goût, je le sais, mais ce que j'avais sous les yeux et ce qui me rentrait dans les narines à ce moment-là étaient bien loin de ce qui m'émeut et m'émoustille habituellement. Se déguiser en Marlon Brando dans *The Wild One* à cent degrés Farenheit en pleine île tropicale dépassait un tant soit peu mon entendement. J'essayais d'imaginer tous ces gars se *glissant* en dehors de leurs vêtements en arrivant chez eux et j'avais plutôt envie de rire. Je crus m'être trompé d'endroit mais les lettres pseudo-gothiques prolongées de flammes orange et jaune imprimées dans l'énorme miroir qui trônait au-dessus du bar clamaient que j'étais bien au Brad's Breath et que le *happy hour* se prolongeait tous les soirs jusqu'à neuf heures...

Un barman généreusement bedonnant eut la bonté de lever son bras musclé tatoué jusqu'à l'aisselle — je n'osais même pas imaginer la douleur qu'il avait eu à endurer — pour attirer mon attention :

«J'pense que le gars que tu cherches est au fond, à gauche...»

En effet, le seul autre gars «habillé propre» de l'endroit était Michael, attablé sous l'escalier qui menait aux toilettes, le nez toujours plongé dans le fond de son verre.

Un gros toffe qui sentait les poppers à donner le tournis se pencha dans ma direction quand je passai près de lui.

« Les *tender foot* s'encanaillent à soir ! Vous avez pas peur de salir vos petits pantalons, les filles ? À moins que ce soit ça que vous cherchiez... »

Il éclata de rire et Michael leva la tête dans ma direction. Il mit quelques secondes à me reconnaître et je me dis avec le défaitisme qui me caractérise que son enthousiasme à me voir là était plutôt mitigé. Puis il me montra la chaise en face de lui, mais toujours sans sourire. (J'avais espéré, je l'avoue, après le moment d'étonnement de mise, une petite roseur aux joues, les yeux qui se réfugient sur le bois noirci de la table, peut-être même un bégaiement d'émotion, mais Michael semblait juste un peu plus déprimé...)

« Y t'ont dit que j'étais ici ?

— C'est Chuck qui me l'a dit...

— Chuck est comme Gerry, y aime ça jouer à la moman malgré son nom viril. »

Michael semblait avoir bu, tout à coup, comme s'il avait abandonné le Coke en arrivant au Brad's Breath pour se lancer dans la bière délivrante. Pour oublier.

« Comment t'aimes ça, Jeanne-Mark, être la tache pastel dans un tableau foncé ? »

J'ai toujours eu de la difficulté avec les gens paquetés. Je ne sais pas comment les prendre, je fais des gaffes, je les insulte sans m'en rendre compte, ils finissent souvent par croire que je me moque d'eux, la paranoïa s'installe, la conversation finit en queue de poisson et, invariablement, c'est moi qui suis malheureux...

« J'peux m'en aller, si tu veux rester tout seul... »

Comme Michael ne répondait pas, je fis le geste de me lever.

« Non, non, c'est correct. En fait, j'espérais que tu me suives... »

C'est moi qui devins rose, d'un seul coup. Je faisais de mon mieux pour que ça ne paraisse pas trop dans la demi-obscurité ambiante.

Michael continuait comme si de rien n'était.

« J'viens ici quand chus déprimé. J'trouve que ça sent c'que je ressens. »

Je pris une grande respiration par le nez.

« J'espère que tu ressens pas ces choses-là à l'année longue ! »

Un petit sourire. Un haussement d'épaules. J'aperçus pour la première fois, peut-être à cause de l'éclairage ambré, les taches de rousseur qui parsemaient son front. Et je sentais toujours, à travers les relents de cuir trempé de sueurs, sa bonne odeur de café qui m'émouvait tant.

« Non, sinon j'aurais l'air de c'qu'y'ont l'air, moi aussi. J's'rais habillé comme eux autres pis j'penserais comme eux autres. C'est pas un bar ici, tu sais, c'est une façon de vivre. De New York à Santa Fe, de Minneapolis à Key West, y sont pareils, y se retrouvent, y se flairent, y se baisent, y se quittent... Mais y dédaignent pas les touristes ou les brebis égarées, de temps en temps. Pis une brebis égarée, j'en suis une depuis un petit bout de temps, pis j'les laisse en profiter... »

Il cala ce qui lui restait de bière, cogna son verre sur la table.

« Veux-tu quequ' chose à boire ? Une belle eau minérale ? »

Cette fois son sourire était franc, ses yeux pétillaient de malice, comme si la brume de l'alcool s'était dissipée d'un seul coup.

« Les buveurs d'eau minérale sont très mal vus, ici. Tu vois le gars qui fait le comique à côté de la caisse ? C'est lui, Brad. La légende veut qu'y sente l'haleine de tous les clients avant qu'y sortent, pis qu'y dévore ceux qui ont pas la même que lui.

— D'où le nom de l'endroit ?

— Tu lis dans mes pensées. Key West est pleine de légendes, des drôles comme celle-là, des belles comme toute son histoire du dix-neuvième siècle, des pénibles comme celle qui veut qu'elle soit devenue le mouroir des États-Unis d'Amérique. »

Son ton changea sans transition et il repencha la tête sur son verre vide.

« Mais tu vois, mon frère, lui, a pas eu besoin de venir se réfugier à Key West pour mourir, y est né ici, la maladie est venue jusqu'à lui, y aura pas besoin de se déplacer. »

J'allais poser ma main sur son bras lorsqu'un barman s'approcha, botté, moustachu, bardé de chaînes. Michael se leva d'une façon maladroite en lui disant que nous allions partir. Le barman sembla faussement étonné.

« Pas ensemble, toujours ? J'pensais que vous étiez venus vous chercher un troisième partenaire, pis j'allais vous offrir mes services ! »

Je suivis Michael dans la foule de plus en plus dense et de plus en plus odoriférante pendant que le faux Marlon Brando riait dans mon dos. Je m'attendais presque à ce que Brad s'approche de moi et hurle au crime de lèse-majesté parce que je ne sentais pas la bière comme tout le monde.

La rue Duval, malgré la lourde humidité qui flottait, parut presque fraîche et je m'appuyai contre le mur en m'éventant avec ma main.

«Chus vraiment trop vieux pour ces endroits-là...»

Michael, qui avait continué de marcher, se tourna vers moi.

«J'espère que t'es quand même pas trop vieux pour passer la nuit avec moi?»

La proposition était à la fois si brutale et si inattendue — je l'espérais mais jamais je n'aurais cru qu'elle viendrait — que je ne sus que répondre. Je regardais Michael, la bouche ouverte, et je me trouvais pas mal épais.

«Est-ce que ça veut dire que t'es trop vieux pour ça aussi?

— Non, non, ça veut dire que j'sais pas quoi répondre parce que je m'y attendais pas...

— Voyons donc...

— C'est vrai!

— Pourquoi t'es venu me rejoindre, alors?

— Pour... pour ta compagnie... parce que... parce que j'voulais pas qu'on se quitte comme ça, mais j't'assure que...

— Laisse faire les explications... Marchons ensemble, pour le moment. De toute façon, j'reste plus loin que Dan et Gerry, tu vas avoir le temps d'y penser pis j't'e laisserai là si tu décides de rentrer chez vous. Ma bicyclette est devant chez Catherine Burroughs. Et toi?

— La mienne aussi... Mais de toute façon, c'est oui.

— C'est oui pour la proposition ou oui que t'es trop vieux pour y répondre?»

Son sourire était railleur et ça me rassura.

*

Devant le Loo, juste au pied du mur, presque sur le pas de la porte, Dan, soutenu par ses amis, vomissait généreusement. Il releva la tête au moment où nous tournions le coin, Michael et moi.

«Tiens, v'là le photographe! Viens prendre mon portrait, Jeanne-Mark, c'est la première fois que chus malade en dix ans, faut immortaliser ça! Faut montrer ça à Gerry pour qu'y comprenne une fois pour toutes que chus pas Superman!»

Son éclat de rire le fit se repencher brusquement pour achever ce qu'il avait commencé et nous nous éloignâmes en silence pendant que Chuck lui disait de prendre sur lui, de ne pas s'énerver, que tout allait finir par s'arranger.

Des prix Pulitzer et leur entourage sortaient de chez Catherine S. Burroughs, dignes mais visiblement éméchés. J'entendis une vieille dame dire d'une voix toute cassée : « Nous nous rejoignons au Ugly American ! » et je me dis que la soirée était encore jeune pour ces vieux intellectuels des années cinquante, malgré leur état d'ivresse avancé et, dans le cas de certains d'entre eux, leur âge presque canonique. Je les imaginais attablés dans le petit bar enfumé de la rue Front, un scotch frais devant eux, la tête tournée vers la minuscule scène où un trio de jazz fioriturait des volutes de musique nerveuse, piano, basse, percussion. Après le spectacle — des amis à eux, dont un Japonais que tout le monde trouvait génial et surtout très beau mais qui était à leur grand désespoir irrécupérablement straight —, ils referaient le monde jusqu'au petit matin, et après avoir refait le monde, ils iraient tranquillement se coucher pour pouvoir recommencer le soir suivant, discutant sans fin, critiquant tout mais toujours en marge de la réalité, éternels rêveurs de justice et d'égalité.

J'avais envie de les suivre, de leur demander comment c'était que d'être une *living legend*, un poète officiel, une gloire nationale. Est-ce que ça vous empêche d'écrire ? Est-ce que vous y pensez quand vous écrivez ? Écrivez-vous désormais pour la postérité ? Vous en câlissez-vous, au fond, de la postérité, ne préférez-vous pas ce trio de jazz, ce scotch devant vous, cette nuit passée à discuter, précédée de milliers de semblables et prometteuse d'autres à venir ? Vos prix et vos honneurs vous ont-ils enlevé tout élan vers l'écriture qui était autrefois votre pain quotidien, votre raison de vivre, votre seule vraie jouissance d'artiste ?

Ils s'éloignaient par petits groupes vers la rue Simonton, certains courbés et hésitants, d'autres droits comme des piquets de clôture. Une procession de prix et d'honneurs en route vers une autre nuit de bamboche pour oublier que le monde existe en dehors de Key West et qu'il va vraiment très mal.

Michael regardait dans le passage feuillu qui menait à la maison de la peintre.

« J'sais pas si Rob et Bill sont partis...

— Veux-tu qu'on aille vérifier ?

— Non, y est quand même assez tard, y doivent être partis se coucher depuis un bon bout de temps. De toute façon, faudrait que j'arrête de les materner comme ça, y sont assez vieux pour s'occuper d'eux-mêmes... »

Il observait maintenant les vieillards qui tournaient le coin de Simonton.

« Y sont chanceux, y ont tous arrêté de baiser à l'arrivée de la grosse maladie. »

J'étais étonné du ton presque jaloux qu'il avait pris pour parler.

« Pourquoi tu dis ça ? Y baisent peut-être plus que tu penses...

— J'les connais depuis mon enfance, Jeanne-Mark, j'ai été leur jouet, leur *puppy love*, y en a même un qui a pris un peu trop de pilules à cause de moi, un jour... J'sais de quoi je parle. Y vivent sur leurs réserves. De tout. Y ont une réserve de gloire, une réserve d'amour, une réserve de souvenirs embellis, transformés, transcendés par la mémoire, y a juste l'alcool dont ils sont absolument incapables, tous, de se passer. C'est ça qui les tient debout. Quand le sida est arrivé, y se sont réfugiés dans l'alcool, toute leur génération, pis y ont commencé à regarder le monde s'écrouler autour d'eux, sans pus jamais y toucher.

— T'as pas l'air de les tenir en grande estime.

— Disons qu'avec le temps et l'usage l'admiration de mon adolescence s'est transformée en...

— En mépris ?

— Non, non, chus juste un vendeur de café, j'oserais jamais mépriser des grands hommes comme eux... En amertume, je dirais. Pas à cause de moi, de ma vie à moi, je l'ai choisie et chus capable de m'en contenter, mais parce que mon frère, qui vaut mieux que tout eux autres, va partir sans toucher une seule petite parcelle de leur gloire...

— Ton frère est écrivain ? Je savais que son chum était un grand poète, mais lui...

— Tout le monde est écrivain à Key West à part moi. Mais mon frère, lui... »

Il s'était appuyé contre sa bicyclette, il ne semblait pas vouloir se décider à la détacher. Avait-il changé d'avis ? Moi, j'avais l'air un peu fou, déjà installé comme je l'étais sur ma selle, prêt à partir.

« Mon frère est un grand talent. Un très grand talent. Il est un des premiers, paraît-il, à réussir à traduire vos classiques, Racine, Corneille, tout ça... Les alexandrins, ça existe pas en anglais mais lui a trouvé *la* façon originale de les traduire, semble-t-il... Je sais pas, j'connais rien là-dedans, mais c'est ce qu'on disait de lui jusqu'à ce qu'y tombe malade y a deux ans, jusqu'à ce que j'apprenne que j'allais le perdre, lui aussi... Y a arrêté de travailler dès qu'y a commencé à perdre la vue pis y s'est accroché, pour survivre, aux yeux de Bill qui, depuis ce temps-là, lui décrit sa version du monde.»

Il porta la main à son front. J'étais sûr qu'il allait éclater en sanglots. Je me suis approché de lui, j'ai passé mon bras autour de son cou. Il a appuyé sa tête sur mon T-shirt et j'imaginais déjà les taches foncées que produiraient ses larmes, bleu marine sur fond de Méditerranée.

«Chus tanné de voir le monde disparaître autour de moi, Jeanne-Mark. C'est l'hécatombe depuis dix ans! Ça fait dix ans que ça dure pis c'est pas à la veille d'arrêter! Des amis d'enfance, des compagnons de classe, mes premiers amants, maintenant mon frère... J'me retrouve au cimetière trois ou quatre fois par année, j'me sens plus vieux que tous les vieux qu'on a vus ce soir... Pis j'me dis, sans arrêt, j'me dis: quand est-ce que ça va être mon tour? J'peux pas y échapper, y a tellement peu de chances que j'y échappe! On était sept au high school que j'ai fréquenté à Miami, on avait fondé le premier club gay de l'école, on était drôles, fins, beaux, pis j'ai enterré le dernier y a pas un an. Chus le seul à avoir été épargné jusqu'ici probablement parce que tout ce temps-là j'avais un chum. Mais quand est-ce que les premiers symptômes vont se manifester? À quel moment est-ce que mon corps va me suggérer, subtilement mais sûrement, que ça va pus, que quequ' chose est en train de se produire, qu'y faudrait que je m'adresse à un médecin? Chus épuisé. De peur. De hargne. D'amertume. Mon chum est parti parce que j'étais pus endurable. J'ai même pus ça. J'ai même pus un chum pour essayer de me comprendre. Je le croise dix fois par semaine dans les rues de Key West pis je sais qu'y m'a pas laissé parce qu'y m'aimait pus mais parce que chus devenu absolument obsédé par l'idée que je vais mourir moi aussi de la même maladie que tout le monde. Je sais que t'es la dernière personne à qui je devrais dire ça, j'viens de t'offrir de passer la nuit avec moi, mais ça sort tout seul. Excuse-moi. Ça sort tout seul. »

Alors je lui ai raconté Luc. Je n'ai pas du tout parlé de Mathieu mais je lui ai raconté Luc. Nous sommes restés comme ça, dans les bras l'un de l'autre, bicyclettes emmêlées, et j'ai parlé moi aussi de ma peur, de ma hargne, de mon amertume. Dan et son groupe étaient probablement rentrés se coucher; les prix Pulitzer partis écouter du jazz, nous restions seuls au beau milieu de la rue Petronia à nous faire des confidences chuchotées, maladroites mais combien soulageantes.

« T'aurais pas dû le laisser tout seul à Montréal. »

Le verdict était tombé comme un couperet et toute la culpabilité dont j'avais tant bien que mal réussi à me débarrasser ces dernières semaines revint d'un seul coup.

« Y a insisté pour que je parte, j'te l'ai dit...

— Ça fait rien.

— Tu le connais pas, y aurait été capable de refuser de me voir...

— Mais t'aurais été là si y avait eu besoin de toi ! Y faut être là quand y ont besoin de nous autres ! J'en ai tellement vu qui s'en allaient tout seuls dans des chambres vides, le corps défait, le masque à oxygène collé sur le visage... »

Il s'était éloigné, il détachait sa bicyclette. De dos, il me rappelait quand même un peu Mathieu, en plus costaud...

«De toute façon, mes vacances achèvent, je retourne à Montréal la semaine prochaine...»

Il était en selle, prêt à partir.

«Quand tu le verras, tu y demanderas si y voulait *vraiment* que tu partes...»

En descendant la rue Simonton en direction de la mer, je pédalais derrière Michael, je le regardais de dos, voûté sur sa bicyclette, et je me disais ça y est, dans quelques minutes je vais connaître le corps de quelqu'un d'autre que Mathieu, qu'est-ce que j'vais bien pouvoir faire avec, ça fait tellement longtemps, est-ce que je vais trouver les bons gestes, les bons mots, est-ce que tout ça revient automatiquement, est-ce que la force de l'habitude va m'amener à essayer d'abord sur Michael ce que je savais plaire à Mathieu, est-ce que je vais attendre de lui ce que Mathieu en était arrivé à faire naturellement avec moi, est-ce que je vais arriver, même, à faire quelque chose?

Je n'avais pas connu ce trac devant un nouveau corps à investir depuis dix ans et j'étais littéralement fou de peur. J'aurais volontiers freiné, posé ma bicyclette au bord de la rue et disparu dans un quelconque bosquet de motel pour aller me réfugier dans un sommeil sans rêve qui m'aurait laissé le lendemain matin dispos et sans souvenir. Ou alors j'aurais bifurqué dans la rue Reynolds pour me jeter, me perdre dans des bras anonymes au bout du quai du bout du monde comme le font tant de gars tous les soirs depuis si longtemps. Cet endroit, je l'avais appris quelques semaines plus tôt, est célèbre dans toute l'Amérique, on l'appelle *Dick Dock* ou *Queer Pier* et c'est là que se retrouvent les habitués des attouchements dans le noir et de l'amour vite vécu, vite expédié. Ces gestes-là sont faciles parce que simples et limités mais la grande séance qui m'attendait, autrement plus complexe parce que le sentiment y était mêlé, me terrorisait, un peu comme dans mon adolescence quand je rencontrais quelqu'un qui me plaisait vraiment et avec qui j'aurais eu envie de connaître autre chose qu'une simple aventure. Il n'était plus juste question de plaire, il fallait aimer vraiment, le prouver, et j'étais loin d'être sûr de moi.

Un adolescent de quarante-neuf ans dénué de toute confiance en lui-même pédalait dans le noir, convaincu de se diriger tout droit vers la catastrophe.

Les voies secondaires de Key West sont très sombres la nuit et la rue Washington, remplie d'ombres et de criquets, me donnait la nostalgie d'une balade à bicyclette sans fin, sans but surtout, pendant laquelle j'arriverais à évacuer tout mon mal être et rafistoler définitivement mon cœur éclaté. Pour me préparer à cette autre chose que j'allais maintenant entreprendre sans être vraiment prêt.

Michael freina au coin de Washington et White. Seule la lumière du porche de la maison de Gerry et Dan était allumée ; le premier se prélassait probablement encore entre Catherine S. et Muriel à une table du Ugly American, son énième verre de scotch à la main, sûr d'être enfin intronisé dans le grand monde de Key West, l'autre continuait peut-être à vomir dans un caniveau de la rue Duval ou dans les toilettes d'un ami charitable qui lui tenait le front avec un linge humide.

Nous n'avions pas prononcé un mot depuis notre départ de la rue Petronia. J'arrêtai ma bicyclette à côté de celle de Michael qui me regardait avec un petit sourire.

« J'ai décidé de faire une petite halte ici, au cas où t'aurais changé d'idée.

— J'ai pas changé d'idée. Pourquoi j'aurais changé d'idée ? »

Mon cœur hurlait pourtant le contraire : oui, oui, j'ai changé d'idée, laisse-moi ici, j'veux dormir, j'ai trop peur ! Je me trouvais parfaitement ridicule. Michael me plaisait, il ne m'offrait pas le grand amour, c'est moi qui me faisais encore des drames avec rien, prends donc ton plaisir et laisse faire le reste, y t'en demande pas plus que tu peux y en donner, tu devrais faire la même chose, t'as baisé dans ta vie avant aujourd'hui, vas-y donc sans réfléchir...

« Habites-tu loin d'ici ?

— Pourquoi ? Es-tu fatigué ?

— Non, c'tait juste pour savoir...

— J'habite un peu plus loin que l'aéroport... On n'a pas tout à fait la moitié de faite... Mais si tu veux te reposer un peu avant de repartir...

— Chus quand même pas si vieux ! »

Et pour le lui prouver, je suis parti en trombe et j'ai failli me faire tuer, en traversant la rue White, par un camion monstrueux qui s'en allait tranquillement prendre la route 1 en direction de Miami.

« C'est pas par là du tout, Jeanne-Mark, suis-moi, plutôt... »

Le ciel transpirait ses étoiles au bord de la mer, c'était une splendeur. Key West est une île presque parfaitement plate et la voûte céleste s'étendait partout autour de nous, noire à faire peur et en même temps attirante comme un danger. La marée était haute et de la piste cyclable qui longeait la plage municipale on pouvait entendre remuer les vagues. Ça sentait le varech transformé en goémon parce que jamais ramassé et les fleurs à l'odeur capiteuse qui poussaient comme de la mauvaise herbe le long du South Roosevelt Boulevard. L'humidité était au bord de l'intolérable, même à cette heure, je suais comme une passoire et j'étais convaincu de sentir le yable.

En passant devant l'aéroport international de Key West qui n'a d'international que le titre, Michael s'est retourné.

« On n'est plus très loin... »

Un peu passé l'aéroport, assez loin après la plage municipale, flottait un village de barges, de péniches, de maisons flottantes et de yachts assez joli et dont la réputation de centre de la drogue, de la prostitution et du jeu s'étendait aussi loin que Miami et Fort Lauderdale. Les maisons flottantes amarrées au quai étaient habitées par des gens très bien, artistes de toutes sortes qui trouvaient à ce bout de l'île la paix pour travailler. Les barges et les yachts qui se tenaient éloignés de la rive, cependant, étaient très mal famés et faisaient la honte des bien-pensants de Key West qui voulaient depuis toujours faire disparaître ce quartier de la ville mais qui avaient affaire à une résistance très organisée. Key West était très fière de son histoire, Houseboat Row en faisait partie et n'était pas près de céder la place aux condominiums de luxe ou aux parcs à roulottes.

Après l'obscurité et la paix du chemin que nous venions de parcourir, les lumières et le bruit de ce bordel à ciel ouvert — une musique trop forte et des rires gras nous parvenaient d'un yacht voisin — m'étonnèrent et me déplurent. Je détestai cet endroit immédiatement et irrémédiablement malgré sa joliesse. Cette rangée de charmantes maisons tranquilles qui dissimulait tant bien que mal ces tripots bruyants qui polluaient l'air autant que l'eau de mer était plutôt déprimante et surtout pas invitante juste avant une première nuit d'amour. Je me sentais bégueule mais, n'eût été Michael, j'aurais tout de suite quitté cet endroit.

Je regrettai aussitôt de ne pas avoir invité Michael à passer la nuit chez moi quand nous nous étions arrêtés rue Washington, mais je pensai à la tête que feraient Gerry et Dan le lendemain matin en nous voyant sortir du pavillon et je me dis que je faisais mieux d'endurer mon mal plutôt que de subir les railleries peu subtiles de mes propriétaires.

Michael me montrait une vieille péniche engoncée entre deux maisons flottantes et qui semblait avoir toute la misère du monde à rester à flot.

« Depuis que j'habite pus avec Dave, des amis à moi m'ont loué ça pour pas cher... C'est pas très beau, mais ça flotte pis c'est agréable en attendant que je me trouve autre chose. Si jamais j'me trouve autre chose, tout est tellement cher, ici. »

Je n'eus pas le courage de lui parler de mon légendaire mal de mer — mon enfance est remplie de tours désastreux de gondole, au parc Lafontaine, alors que ma mère, qui en raffolait, me tenait la main en me disant que ça se pouvait pas d'être aussi blême et d'avoir autant mal au cœur sur un simple étang — et j'attachai ma bicyclette à la sienne avant de traverser le petit pont de bois, espérant que ça ne bougeait quand même pas trop à l'intérieur du bateau. Ça bougeait. Pas beaucoup, mais ça bougeait. Je regardais avec envie les maisons voisines posées sur des blocs de ciment et qui, donc, *ne flottaient pas*, en me disant y aurait pas pu rester dans une de ces maisons-là, non, y fallait qu'y reste sur la *seule* péniche du quartier !

L'intérieur du bateau était aménagé avec une certaine imagination, on pourrait même dire que c'était assez amusant : du *bohemian chic* qui ne se prend pas au sérieux, avec des sofas dépareillés, déglingués mais confortables, des tapis criards superposés pour couper l'humidité qui montait de la mer, des couvre-lits indiens délirants posés un peu partout pour cacher la fatigue des meubles, des reproductions de pochettes de disques psychédéliques ; un musée de la fin des années soixante, en fait, gardé intact soit par nostalgie de la *drug generation,* soit, simplement, par paresse. Les lampes étaient recouvertes de mouchoirs de couleur conférant à la lumière une teinte doucement ambrée et chaude qui caressait la pièce comme l'intérieur d'une lanterne chinoise.

« Ai-je besoin d'ajouter que les propriétaires de l'endroit faisaient partie d'un groupe rock à la fin des années soixante ? »

Michael, peut-être pour se donner une contenance avant de s'attaquer aux choses sérieuses, était déjà penché au-dessus du minuscule réfrigérateur.

« Excuse-moi de me répéter, mais veux-tu une eau minérale, ou quequ' chose de plus sérieux ? »

La péniche venait de bouger et, exactement comme quand j'étais enfant et que je m'agrippais au bastingage de la gondole du parc Lafontaine, je sentis mon cœur couler dans mes talons. Je crus que j'allais perdre connaissance. J'étais sûr que si je me retournais, j'apercevrais le gros cygne blanc qui dissimulait le moteur de la gondole juste avant de sentir l'odeur de l'essence qui achèverait de me rendre malade. Je m'appuyai contre le chambranle de la porte en portant le plus discrètement possible ma main à la hauteur de ma bouche. Je n'allais tout de même pas me mettre à vomir comme Dan devant le Loo ! Une autre petite embardée. Je me tournai vers l'extérieur, l'air pur, le plancher des vaches, la liberté, comme Michael se redressait.

« Qu'est-ce que t'as ? As-tu changé d'idée ? »

Je dus prendre une grande goulée d'air humide avant de lui répondre.

« Tu m'avais pas dit que tu vivais dans une péniche. Vas-tu me croire si j'te dis que j'ai le mal de mer ?

— C'est pas grave, on part pas en voyage...

— J'ai le mal de mer *ici* !

— T'as le mal de mer ici, dans une péniche attachée ?

— C'est une péniche attachée au bord de la mer, pis au bord de la mer, ça bouge !

— Voyons donc, ça bouge pas du tout !

— Michael, s'il vous plaît, si tu ressentais ce que je ressens actuellement, tu trouverais que ça bouge *beaucoup* ! »

La fenêtre de gauche qui monte d'un pouce ou deux, le plancher qui se dérobe un tout petit peu sous mes pieds, la lampe, au plafond, qui oscille très lentement. Des sueurs commencèrent à perler sur mon front et je me précipitai à l'extérieur comme un voleur qui vient de se faire prendre la main dans le sac.

Michael me suivit, une bière dans une main, un Perrier dans l'autre.

« Mon Dieu ! T'es sérieux ! Vas-tu être malade ? »

J'aurais embrassé le sol comme le pape débarquant dans un nouveau pays. Mon mal de cœur se passa immédiatement. Mais quand je regardais Michael qui montait et descendait tout doucement au bout de la terrasse de sa péniche, le tournis me reprenait et j'étais obligé de détourner les yeux.

« Excuse-moi... »

Il traversa le petit pont en riant.

« Écoute, on peut boire ici, j'peux sortir des chaises, mais j'ai bien peur que pour le reste... »

Je le coupai sans réfléchir.

« Le reste, on va faire ça chez moi. Quand on va avoir fini de boire, on va retourner sur la rue White... si tu veux.

Si tu veux pus, j'vais comprendre, tout ça est tellement ridicule, *toute* la soirée est tellement ridicule... »

Il sortit deux chaises et nous nous installâmes sur le trottoir de ciment. Le Perrier me fit un bien énorme et je pus à mon tour rire de ce qui venait de se produire. Michael, lui, semblait vraiment s'amuser de tout ça, comme si le ridicule de la situation effaçait le moment de faiblesse qu'il avait connu plus tôt dans mes bras, devant la maison de Catherine Burroughs.

« Penses-tu qu'on va rencontrer d'autres problèmes quand on va arriver chez toi ?

— Sait-on jamais... On va peut-être arriver en plein drame entre Dan et Gerry.

— On se sauvera dans le pavillon.

— C'est ça, on se sauvera dans le pavillon... »

Les bruits parvenant des yachts me semblaient moins dérangeants, je suivais même le rythme du bout du pied en sirotant doucement mon Perrier ; j'étais convaincu pour la première fois de la soirée que j'allais vraiment faire l'amour avec Michael.

*

La voiture de Gerry et Dan était stationnée devant la maison mais tout était plongé dans l'obscurité. Dan s'était-il dessoûlé au point de pouvoir conduire, ou avait-il réussi à mener la voiture jusque-là sans trop s'en rendre compte, automatiquement, sans trop vérifier, surtout, où il posait les roues ? Nous l'avions laissée quelque part sur la rue Whitehead, assez loin de la maison de Catherine Burroughs, et je me demandais comment Dan se l'était rappelé. Et Gerry, lui, était-il revenu de sa fête nocturne avec le tout Key West gay, ou continuait-il à faire sa cour, tout en rondeur et en compliments, dans l'espoir d'être accepté dans le saint des saints ? J'étais curieux mais je devais attendre au lendemain pour apprendre ce qui s'était passé après mon départ et, entre-temps, j'avais autre chose à faire...

Nous contournâmes la maison, Michael et moi, passant à travers la cour recouverte de gravier qui sert de garage, pour nous rendre directement au pavillon sans passer par la maison.

« C'est la première fois que je viens jusqu'ici depuis qu'y ont fini le pavillon. C'est vraiment beau... Y m'avaient offert de le louer quand Dave m'a laissé mais c'était trop cher pour moi. »

On aurait dit qu'il n'osait pas entrer ; il restait sur le pas de la porte, appuyé contre le chambranle, les bras croisés.

J'étais un peu mal à l'aise parce que je n'avais pas fait mon lit, le matin, et que le pavillon était un peu bordélique alors que sa péniche avait été d'une propreté presque maniaque.

« T'excuseras le désordre... j'attendais pas de visite...

— T'en fais pas avec ça, t'es chanceux d'être venu aujourd'hui, la femme de ménage est passée ce matin... »

Paroles creuses, encore, pour combler un moment de gêne. Qui allait sauter sur l'autre le premier ? Était-ce à moi à faire les premiers pas parce que j'étais l'hôte ? J'aurais voulu me retrouver quelques minutes plus tard, après les prémices, quand l'action serait engagée et les pudeurs tombées.

Les premiers pas, en fin de compte, se firent dans la douche.

Michael entra dans le pavillon en jetant un regard en direction de la salle de bains.

« On devrait prendre une douche... La soirée a été pas mal longue... »

J'avais oublié la hantise des Américains pour la propreté et il m'avait un peu pris de court. Je ne savais même pas si j'avais deux serviettes propres... Et ce « on » qu'il avait utilisé voulait-il suggérer que nous prendrions une douche ensemble ou simplement que nous devrions nous laver tous les deux ?

Je me dis qu'à force de me poser des questions idiotes comme celle-là rien ne se passerait et que la nuit se terminerait sans que nous arrivions à « consommer », mais tout se fit le plus naturellement du monde. Nous nous retrouvâmes dans les bras l'un de l'autre sans que je me rappelle l'avoir cherché, les vêtements revolèrent un peu n'importe où et la douche fut longue, agréable, détendante. En le savonnant, cependant, j'espérais que sa bonne odeur de café ne disparaîtrait pas sous le parfum trop prononcé du pain de savon...

À peu près séchés, nous nous jetâmes sur le lit pour le grand jeu. Mais Michael se releva au bout de quelques secondes pour aller fouiller dans les poches de son pantalon.

En revenant vers moi, il jeta entre nous sur le lit deux petits carrés de cellophane rouge.

Et l'ère du latex me sauta en pleine face.

Je n'avais jamais utilisé de condom de ma vie et je n'avais donc qu'une idée «livresque» de la façon de l'enfiler... Je le dis à Michael sur un ton visiblement très drôle puisqu'il se mit à rire.

«Jamais? À ton âge?

— Ben non, j'en ai jamais eu besoin... J'ai rencontré Mathieu en 1981, juste au moment où on a réalisé qu'y faudrait peut-être s'y remettre, mais avant ça, y avait pus personne qui se rappelait même que ça existait... J'ai passé les années soixante-dix à semer à tout vent comme tout le monde mais sans jamais penser à me protéger... J'ai attrapé deux ou trois petites choses, mais rien de très grave. Pis toutes les années où on a été ensemble, Mathieu et moi, on n'en mettait pas... Par confiance, je suppose. Y en n'a même jamais été question.»

Je devais avoir l'air affolé parce que Michael s'arrêta de rire.

«Moi, j'en porte justement depuis dix ans. Depuis 1981.

— T'as jamais fait l'amour sans condom depuis dix ans?

— Non.

— Même avec ton chum?

— Même avec lui. J'ai pas été avec lui si longtemps... Le danger a donc toujours existé... Surtout avec ce qui se passait dans mon entourage pendant toutes ces années-là... J'aurais eu peur. Chaque fois. J'aimais mieux, malgré et à cause de ce handicap-là, me sentir en sûreté.

— Pis ça... ça brisait pas un peu vos élans ? »

Il s'étendit sur moi. Nous étions poitrine contre poitrine et, oui, l'odeur de café était toujours là, mêlée à celle, plus capiteuse, de la sueur, inévitable dans l'humidité ambiante. Je n'avais surtout pas envie d'avoir cette conversation-là avec Michael à ce moment précis mais je sentais le besoin de parler, peut-être pour éloigner l'instant où il faudrait penser à déchirer les enveloppes de cellophane... Je n'avais pas peur des condoms mais j'appréhendais l'effet qu'ils pourraient avoir sur ma virilité. Surtout la première fois.

« On n'a pas le choix, Jeanne-Mark, on n'a pus le choix...

— J'ai pas besoin d'un sermon, Michael, j'sais tout ça, mais c'est la première fois que chus confronté à cette situation-là, y faut me comprendre...

— T'en n'as même pas avec toi, ici ?

— Ben non... J'avais pas... J'avais pas du tout pensé à ça.

— T'as pas baisé depuis le départ de ton chum ?

— Chus parti de Montréal quelques jours après son départ... Pis ici, j'étais pas en état... Non, t'es le premier.

— Tu sais que si tu refuses on arrête là ?

— Tu serais capable de te lever, tout de suite, là, pis de partir ?

— Absolument ! »

Je le regardai dans les yeux pendant quelques secondes. J'aurais donné tout ce que je possédais pour que ces yeux-là ne quittent jamais mon visage.

« Pis si ça marche pas ?

— Pourquoi ça marcherait pas ?

— Si... ça me coupe complètement l'inspiration ?

— J'ai dix ans d'expérience, Jeanne-Mark, inquiète-toi pas avec ça... Écoute, on a assez discuté, on a autre chose à faire, là... »

Ils étaient rouges, comme l'emballage, et « comestibles » ! Michael s'en excusa en me jurant qu'il l'ignorait quand il les avait achetés, malgré leur nom pourtant assez évident : Lollipop Condoms. Fraise ? Framboise ? Cerise ? La démonstration fut assez comique et je me rendis compte avec soulagement que je n'avais pas perdu tous mes moyens. Mais je ne pouvais pas me cacher que je trouvais tout ça très peu esthétique. Et, de plus, peut-être à cause du symbole du rouge, de très mauvais goût.

Je ne fus pas brillant mais Michael comprit mon désarroi et il fit, lui, preuve de beaucoup d'imagination. Ce fut doux et violent, long et trop court.

*

Avant de m'endormir, mes odeurs et mes membres emmêlés à ceux de Michael, je n'ai pas pu m'empêcher de penser à la génération de Sébastien à qui on enseignait l'amour avec l'usage du condom... La technique avant les sentiments, la prudence avant tout, pas à cause de la nature qui peut jouer de vilains tours, mais à cause du danger qui guette, de la mort qui rôde. Penser à la mort, chaque fois, avant de faire l'amour, quand on est adolescent... La faute à papa et maman qui ont été trop libres... Avait-il déjà commencé à se faufiler dans les pharmacies pour en acheter ? Les soufflait-il comme des ballons dans les partys pour dissimuler son embarras, son humiliation, derrière la dérision ? Nous en voulait-il ?

*

Je faisais partie d'un tableau où dominaient le bleu, le noir, le blanc. Je portais un maillot de bain à carreaux rose et gris et j'avançais dans la mer en me tenant, parce que j'étais vieux, perclus de rhumatismes et que mes jambes m'obéissaient mal, au bras de Mathieu dont je n'arrivais pas à voir le visage tourné vers l'horizon où un bateau coulait. L'eau était froide et j'aurais voulu revenir vers la plage, mais Mathieu continuait d'avancer dans les vagues sans tenir compte de la pression que j'exerçais avec la main sur son avant-bras pour le faire ralentir. Le soleil commençait à descendre vers l'horizon, nous étions donc en fin d'après-midi, et je savais que les couleurs du tableau dont nous faisions partie se transformeraient dans les minutes qui venaient, qu'elles s'adouciraient lentement avant de se réchauffer d'un seul coup pour flamber dans le délire d'un superbe coucher de soleil. C'était un tableau dont les couleurs froides pouvaient devenir chaudes si on leur en laissait le temps. J'avais de l'eau presque jusqu'à la taille, j'avais froid, mais je ne me décidais pas à plonger. J'attendais que la mer se réchauffe. Pour me baigner avec Mathieu jusqu'à ce qu'il me dise en riant, comme toujours, que je restais trop longtemps dans l'eau, que ce n'était pas bon pour mes vieux os, que j'allais me plaindre, encore, que le sel de mer me piquait.

Je fus seul sans m'être rendu compte que Mathieu s'était éloigné. Il avait profité d'un moment d'inattention pour rester derrière. Je battais l'air de mes deux bras parce que j'avais peur de perdre l'équilibre. Je tournai lentement la tête. Mathieu se tenait à quelques pas derrière moi en me montrant l'horizon. Il était resté mince en vieillissant. On retrouvait la beauté de son visage presque intacte, comme si la vie s'était contentée d'y apposer quelques rides sans pour autant l'enlaidir ou le déformer et il gardait, par je ne sais quel miracle, sa silhouette juvénile qui me plaisait encore tant après si longtemps.

« Vas-y! T'es capable tout seul! Prends une bonne respiration pis plonge! Plonge! »

Il ne parlait pas mais j'entendais ce qu'il pensait. Je ne voulais pas rester seul, l'eau était froide, la mer menaçante, un bateau coulait à l'horizon... Et nous étions restés tellement longtemps comme ça, tous les deux, moi tenant le bras de Mathieu pour ne pas tomber et lui me guidant, notre monde avait été délimité avec une telle précision, un tel sens de l'équilibre et de la symétrie que je refusais de me retrouver le seul personnage d'un tableau désormais débalancé, dont on dirait qu'il lui manquait quelque chose d'essentiel, un compagnon ou une compagne à ce pauvre vieillard qui risquait à tout moment de perdre pied dans les vagues trop fortes pour lui.

« J'y arriverai pas !

— Ben oui, tu vas y arriver, arrête donc de te plaindre ! »

Il me tourna le dos après m'avoir gentiment envoyé la main. C'était un adieu, je le savais. Mathieu allait sortir du tableau et je ne le reverrais plus jamais.

La mer moussait autour de moi, l'odeur d'eau salée que j'aimais tant me montait à la tête, j'aurais dû être heureux, l'eau était tellement claire, l'horizon tellement beau malgré le naufrage... Mais on allait désormais me regarder de dos, tout seul dans la mer bleue, noire et blanche, et on dirait que cet homme a l'air bien triste, que c'est dommage de patauger tout seul, comme ça, dans un si beau paysage...

En me retournant dans un dernier espoir de voir Mathieu revenir, j'ai entr'aperçu Catherine S. Burroughs, le pinceau à la main, qui semblait hésiter en me regardant avec une grande intensité. Manquait-il une dernière tache de couleur froide à ma solitude ?

Je me suis détourné du peintre. Le bateau avait disparu à l'horizon. J'ai levé les bras dans un geste de supplication. Le tableau s'est figé pour toujours.

Je me suis réveillé en sursaut.

Michael ronflotait doucement à côté de moi. Sa main gauche était plaquée contre ma poitrine comme s'il avait voulu m'empêcher de bouger, me clouer sur place. Une angoisse suffocante m'étreignait le cœur. Je regardais le si beau profil de Michael, je pensais aux cadavres de condoms dans le fond de la poubelle de la salle de bains et je me disais c'est pas ça, c'est pas ça que je voulais, c'est pas ça que je veux, j'ai pas envie de commencer ça à mon âge même si je sais que j'ai pas le choix. Je me suis retiré du lit avec mille précautions. Il ne s'est pas réveillé. Dehors, le ciel pâlissait. Le soleil allait se lever d'une minute à l'autre pour caresser le faîte des grands palmiers royaux.

J'ai pris ma bicyclette et je me suis rendu sur le quai du bout du monde.

Un vent venu du sud, gorgé des embruns de la mer des Caraïbes et des odeurs de Cuba, me caressait le visage avec une certaine violence. J'étais appuyé sur la pancarte qui indiquait le bout du quai et j'essayais de retrouver dans le paysage qui se déroulait sous mes yeux le faux tableau de Catherine S. Burroughs que je venais à peine de quitter, d'en accepter le sens profond et, surtout, de me débarrasser de l'angoisse qu'il avait coulée dans mon cœur que j'avais cru guéri et que je retrouvais tout aussi malade qu'un mois plus tôt.

J'étais revenu à mon point de départ. J'aurais voulu pleurer comme après la fuite de Mathieu, à mon retour de Québec; encore une fois, j'en étais incapable. Mon âme débordait de choses tristes à évacuer mais tout restait bouché au fond de ma gorge et je rageais d'impuissance. Le temps. Je savais qu'il fallait laisser agir le temps, que j'avais été naïf de croire qu'un mois était suffisant pour oublier dix ans de vie commune avec un être qu'on a adoré, mais la douleur retrouvée intacte était si vive que j'étais convaincu d'être incapable de la supporter. Encore là, la minute qui venait me semblait impossible à vivre.

Les goélands, debout sur leurs chicots de métal, dormaient toujours, ailes repliées, cou rentré, insensibles à mon désarroi.

Une lumière soudaine attira mon attention, au large. Le premier rayon du soleil, à l'est, venait de traverser la mer d'un seul coup et m'arrivait en plein front. C'était un minuscule trait de lumière jaune qui s'élargissait à vue d'œil et devenait très rapidement difficile à regarder. Alors je me suis mis à l'appeler à mon secours. C'était petit, au début, des sons tout timides malgré ma bouche grande ouverte, des vagissements de bébé qui pleure sans savoir pourquoi mais, peut-être à cause du fracas des vagues frappant le quai auquel j'avais l'impression de répondre, j'arrivai au bout de quelques essais à pousser hors de mes poumons, à travers ma gorge aussitôt douloureuse, des cris d'une étonnante puissance, une vomissure de sons inarticulés qui lançait à la nuit mourante et au soleil naissant les dernières bribes de mon désespoir retrouvé. Ça faisait tellement de bien, le soulagement que je ressentais en regardant mes cris s'éloigner vers le soleil en lieu et place des larmes impossibles à trouver était d'une telle précision, d'une telle clarté que je faillis me péter la voix. Je trouvais une joie méchante à souffrir physiquement et je laissais mes cris s'élever de plus en plus forts, de plus en plus douloureux, de plus en plus soulageants.

J'y arriverais! Même sans le secours des larmes, j'y arriverais!

J'ai crié jusqu'à ce que le soleil soit levé puis, la gorge brûlante mais le cœur apaisé, je suis revenu vers la maison de la rue White.

Mon oncle Josaphat, autrefois, avait fait lever la lune avec sa poésie, moi j'avais fait lever le soleil avec ma douleur.

*

La tête que fit Gerry quand il nous vit sortir du pavillon, Michael et moi! Il était installé à la table de la terrasse, une omelette baveuse éventrée devant lui, et il allait porter une énorme mouillette à sa bouche quand j'ai ouvert la porte. Il a aussitôt pris une gorgée de thé pour éviter de s'étouffer.

« Mon Dieu, j'savais pas que t'étais rentré, Jeanne-Mark. Bonjour, Michael...

— Salut, Gerry... T'es pas au café, ce matin?

— Vu l'état du cuisinier, on a, *j'ai*, plutôt, décidé qu'on ouvrirait juste à midi. Monsieur cuve, moi je mange! »

Deux petits plis étaient apparus sur son front quand il avait parlé de Dan. Y avait-il eu des explications pénibles entre eux pendant la nuit? Pendant que Michael et moi...

« Si j'avais su que t'avais de la visite, Jeanne-Mark, j'aurais mis un couvert de plus... »

Reproches déguisés par peur de passer pour un mauvais hôte...

Michael s'était installé en face de Gerry, un sourire narquois aux lèvres.

« Laisse faire. De toute façon, faut que j'aille à la brûlerie, faut que j'aille gagner ma vie... Pete va encore me faire une crise parce que j'arrive en retard. J'vais juste prendre un café... »

— Voyons donc, chus sûr que t'as besoin de plus que ça ! »

Il nous fit un gros clin d'œil libidineux en se levant de table.

Les minutes qui suivirent furent entièrement occupées par la vision plutôt comique d'un gros taon bourdonnant qui, voulant prouver qu'il était un hôte parfait, se fendait en quatre pour faire du café, des œufs, du bacon et des toasts en un temps record tout en entretenant une conversation sur le temps qu'il faisait, la température de la piscine qui était montée à quasiment quatre-vingt-dix degrés et la soirée ex-tra-or-di-naire qu'il avait passée la veille en compagnie des gens les plus huppés de Key West. Il disait d'ailleurs « huppés » en français pour montrer qu'il avait de l'éducation, mais ça donnait un très amusant « youppy » que je n'ai pas pris la peine de relever. Il était partout à la fois, léger, drôle, efficace ; il assistait à la naissance d'une idylle qu'il avait fomentée et voulait souligner ça avec éclat.

Alors qu'il ressortait de la maison pour la quatrième fois en trente secondes, un gigantesque cabaret rempli de confitures de toutes sortes sur les bras, Gerry s'aperçut que Michael avait pris ma main sur la table et il figea sur place.

« Comme ça, ça a marché ! Chus tellement content ! »

Michael retira aussitôt sa main et s'appuya sur ses coudes en regardant le fond de son assiette.

«Prends pas tes airs de bouquetière, Gerry, on se marie pas demain!

— C'est plate... Ça fait tellement longtemps qu'on n'a pas fait de pyjama party...»

Il déposa son cabaret, se mit à disposer sur la table confitures, gelées, marmelades et autres sucreries assassines tout en continuant de jacasser. Nous nous étions jetés sur notre petit déjeuner, Michael et moi, et ça semblait le ravir hors de toute proportion.

«Mangez, les gars, mangez. Quand y en a pour un comme moi, y en a pour cent quarante!»

Le café était délicieux comme d'habitude et je pensais à tous les clients qui devaient se morfondre sur le trottoir de la rue Duval.

«C'est quoi cette histoire-là de pyjama party?

— Quand quelqu'un de notre gang rencontre un nouveau gars, Jeanne-Mark, au lieu d'organiser un repas de présentations officielles, on fait un pyjama party, Dan et moi, pis j't'e dis qu'on a du fun...»

Michael haussait les épaules.

«Ouan, pis ça finit toujours en orgie, en chicane, en drame... J'ai même déjà vu le nouveau couple qu'on fêtait se séparer en se couvrant d'injures... Toi, Gerry, tu pognes toujours Dan avec quelqu'un d'autre dans quequ' coin noir de la maison pis tu nous mets tous à la porte en nous disant que tu veux pus jamais nous revoir!

— C'est ben pas vrai!

— Gerry ! Tu nous soûles, mais pas au point qu'on voit pas ce qui se passe ! Toi non plus, d'ailleurs, tu dédaignes pas la chair fraîche, de temps en temps... J't'avais vu manigancer ton coup avec Dave, y a deux ans, tu sais, chus pas fou... Une chance que Dan s'en était rendu compte pis qu'y t'avait mis la main au collet avant que tu mettes la tienne dans le pyjama de mon chum... Tiens, en parlant du yable...»

Dan venait en effet d'apparaître dans l'encadrement de la porte de la chambre des maîtres qui donnait directement sur le minuscule coin-repas.

«Parlez juste un peu plus fort pis j'sors ma carabine !»

Il était méconnaissable. Sa beuverie l'avait vieilli de dix ans. De nouveaux sillons lui battaient les joues, du nez à la base du menton, ses traits étaient tirés, son front barré de rides, son visage blême, sa voix rauque et, pour souligner le tout, il se tenait la tête à deux mains. Un cliché de lendemain de veille qui veut qu'on le prenne en pitié.

Gerry s'était levé avec un petit air de mépris, le nez plissé, la bouche serrée en cul de poule.

«Veux-tu un jus d'orange pour commencer une nouvelle journée, cher, ou une bière pour finir celle d'hier ?

— J'veux mes lunettes fumées pour oublier que t'existes !»

C'était sorti tout seul, trop brusquement, il s'en rendit compte trop tard.

Gerry varnoussait déjà dans la maison, probablement à la recherche d'un couteau à pain pour assassiner son chum.

Dan regardait Michael qui se beurrait généreusement une toast avec une impressionnante couche de cette marmelade espagnole que m'avait fait découvrir Gerry et dont je raffolais. Il semblait dégoûté par ce qu'il voyait, toute cette nourriture riche, grasse, à laquelle il était pourtant habitué, mais la curiosité le gardait à table.

«J'ai-tu entendu parler d'un pyjama party?

«Oui, pour dire qu'y en aurait pas... Pis laissez-nous tranquilles avec ça... Trouvez-vous une autre excuse pour faire un party! C'est pas parce que...»

Il ne termina pas sa phrase et enfourna sa moitié de toast avec rage. Je décidai de prendre la relève pour bien lui montrer que je comprenais parfaitement ce qu'il ressentait.

«C'est pas parce qu'y s'est passé quequ' chose entre nous qu'y faut tout de suite aller faire sonner les cloches...»

Ma phrase, teintée de mon accent québécois qui les amusait toujours, devait être particulièrement mal formulée en anglais parce qu'ils se mirent à rire, même Gerry du fond de sa cuisine.

«Bon, je suppose que j'ai encore dit quelque chose de cochon sans m'en rendre compte?»

C'était arrivé à de nombreuses reprises : je disais candidement les choses telles qu'elles me venaient à l'esprit et mes amis prétendaient que j'avais proféré des insanités sans *jamais* pouvoir m'expliquer comment. Mais l'esprit des gays de Key West étant ce qu'il était, particulièrement mal tourné, j'avais chaque fois l'impression qu'ils me faisaient marcher.

Dan toussait, éructait, crachait.

Gerry sortit de la maison, les mains sur l'endroit de son corps où il aurait normalement dû avoir des hanches.

« Dan, va faire ça dans' maison pour l'amour du bon Dieu, tu vas nous donner tes maladies ! »

Piteux, Dan disparut sans ajouter un mot dans la chambre toujours plongée dans l'obscurité.

Gerry vint s'asseoir en face de moi, joua avec sa fourchette dans ce qui restait de son omelette plus du tout baveuse.

« C'est pas moi qui a décidé qu'on n'ouvrirait pas, ce matin. Dan m'a dit dans sa boisson, cette nuit, qu'y voulait me parler... Pensez-vous qu'y va me laisser ? Si c'est ça, chus aussi bien de mourir tout de suite. »

Nous nous étions arrêtés de mâcher, Michael et moi, et nous regardions ce gros garçon qui se doutait qu'un malheur allait le frapper mais qui ignorait d'où le coup viendrait.

« C'est ça, hein ? »

J'ai pris sur moi de le rassurer. À demi.

« Non, c'est pas ça. »

Il fut aussitôt debout, la main au cœur, la tête tournée vers la chambre.

« C'est la grosse maladie ? Y a attrapé la grosse maladie pis y a peur de me le dire ! »

Michael se leva, le prit dans ses bras comme un gros toutou qu'on aime trop.

« Non, non, c'est pas ça. Inquiète-toi pas avec ça, ça a rien à voir avec vous deux, je veux dire votre couple.

C'est pas du tout un problème de couple, ni un problème de santé.

— Tu me le jures ?

— Oui, oui. »

Il me regardait, bouleversé, en berçant Gerry qui s'était mis à pleurer.

La voix de Dan nous parvint, du fond de la chambre, altérée par l'émotion.

« Viens, Gerry... C'est aussi bien que tu le saches tout de suite... »

*

La rue Washington baignait dans la lumière dorée du matin. Un vent tiède et paresseux faisait se balancer les branches des bougainvilliers. Michael se tenait debout à côté de moi, la bicyclette appuyée contre sa hanche.

« Merci. Pour tout. Ça a été... formidable.

— Ça a été long à partir, mais au moins ça s'est fait ! J'avoue qu'à un moment donné, je désespérais...

— Moi aussi. Mais ça s'est fait. Pis c'est tant mieux. »

Nous nous contentions de sourire sans vraiment nous regarder, gênés, tout à coup, alors que, à peine quelques heures plus tôt, nus et enflammés, nous avions laissé tomber toutes nos inhibitions.

Il ne se décidait pas à enfourcher sa bicyclette, comme s'il attendait autre chose de moi.

J'ai posé la main sur le guidon.

«La v'là, la question à vingt-cinq mille piastres : on se revoit ou non?

— Si tu veux.

— À quelle heure tu finis?

— Quand je veux.»

Puis la voix de Gerry qui traverse la rue comme un couteau à viande :

«T'aurais pas pu me le dire avant, épais, j'ai de l'argent caché plein la banque au cas où ça arriverait!»

INTERCALAIRE IV

« Oui, allô...

— Luc ?

— Jean-Marc ! Salut...

— Je reconnaissais pas ta voix...

— Mes maudits champignons sont revenus depuis la dernière fois que t'as appelé... J'ai de la misère à parler...

— Ça fait mal ?

— Ça fait mal pis c'est achalant. Chus obligé de me beurrer avec une crème dégueulasse... Si j'me crème pas j'ai mal, pis si j'me crème j'ai mal au cœur !

— Veux-tu que j'te rappelle une autre fois ?

— Ben non. Parle, toi... Comment ça va ?

— C't'à toi qu'y faut demander ça.

— Tu comprendras rien de c'que j'vais te dire...

— Ben oui. Articule, un peu.

— J'voudrais te voir à ma place ! C'est presque impossible d'articuler. Même pour un grand acteur comme moi !

— Mon Dieu, même ton rire a changé.

— C'est parce qu'y est teinté d'amertume.

— Je reconnais pas ta voix mais j'te reconnais, toi, par exemple...

— Attends un peu, j'vais prendre deux-trois goulées d'oxygène, ça m'épuise de parler... Parle, toi, en attendant.

— Ben... J'ai fini par faire l'amour avec le gars que j'avais rencontré, là, t'sais, Michael... j't'avais parlé de lui... Ça s'est fait la nuit passée. J'te conterai tout ça en arrivant...

— Non, non, non, j'veux tout savoir tout de suite... La couleur, la hauteur, la largeur, *la* mensuration... Déjà, que tu dises que t'as fait l'amour avec lui plutôt que t'as baisé avec lui me met l'eau à la bouche...

— Bon, tu vois, quand tu t'énerves, tu t'étouffes, même avec le masque à oxygène... Appelle quelqu'un, là, on dirait que tu reprendras pus jamais ton souffle. J'peux pas le faire pour toi, chus à deux mille milles !

— C'est correct, ça va mieux. J'arrive à peu près à contrôler mes crises, maintenant... Pis j'veux pas appeler, garde Cinq-Mars vient de sortir de la chambre. Pis a' m'a justement demandé quand est-ce que tu revenais. Comme tous les jours.

— Y as-tu dis que je revenais dans quelques jours ?

— Chus pas sûr qu'a' m'a cru.

— Pourquoi pas ?

— A'l' aime mieux penser que chus complètement abandonné, j'pense... Est tellement dramatique. Quand j'vais un peu mieux, on dirait qu'est désappointée. Non, c'est pas vrai, j'exagère encore... C'est une femme merveilleuse, mais ô combien envahissante. Chus prisonnier de mon lit, moi, ici, j'peux pas me sauver quand le personnel fait pas mon affaire ! Pis elle, a' joue à la moman inquiète, pis ça m'énerve. Y faut dire que...

— Y faut dire que quoi ?

— Quand tu vas me voir, prépare-toi à un choc.

— T'as... t'as encore maigri ?

— J'ai maigri, j'ai rougi, j'ai crochi, j'ai enlaidi... J'ai l'air d'un insecte. J'ai découvert ça, l'autre jour, quand j'ai demandé un miroir pour me faire la barbe moi-même. Tu te rappelles mon père sur son lit de mort ? T'étais venu le voir parce qu'y te l'avait demandé même si on était déjà pus ensemble depuis trois ans... J'pense que chus pire, Jean-Marc. Lui, y avait l'air d'un chien battu, moi j'ai l'air d'un insecte écrasé sur le bord d'une fenêtre. Tu vois, on se parle depuis à peine deux minutes pis chus déjà tout en sueur, y faudrait que je demande qu'on change mes draps, j'ai la bouche en feu...

— Écoute, j'vais raccrocher, pis tu me rappelleras dans quelques minutes...

— Ça ira pas mieux dans quelques minutes, Jean-Marc, j'approche de la mort à grands pas !

— Ça ira pas mieux mais tu vas peut-être être moins essoufflé, Luc, pis moins trempé de sueur !

— J'haïs ça quand t'es paternaliste avec moi comme ça...

— Chus pas paternaliste...

— T'es paternaliste pis tu manques toujours de patience avec moi. Tu manques de patience quand tu viens me voir pis tu manques de patience quand tu m'appelles...

— Luc... J'te disais ça pour que tu te sentes à l'aise... Si t'es pas capable de me parler maintenant, on se parlera plus tard, c'est ça que ça voulait dire pis rien de plus. Commence pas à interpréter tout ce que je dis...

— Excuse-moi. C'est moi qui manque de patience. Les journées sont tellement longues. Si y a quelqu'un qui savait organiser ses journées pour qu'a' soient pas plates, c'est bien moi, hein! Mais... je regarde presque pus la télévision parce que j'vois mal, même avec mes maudites lunettes neuves. Pis j'écoute presque pus de musique parce que j'entends rien que d'un côté. As-tu déjà essayé d'écouter une sérénade pour cordes avec juste un haut-parleur? J'me suis fait acheter des vieux CD mono par Mélène mais le son est tellement laid...

— Mélène et Jeanne continuent à te visiter régulièrement, au moins?

— Ben oui. J'pense même que j'les ai réconciliées. C'est assez étonnant, hein, quand on pense aux relations que j'avais avec elles avant!

— Y s'étaient chicanées?

— C'tait pus hot hot entre elles, j'pense... Ça se voyait tout de suite. Y a ben rien que toi pour pas voir ces choses-là.

— Je l'avais vu, ça, chus pas un imbécile, mais t'as l'air de dire que c'tait au bord de casser définitivement...

— Y suffit d'un détail, des fois, hein, pour que tout s'écroule. Quand y arrivaient ici ensemble, Jeanne sortait son tricot pis Mélène y jetait un regard tellement exaspéré que j'ai tout de suite compris que le maudit tricot y était pour beaucoup, le détail qui fait freaker, la goutte qui fait déborder le pot de chambre... Ça fait que j'ai sorti mon déguisement de Janette Bertrand pis j'ai profité de l'absence de Mélène, avant-hier, qui était allée nous chercher des cafés, pour conseiller à Jeanne d'arrêter de tricoter. Sur-le-champ. Que c'était une question de vie ou de mort pour leur vie à deux. J'm'attendais à ce qu'a' proteste mais a' l'a compris tout de suite. Peut-être parce que ça venait pas de toi, justement, tu vois des drames partout, mais de moi qui avais aucune raison d'y dire ça si c'était pas vrai. Les aiguilles ont disparu, le foulard crème de blé et avoine grillé est allé retontir dans le fond de la poubelle...

— Pis a' l'a arrêté complètement, tu penses ? Ça serait tellement merveilleux que ça revienne comme avant.

— Y ont pas appelé pour me le dire mais j'espère qu'a'l' l'a fait. Tu leur as pas parlé, dernièrement ?

— J'ai appelé Mélène hier, mais a' m'a pas parlé de ça.

— Peut-être qu'y a autre chose que le tricot qui l'énerve...

— Après tant d'années, y a sûrement des tas de choses qui les énervent toutes les deux mais c'est pas une raison pour se séparer. En tout cas, merci pour elles, si ça peut faire quequ' chose...

— Pour un gars qui a de la difficulté à articuler, j'te fais des beaux monologues, hein ?

— Ouan, c'est à se demander si t'es malade pour vrai !

— Bitch ! En parlant de bitch... Pis, Mathieu ?

— Quoi, Mathieu ?

— T'as pas envie d'en parler?

— Non.

— Ça fait-tu moins mal?

— Pas vraiment. Peut-être un peu...

— Grâce aux cataplasmes que te fait Michael?

— Franchement...

— Un nouveau corps soulage toujours d'un ancien, même si on s'en ennuie...

— Tu peux ben parler...

— Y est comment, au lit?

— J'te conterai quand même pas ça au téléphone...

— Maintenant que t'es devenu un écrivain, tu devrais pouvoir tout me décrire ça avec des beaux mots du dimanche pleins de sens et de sensualité...

— Ça sert à rien d'insister, Luc, tu sauras rien.

— Vas-tu m'apporter une photo de lui? Nu? Dans une pose affriolante?

— Tu t'épuises à parler pour rien, là...

— T'as rougi, hein?

— Quoi?

— T'as rougi quand j't'ai demandé ça, j'te connais!

— Écoute, j'ai passé l'âge de rougir!

— Jean-Marc! Tu vas rougir jusqu'à ton dernier souffle! Tu vas être rouge dans ta tombe!

— Excuse-moi de te décevoir mais chus pas rouge du tout. J'aime pas parler de ces affaires-là, surtout pas au téléphone, mais chus pas rouge!

— En tout cas, moi, j'vais être blême rare, dans ma tombe!

— Aïe, t'as le don de changer de ton vite, toi...

— J'ai pus de temps à perdre, faut que tout aille vite!

— Pour quelqu'un qui a pas de temps à perdre, tu dis ben des niaiseries, mon p'tit gars!

— En veux-tu une dernière?

— Une dernière quoi?

— Niaiserie.

— Non. Pas vraiment.

— Ben écoute-la pareil. Attends, je reviens tout de suite. J'ai besoin d'oxygène, encore.

— J'vais finir par te raccrocher au nez... J'ai de la misère à te suivre, Luc...

— Me v'là. Écoute. Écoute très attentivement. C'est très sérieux. Je sais que ça va être bizarre après la conversation niaiseuse qu'on vient d'avoir mais écoute-moi bien. Je le sais pas si je pourrais te demander ça en face, mais au téléphone c'est probablement moins difficile.

— Qu'est-ce qu'y a, encore? Tu m'as couché sur ton testament pis tu veux savoir si ta collection de magazines pornos m'intéresse?

— T'es ben bête!

— Excuse-moi. Mais tu m'exaspères avec ta conversation qui a ni queue ni tête.

— Attends que j'aie fini, ça va être bien pire! Tu sais, la table de chevet, à droite de mon lit, pas celle dont j'me sers, mais l'autre...

— Oui, oui...

— Dans la grande partie du bas... au fond, en arrière d'une pile de débarbouillettes... y a une fiole de pilules. C'est des somnifères. Très puissants.

— Où est-ce que t'as pris ça?

— Un pharmacien compatissant qui livre quand on insiste. Pis quand on paye très très très cher.

— Qu'est-ce que tu veux faire avec ça?

— T'as pas deviné?

— Oui, mais j'veux te l'entendre dire! C'est tellement ridicule!

— Attends de me voir avant de trouver ça ridicule! Écoute-moi bien... Si tu trouves que chus vraiment trop terrible à voir, quand tu vas arriver...

— Luc...

— Ferme-toi pis écoute jusqu'au bout! Si tu trouves que je fais vraiment trop dur, que je fais vraiment trop pitié, parce que je fais pitié à voir, Jean-Marc, je fais *vraiment* pitié à voir pis je souffre vraiment trop pour le mal que j'ai pu faire en ce bas monde. Si tu trouves que ça sert pus à rien de prolonger les souffrances de la pauvre petite chenille à poil que chus devenu, prends les somnifères pis donne-moi-z'en une bonne douzaine avec un verre d'eau... J'vais faire semblant que j'm'en rends pas compte mais dis-toi bien que ça serait le plus beau cadeau que tu puisses me faire.

— Jamais!

— Attends!

— Jamais, Luc, ça sert à rien de continuer, jamais ! J'me demande comment tu peux me demander ça au téléphone, en plus !

— J'te l'ai dit, c'est plus facile ! J'vois pas tes yeux ! Pis tu peux rien me faire !

— C'est vrai, parce que si t'étais devant moi, j'te maudirais ma main su'a' yeule !

— Tu ferais ça à un pauvre mourant ?

— T'es pas mourant !

— Attends de me voir, Jean-Marc, attends de me voir ! T'es supposé avoir des idées libérales sur tout ça, non, la pitié, le droit de mourir dignement, l'euthanasie ?

— J'ai des idées libérales, mais pas toi, Luc, jamais !

— Ça paraîtra pas, y feront pas d'autopsie sur un pauvre sidéen mort subitement, tu te feras pas prendre...

— Ça a rien à voir avec ça pis tu le sais très bien !

— C'est un service que je te demande !

— Un service !

— Un service, Jean-Marc, oui ! Chus trop avancé pour attendre un remède miracle, chus trop malade, chus trop fatigué, chus trop tanné ! Vivre de cette façon-là m'exaspère, Jean-Marc ! Ça m'humilie à un point que tu peux pas imaginer ! Dis-moi au moins que tu vas y penser.

— Non. J's'rais pas capable.

— Tu l'as fait pour ton père, pourtant !

— J'savais que t'en viendrais à ça... J'ai rien fait par moi-même. Le docteur m'a juste fait comprendre que son cœur résisterait pas à une dose massive de morphine ...

— Pis tu l'as laissé faire!

— Y était mourant! Y était inconscient! Y lui restait juste quelques jours à vivre...

— Ça veut dire que tu l'aurais pas fait toi-même?

— Je le sais pas...

— T'es rien qu'un maudit lâche!

— Luc, y a une grande différence entre accepter de libérer de ses souffrances un corps quasiment sans vie, qui a pus conscience de rien, pis...

— Pis quoi, hein? Qu'est-ce que tu penses que chus devenu?

— Pourquoi tu le fais pas toi-même, d'abord!

— C'est-tu une suggestion?

— Excuse-moi, tu m'as poussé à bout...

— C'est pas parce que chus trop lâche pour le faire moi-même qu'y faut pas que ce soit fait! C'est vrai que j'y pense! Plusieurs fois par jour! Les pilules sont là pis ça prendrait même pas une minute! Mais j'ai peur de poser ce geste-là moi-même pis je sais que je l'accepterais plus facilement de toi!

— Pourquoi? Tu saurais que j'te tue!

— Oui, pis j'le prendrais comme un cadeau!

— Un cadeau!

— En tout cas, penses-y sérieusement. Chus fatigué, là, la yeule me fait mal pis la poitrine me brûle, j'vais raccrocher.

— Laisse-moi pas comme ça, Luc, fais pas exprès...
— Salut...
— Si tu me laisses comme ça, j'vais pas te voir en arrivant à Montréal! Luc! C'est du chantage! Allô? Allô?

CINQUIÈME PARTIE

Le pyjama party

Ma conversation avec Luc m'avait jeté par terre. J'en étais sorti épuisé et démoralisé. Certes, je ne croyais pas qu'il avait été sérieux avec son histoire de somnifères, mais de penser qu'il était déprimé au point de parler ouvertement de suicide et d'euthanasie au téléphone ranimait la culpabilité que j'avais enterrée dans mon subconscient depuis quelques semaines, égoïstement concentré que j'étais sur mon propre problème.

Michael avait-il eu raison, en fin de compte, en me disant la veille que j'aurais dû rester à Montréal pour prendre soin de mon ancien chum, que Luc n'avait jamais vraiment voulu que je parte, qu'il m'avait sommé de le faire en espérant que je reste pour l'accompagner jusqu'à la fin? N'étais-je en fin de compte qu'un lâche, comme me l'avait si bien dit Luc?

Mon séjour à Key West achevait, je n'avais plus que quelques courtes journées pour jouir de l'île et de la présence de Michael, mais j'avais peur qu'elles soient gâchées parce que ma tête serait ailleurs, dans une chambre d'hôpital suffocante de Montréal, au chevet d'un moribond que j'avais connu beau comme un dieu et que j'allais retrouver dans un état indescriptible. Il avait parlé d'un insecte écrasé sur le bord d'une fenêtre et j'essayais de ne pas trop imaginer ce que ça signifiait, de ne pas visualiser cette idée d'un être humain qui a maigri, déformé au point de ressembler à un coléoptère ou à un lépidoptère blessé.

Je partais très tôt chaque matin pour la plage, sans passer par le French Café, ce qui m'aurait trop retardé, et je flottais pendant des heures sur l'eau fraîche de l'Atlantique quand je choisissais de me rendre à la *gay beach* du fort Zachary Taylor ou sur celle, beaucoup plus chaude, du golfe du Mexique quand j'allais à la plage des bums, au bout de la rue Simonton, réputée dangereuse mais où, personnellement, je n'avais jamais vu de manifestation de violence.

La mode chez les gays, cette année-là, était au maillot de bain qui découvrait totalement les fesses, ne cachant le principal que par un fil de tissu — la gang à Gerry appelait ça des *anal floss* — et je trouvais cette exhibition de peau très peu ragoûtante et surtout désespérée. Il y a tout de même des limites à se faire de la publicité ! Passe encore quand les derrières sont ronds et fermes, mais la fesse molle et poilue est plutôt déprimante et, de toute façon, draguer uniquement avec son derrière m'a toujours rebuté. Je dois avouer que je devais moi-même faire assez crado avec mon maillot-bermuda en coton rose pâle, de la couleur des bougainvilliers de Gerry... En tout cas, le moins que je puisse dire c'est que je ne pognais pas au milieu de ces fesses à l'air et de ces sexes bien moulés !

En début d'après-midi, je me rendais au café de mes amis et je me laissais bercer par l'incessant babillage de Gerry, je riais de ses pitreries de faux Français devant des touristes de plus en plus ébahis et de plus en plus nombreux parce que la réputation de l'établissement ne cessait de grandir — la méchante cliente du Baby's n'était donc pas allée se plaindre à la Chambre de commerce de Key West —, je me réjouissais de la mine joyeuse de Dan qui avait cru la fin de son rêve arrivée et qui retrouvait avec un plaisir renouvelé la sécurité de ses fourneaux et de ses toasters. Le French Café était sauf pour le moment et ses deux propriétaires jubilaient.

Je passais plusieurs fois par jour à la brûlerie de la rue Duval. J'étais devenu, pour des raisons évidentes, le client le plus assidu et le plus intéressé de l'établissement. Je prenais un café avec Michael ou je le regardais servir les clients dont la plupart le draguaient sans vergogne mais aussi sans espoir. Je ne voulais pas m'attacher à lui — je n'avais pas du tout envie de repartir de Key West avec une *deuxième* peine d'amour —, mais j'aimais venir me réfugier dans l'odeur du café en attendant d'enfouir mon nez dans le cou de Michael qui sentait la même chose. Nous étions une bouée l'un pour l'autre, nous ne nous étions rien promis, nous profitions le mieux possible du peu de temps qui nous était accordé et ça nous suffisait.

Pendant tout ce temps, même dans les moments les plus intimes, les plus doux avec lui parce que nous nous retrouvions tous les soirs dans mon pavillon pour, au dire de Michael, parfaire mon éducation en condoms de toutes sortes, la pensée de Luc qui souffrait, là-bas, seul et désespéré, me hantait et j'éprouvais quelque difficulté à goûter mon plaisir. J'étais venu à Key West pour oublier Mathieu et c'est en fin de compte le souvenir de Luc qui me hantait le plus.

Mais les journées passaient quand même trop rapidement et arriva la veille de mon départ. J'avais déjà commencé à ramasser mes affaires, ma valise gisait ouverte sur le plancher de céramique, mon passeport et mon billet d'avion étaient posés bien en vue sur l'appareil de télévision, les T-shirts comiques achetés pour Mélène et Jeanne étaient roulés dans leur papier de soie. Celui que je destinais à Mélène était assez amusant; on pouvait y lire, en grosses lettres noires : *Je ne suis pas lesbienne mais ma blonde l'est!*; quant à celui de Jeanne, franchement vulgaire par le dessin et par ce qui était écrit dessus, j'espérais qu'il la fasse rougir. J'avais toujours aimé choquer Jeanne qui prenait alors une teinte rose, voisine de la crème de tomate Campbell, assez plaisante.

La baignade, l'ultime, fut délicieusement teintée de tristesse. Je me disais c'est la dernière fois que je vois les maudites fesses de ce gars-là, que je regarde un gros bateau de croisière contourner le cap, que je sacre contre les roches qui tapissent le fond de l'eau, demain, à cette heure-ci, je serai dans l'avion, et je n'arrivais pas à le croire. Je restai au soleil un peu plus longtemps qu'à mon habitude et je revins de la plage soûl de chaleur et de sel de mer, la peau trop brûlée, mais une fois n'est pas coutume et, après tout, les crèmes après-soleil existent pour ça...

Cet après-midi-là — je m'étais littéralement couvert d'une crème grasse qui sentait trop fort la rose, en revenant à la maison, et j'avais l'impression de fleurer la moumoune américaine propre —, Gerry me prit à part aussitôt que je mis le pied au French Café. Il avait cet air de conspirateur dont j'avais appris, pendant ce dernier mois, à me méfier parce qu'il n'annonçait pas toujours de bonnes surprises. Il me parlait tout bas pour que ses clients ne l'entendent pas s'exprimer en anglais sans accent.

« Je sais que vous vous mariez pas ni rien de tout ça, mais Dan et moi on a quand même décidé d'organiser un pyjama party pour ton départ. Tu peux pas t'en aller comme ça, comme si t'avais juste été un locataire comme les autres... Ça se fait chez nous, ce soir... »

J'étais catastrophé. Nous avions planifié, Michael et moi, de passer une petite soirée tranquille devant un plat de pâtes vite préparées, vite expédiées. La perspective de me retrouver une fois de plus — même si je les aimais bien — au milieu de la gang d'amis de Gerry ne me souriait guère et je le lui dis le plus diplomatiquement possible, en choisissant bien mes mots pour ne pas le heurter.

« Tu peux pas nous faire ça, Jeanne-Mark ! Tu passeras la nuit avec Michael, après, si tu veux, mais, s'il vous plaît, consacre-nous ta dernière soirée ! On a invité des tas de gens ! Rob et Bill tiennent à te faire leurs adieux, tous les autres aussi... »

Ils avaient été des hôtes parfaits, hospitaliers, patients, drôles et compatissants, je ne pouvais pas les décevoir. Je me résignai en me demandant ce qu'en dirait Michael.

« Mais qu'est-ce que j'vais faire, Gerry, j'ai pas de pyjama ?

— J'peux t'en prêter un !

— Le taffetas et la soie moirée sont pas tellement mon genre...

— Tu sauras que j'en ai en coton, aussi ! Mais j'les garde pour quand y a pas de visite... Depuis que t'es là, j'porte mes chic... Celui que je pourrais te prêter fait un peu pepère, mais tu serais drôle, là-dedans ! Pis Dan, qui se prend pour un homme, en a des trop grands pour lui...

— Laisse faire, j'vais mettre mon grand T-shirt avec le gros Mickey Mouse, avec des shorts en dessous, ça va faire pareil...

— Tu laisseras faire les shorts...

— Gerry, franchement !

— C'tait une farce !

— D'après ce que disait Michael l'autre jour au sujet des pyjama partys, chus pas sûr que c'était une farce... »

Il prit un petit air pincé.

« Si tu veux, on fera un party clean juste pour toi, maudit stuck up ! De toute façon, y va y avoir des dames, alors on va être obligés de se retenir un peu...

— Des dames !

— À vrai dire, j'vais faire d'une pierre deux coups... Catherine et Muriel ont accepté de passer te dire un petit bonsoir... »

On aurait juré que la reine d'Angleterre et son insignifiant de mari annonçaient leur visite : Gerry avait quasiment les yeux dans l'eau et il se frottait le front de nervosité.

La haute gomme de Key West allait enfin venir à lui.

«Pis tu penses que Catherine et Muriel vont se présenter ici en pyjama?»

Il blêmit tellement vite que je le pris par le coude, pensant qu'il allait s'évanouir.

«Mon Dieu, j'ai oublié de les prévenir de venir en jaquette!»

*

Elles connurent un véritable triomphe. Elles arrivèrent vers dix heures, flottant toutes les deux dans des robes de nuit de coton, à pois verts sur fond jaune pour Muriel, étoilée dans un camaïeu crème et écru pour Catherine. Deux vieilles fillettes qui semblaient s'amuser comme des petites folles, hurlant de joie devant les déguisements de la gang à Gerry, visiblement heureuses d'avoir fait le chemin entre la rue Petronia et la rue White à bicyclette dans leur accoutrement.

Muriel était un peu essoufflée.

«On est allées plus vite que d'habitude... Moi, j'avais peur que ma robe de nuit se prenne dans la chaîne de ma bicyclette et de me retrouver au beau milieu de la rue, cul par-dessus tête, avec les passants qui me prendraient pour une folle...»

Gerry, enfin heureux, riait trop fort à tout ce qu'elles disaient et Dan, exaspéré, levait déjà les yeux au plafond.

La soirée avait cependant très mal commencé. Gerry, plutôt étonnant dans un pyjama de soie bleu royal à crevés de taffetas rouge — il avait l'air d'une boule de Noël sur pattes —, en faisait trop pour que ce soit naturel et tout le monde se doutait que quelque chose le préoccupait. Le party ne levait pas à cause de sa nervosité, nous étions tous sur les dents à le guetter se promener de long en large en consultant sans cesse sa montre, pour une fois indifférent aux compliments qu'on lui faisait, se fâchant pour un détail ridicule, la sauce à spaghetti trop salée de Dan ou le nombre insuffisant de lampions autour de la piscine.

Au bout d'une heure, je suis allé le voir, j'ai passé mon bras autour de son cou musclé comme celui d'un taureau, je l'ai même embrassé derrière l'oreille. Mais il était crispé et m'a repoussé des deux mains.

« Écoute, Gerry, c'est pas grave si Catherine et Muriel viennent pas... Fais-toi-z'en pas avec ça, on n'a pas besoin d'elles pour s'amuser...

— C'est pas grave pour toi mais ça l'est pour moi ! Chus sûr que j'les ai insultées en leur demandant de se déguiser... Mais tu comprends, c'était moins long de leur demander ça à elles que de rappeler tout le reste de la gang pour leur dire de venir pas déguisés...

— Comment est-ce que Catherine a pris ça quand tu lui as parlé ?

— C'est Muriel qui a répondu. A l' a eu l'air de trouver ça drôle, mais c'était peut-être juste par politesse ! J'aurais dû y penser, aussi, on demande pas à c'te monde-là de se déguiser, ou alors on leur parle de venir en Marie-Antoinette ou en Cléopâtre ! »

Il eut une petite hésitation avant d'ajouter :

« Enfin, en Marc-Antoine ou en Louis XVI... »

Il était retourné à ses inquiétudes, tête basse et sourcils froncés, persuadé d'avoir été abandonné par ses nouvelles amies.

Michael était arrivé au bras de Bill et Rob. Ils portaient des pyjamas blancs identiques et ressemblaient à trois fantômes dont le plus jeune, celui avec une canne, celui qui était visiblement malade, était cependant le plus joyeux. Rob m'appelait d'ailleurs son *little brother-in-law*, au grand plaisir du reste de la gang pour qui j'étais tout sauf *little*. Michael m'avait aussitôt fait comprendre que c'était une farce, que Rob ne me considérait pas vraiment comme son beau-frère, et j'en avais été soulagé.

J'avais bien essayé à quelques reprises de me retrouver seul avec Michael, mais c'était impossible. À moins de se retirer dans mon pavillon et de baisser tous les stores, nous n'arriverions pas à nous isoler de la soirée et j'étais contrarié même si cette réunion d'adieu avait quelque chose de touchant.

Les autres membres du groupe s'étaient installés dans les chaises longues autour de la piscine et parlaient tout bas, une bière à la main. C'était assez étrange de voir autant d'hommes en pyjama assis bien sagement, presque inconfortables dans leur déguisement parce qu'ils avaient l'impression de ne pas avoir le droit de s'amuser. On se serait cru dans un sanatorium gay où tout le monde aurait été sur les valiums. Ils étaient habitués à plus de liesse et de gros fun dans cette maison, l'indisposition de Gerry les déstabilisait. Quelques-uns parlaient même de s'en aller mais Dan les suppliait de rester, sinon ce serait le pandémonium et il en serait personnellement tenu responsable.

Mais l'arrivée, au bout de presque deux heures d'attente, des deux seules femmes invitées remit tout en place et le party partit comme une flèche, peut-être même un peu trop rapidement au goût de Gerry qui se mit à s'excuser auprès de Catherine et Muriel de la musique trop forte et des rires trop gras.

« Vous comprenez, mesdames, on est habitués d'être une gang de gars... »

Je vis Dan prendre son chum par le bras et l'amener vers moi.

« Écoute, Gerry, décide-toi ! C'était trop tranquille tout à l'heure, là c'est trop bruyant ! Faudrait pas arrêter de vivre, là, parce que tes deux épouvantails sont arrivés !

— C'est pas des épouvantails ! C'est des femmes du monde ! Pis quand on va chez eux, c'est du Scriabine qui joue...

— On n'a pas, de Scriabine, Gerry, t'haïs ça, du Scriabine, ce qui t'intéresse c'est Loretta Lynn pis Dolly Parton ! Assume-toi ! »

Pendant ce temps-là, Catherine et Muriel s'étaient assises au bord de la piscine, les pieds dans l'eau, et jasaient avec Rob et Bill qu'elles connaissaient bien.

« R'garde, y ont pas l'air de s'ennuyer pantoute !

— Tu penses ? Mais on le saura jamais, c'est du monde qui montrent pas ce qu'y pensent vraiment... »

Dan se tourna vers moi.

« Occupe-toi-z'en, Jeanne-Mark, j'vas le tuer ! »

Muriel avait dû sentir que quelque chose n'allait pas parce qu'elle se leva et vint vers nous, un verre de champagne à la main et le pyjama déjà froissé. Je la soupçonnais d'ailleurs fortement d'avoir commencé à fêter avant de venir ici ; elle ne marchait pas tout à fait droit et Catherine Burroughs semblait la guetter comme si elle avait eu peur qu'elle fasse des gaffes.

« Gerry, votre maison est encore plus jolie que ce que vous en aviez dit ! Quel goût ! Avez-vous fait la décoration vous-même ? Et est-ce que vous savez que votre piscine est *beaucoup* plus belle que la nôtre ? C'est ce que Catherine disait à l'instant à Rob... »

Gerry lévita d'un bon six pouces et je sus que le party était sauvé.

Les pâtes, spécialité de Dan qui prétendait avoir du sang italien, connurent un grand succès, la salade d'endives et de cresson disparut dans le temps de le dire et le dessert, l'œuvre de Gerry dont la *Key lime pie* était célèbre dans tout Key West, fit s'exclamer la peintre qui prétendit n'en avoir jamais mangé une si bonne même si elle était installée à Key West depuis une éternité...

Pour ma part, j'avoue que je trouvais le temps long. Nous mangions en silence, cuisse contre cuisse, Michael et moi, et je regardais sans cesse ma montre. Les autres invités sentaient que ce party d'adieu n'était peut-être pas, en fin de compte, une très bonne idée et évitaient mon regard.

Michael aussi était triste et j'en étais touché.

« J'peux rester toute la nuit, si tu veux...

— J'espère bien! Mais mon vol est tôt, demain matin...

— Es-tu vraiment obligé de partir demain?

— Oui. J'ai mes cours à préparer. Chus pas juste un écrivain, tu sais, j'ai publié un seul livre, chus d'abord et avant tout un professeur... Pis Luc m'attend. J'peux vraiment pas le laisser tout seul plus longtemps.»

Michael lança aussitôt un regard vers Rob. Bill lui mettait patiemment des morceaux de *Key Lime pie* dans la bouche et il mâchait avec un sourire ravi avant de porter sa serviette à sa bouche.

«Rob non plus va pas bien... C'est Bill qui m'a dit ça... Y a commencé à avoir de la difficulté à avaler sa nourriture... C'est le commencement de la fin... Une fois de plus. Pis cette fois-là, c'est mon frère.»

Il appuya la tête contre mon épaule.

J'eus une envie folle de rester à Key West, soudain. Tout sacrer là une fois pour toutes, mon métier que je n'avais jamais vraiment aimé de toute façon et que j'abandonnais sporadiquement depuis des années pour essayer d'écrire une œuvre qui ne viendrait probablement jamais, Montréal qui allait bientôt sombrer dans l'interminable hiver... Oui, rester là, me réfugier au sein de la gang à Gerry, me trouver un emploi, n'importe quoi, vendeur de café avec Michael ou serveur au French Café, épouser Michael, lui faire des enfants, adopter un chien, des chats, apprendre à combattre mon mal de mer pour m'installer dans la péniche, aller regarder le soleil se coucher tous les soirs, faire une petite vie tranquille au soleil, sans penser à rien, sans me sentir d'obligations envers mes amis, Luc qui m'attendait pour mourir, Mélène et Jeanne que j'adorais mais dont j'avais appris depuis un mois à me passer sans que ça fasse trop mal, couler pieds et poings liés dans une ribambelle de jours tous pareils, teintés du bleu de l'Atlantique et du vert du golfe du Mexique... C'était cuisant au point de faire mal, j'avais l'impression que c'était la dernière chance qui m'était offerte de connaître quelque chose qui s'approchait du bonheur, que si je la laissais passer, tout serait fini pour toujours...

« Tu devrais revenir pour Noël. C'est pas très chaud mais c'est sûrement plus agréable que Montréal. Pis ça nous ferait deux semaines ensemble. »

J'avais envie de hurler j'veux pas revenir à Noël, j'veux pas juste passer deux semaines ici, j'veux rester maintenant, pour toujours ! T'aider à accompagner ton frère pis te consacrer ensuite le reste de ma vie ! Je savais que c'était faux, que je n'aimais pas Michael d'amour mais là, juste à ce moment-là, je voulais le croire.

Je levai la tête. Catherine S. Burroughs s'était approchée de nous sans que je le remarque et se tenait debout à côté de notre chaise longue.

« J'ai un petit quelque chose pour vous, monsieur le photographe. »

Elle tenait à la main un carton rectangulaire enveloppé dans une guenille qu'elle posa sur mes genoux.

C'était, en aquarelle miniature, une reproduction de la peinture des deux dames s'avançant dans la mer.

« J'espère que vous m'excuserez, c'est plutôt malhabile comme dessin, mais je vous l'ai dit, je n'ai plus la main que j'avais il y a cinquante ans... J'ai senti que vous aimiez vraiment cette peinture et que ça vous ferait plaisir d'en avoir une petite copie, aussi peu fidèle fût-elle... J'ai fait ça cet après-midi, à la plage, de mémoire, et je n'ai pas osé aller vérifier en revenant à la maison pour ne pas me décourager... »

Je me suis levé, je l'ai prise dans mes bras sans rien dire. Elle était toute délicate, toute en os et elle palpitait comme un petit oiseau, le nez réfugié contre ma poitrine.

*

Rick, Chuck, Greg, Brad, Rob, Bill me firent leurs adieux en pyjama vers les minuit. Rien de particulier ne s'était passé durant la soirée et nous avions vaguement l'impression d'être ridicules dans nos costumes d'enfants, surtout moi avec mon énorme Mickey Mouse qui n'avait fait rire personne, sauf peut-être Muriel Gold, et encore, par politesse. Mais ils étaient tous beurrés, sentimentaux, presque larmoyants : ils me donnaient rendez-vous à Noël ou me suppliaient de ne pas partir alors que je n'avais été l'intime d'aucun d'entre eux, seulement le sympathique locataire de Gerry et Dan, un agréable voisin de table au café ou le méchant intrus dont on disait qu'il avait des chances de devenir le prochain chum de Michael...

Rob insistait un peu trop sur le fait que son frère lui avait *beaucoup* parlé de moi et Bill le tirait par la queue du pyjama en me faisant des signes d'impuissance.

Mes propriétaires, Gerry surtout, dont la soie du pyjama avait quelque peu perdu de sa fraîcheur depuis le début de la soirée, faisaient chorus en ponctuant chaque marque d'affection et chaque adieu mouillé d'onomatopées qui ressemblaient plus à des problèmes gastriques qu'à des preuves d'amitié. Ils partirent tous à pied en un bloc compact — ils avaient prévu se soûler et avaient laissé leurs voitures chez eux —, silhouettes pâles et titubantes dans l'épaisse soupe noire de la nuit.

Comment feraient-ils pour aller travailler le lendemain matin ? Mystère !

Muriel n'étant pas en état de conduire sa bicyclette, Dan leur proposa, à elle et à Catherine, d'aller les reconduire en voiture ; Dan n'étant pas en état de conduire la voiture, Gerry leur offrit d'aller les reconduire à pied ; personne n'étant en état de marcher, je suggérai d'appeler un taxi. Gerry dut composer le numéro plusieurs fois parce qu'il voyait mal les chiffres et refusait catégoriquement de laisser qui que ce soit appeler à sa place.

Pendant ce temps-là, Muriel cherchait obstinément la clef de sa bicyclette. Catherine avait beau lui dire qu'elles étaient parties de chez elles sans apporter les cadenas pour barrer leurs bicyclettes, Muriel continuait à arpenter la maison et le jardin en disant je les avais, je les avais y a juste quelques minutes, j'les ai posées sur une table, j'me souviens très bien que j'les ai posées sur une table, tiens, les voilà, non, c'est pas ça, c'est une cuiller, mais chuis sûre qu'elles sont pas loin, j'vais finir par les trouver, vous en faites pas, j'vais finir par les trouver...

Juste avant de partir, elles m'embrassèrent avec une vraie affection et je pus enfin trouver les mots pour remercier Catherine de son cadeau.

Elle se contenta de me tapoter la main en souriant.

« Ça m'a fait plaisir, Jeanne-Mark. C'est quand même pas mal, hein, pour une petite vieille de quatre-vingts ans ?

— C'est plus que pas mal, c'est magnifique.

— Vous allez lui trouver une jolie place dans votre maison, j'espère !

— Dans mon salon, bien encadré et bien en vue !

— C'est bien... J'espère vous revoir bientôt...

— Madame Burroughs...

— Catherine, appelez-moi Catherine...

— Catherine... Vous le savez, n'est-ce pas, que je ne suis pas photographe ? »

Le plus beau petit sourire du monde continuait à lui plisser le visage.

« Tous les écrivains sont des photographes, vous savez... »

Le chauffeur de taxi les connaissait et nous promit de bien prendre soin d'elles. Muriel, la bouche molle et le vocabulaire atrophié par l'alcool, essayait de lui expliquer pourquoi elles étaient en robe de nuit, elles, des femmes du monde, la crème de Key West... Il ne comprenait visiblement rien de ce qu'elle lui racontait mais riait quand même, espérant un bon pourboire.

« Vous savez, madame, j'ai vu pire... Key West est plein de weirdos, c'est pas deux robes de nuit, surtout sur des femmes, qui vont me choquer ! »

Catherine aida péniblement Muriel à monter dans la voiture, le chauffeur l'aida ensuite à se glisser à côté de son amie et elles partirent en nous envoyant vaguement la main. Nous entendions très nettement les « hi-hi-hi » de Muriel et les *Shut up, Muriel!* de Catherine. Le chauffeur avait fermé la porte du taxi sur la jaquette de Muriel dont un pan, comme une grosse langue bleue, traînait dans la rue.

Nous restâmes tous les quatre au milieu de la rue White à regarder les étoiles. Michael, qui avait trop bu lui aussi, titubait un peu. Dan essayait de faire son macho qui en a vu d'autres et se tenait trop droit pour que ce soit naturel. Gerry, lui, avait l'air d'un gros clown qui vient de terminer un spectacle particulièrement difficile. Il avait mis ses mains en visière pour regarder le ciel, comme pour se protéger des rayons d'un soleil aveuglant.

« J'ai trop bu, j'vois rien, mais ça doit être beau... »

*

La nuit fut très douce. Nous n'avons pas beaucoup dormi, Michael et moi. On ne pourrait pas dire non plus que nous avons fait l'amour, ce serait exagérer, nous n'étions pas en état ni l'un ni l'autre, mais c'était sans importance. Les caresses étaient inoffensives, les paroles insignifiantes, les sentiments confus. Nous avons même fini par nous parler de nos anciens chums et nous avouer que nous nous ennuyions toujours d'eux. Michael disait qu'il rêvait de retrouver le ton bourru de Dave lorsque venait le temps de parler d'amour et moi j'aurais donné tout ce que je possédais pour entendre le rire de Mathieu monter une seule fois dans la nuit de Key West. Je crois même que nous nous sommes endormis en parlant d'eux...

*

C'était la saison des pluies dans toute sa splendeur. Des trombes d'eau étaient tombées une grande partie de la nuit, noyant tout. À mon réveil, la rue Washington ressemblait à un lac et j'eus un vague espoir que l'aéroport soit fermé. En ouvrant la porte du pavillon, j'aperçus Gerry qui, assis sur la dernière marche de ciment de la piscine, de l'eau jusqu'à la taille, un énorme chaudron à la main, essayait de la vider de son trop-plein en soufflant comme un phoque. Un gros enfant dans une gigantesque barboteuse.

« Venez m'aider, j'sais pas comment faire un *waste*, pis Dan dort encore ! »

Pendant que Michael, qui prétendait s'y connaître, disparaissait dans les moteurs, filtres et autres machines compliquées, Gerry et moi entrâmes dans la maison pour préparer le café. Dan protesta un peu dans la chambre, puis se rappela que c'était le jour de mon départ et finit par venir nous rejoindre en se grattant le restant de crinière.

La cuisine ressemblait à un champ de bataille. Des montagnes d'assiettes tachées de sauce rose s'amoncelaient dans l'évier, des verres à vin vides jonchaient le plancher, des serviettes de table usagées traînaient un peu partout ; pour un party tranquille, les dégâts étaient plutôt étonnants.

Gerry soupirait aux trente secondes mais, au contraire de ce que j'avais d'abord cru, ce n'était pas à cause du ménage à faire.

« J'haïs profondément la saison des pluies. Chaque année, j'ai envie de me sauver... Ça me déprime... »

Dan bâillait à s'en fendre la mâchoire, s'étirait comme un chat qui a peur que ses muscles se sclérosent.

« Moi, j'aime plutôt ça... Ça me donne envie de dormir...

— Un tremblement de terre te donnerait envie de dormir, toi ! Moi, j'ai l'impression que tout rouille pendant la saison des pluies, même moi... »

Dan lui donna un bec sur la tempe.

« Ben non, t'es pas rouillé, mon gros, t'es trop bien graissé pour ça... »

Un coup de chiffon, une course à travers la cuisine, Gerry qui traite son chum de tous les noms, Dan qui s'amuse comme un petit fou en m'envoyant sa dernière salve de clins d'œil. J'enregistrais tout en me disant que j'allais m'ennuyer de tout ça, à Montréal, que chaque fois que je penserais à Key West j'aurais envie de prendre le premier avion pour venir assister à une chicane si drôle et si réconfortante entre Gerry et Dan... Je savais très bien que je ne serais bien nulle part pour un bon bout de temps et ça me décourageait. J'étais venu ici pour oublier ce qui venait de se produire à Montréal et je passerais probablement les prochains mois, à Montréal, à essayer d'oublier ce qui s'était passé ici.

Après m'avoir versé une deuxième tasse de café, Gerry me regarda droit dans les yeux.

« J'ai fait une autre gaffe en organisant ce party-là, hier, hein ?

— Ben non.

— Ben oui, je le sais, j'm'excuse... Vous auriez aimé mieux rester tout seuls, Michael et toi... J'ai complètement manqué de délicatesse...

— Excuse-toi pas, c'était très agréable...

— Agréable ? Voyons donc ! C'était plate pour crever la bouche ouverte ! C'est le party le plus plate de toute ma carrière ! Tout ce qui manquait, c'tait la pluie ! Pis même, ça aurait mis un peu de vie... »

Dan ajoutait trop de sucre à son café et Gerry lui donna une légère tape sur la main. Pour le faire suer, Dan abonda dans son sens.

« Ça c'est vrai, par exemple, Gerry ! J'ai déjà vu des partys plates, mais jamais comme celui-là... »

Gerry fit le geste de lui verser du café chaud sur la braguette.

« Tu pourrais m'encourager, toi, au lieu de me rabaisser !

— Tu veux que je te dise que c'était réussi ? Très bien ! Gerry, ton party était parfaitement réussi ! Un triomphe de tous les instants! Le plus beau party de ta vie! Es-tu content, là? Me crois-tu?»

Michael entra dans la maison en disant qu'il avait baissé le niveau de la piscine, que tout était sous contrôle.

Dan, furieux, regarda Gerry.

«Tu demandes à la visite de faire mes jobs, maintenant?

— Tu ronflais comme un éléphant qui a avalé sa trompe pis la piscine débordait jusque dans la rue Washington...»

J'aurais voulu que cette chicane ne finisse jamais, pouvoir rester assis là, au comptoir qui séparait la cuisine du salon, et me gaver jusqu'à la fin des temps des insultes absurdes de ce vieux couple que j'enviais.

Mais le moment de partir était arrivé.

Mes adieux au pavillon furent difficiles. J'ai un grand sens de la propriété et j'avais l'impression que tout, le lit, la télé, la salle de bains, avait fini par m'appartenir, que ce pavillon faisait désormais partie de ma vie parce que j'y avais été malheureux, malade et que c'était là que j'avais entr'aperçu mon premier espoir de guérison.

Mais pour éviter de sombrer dans le sentimentalisme le plus collant et dont je me sentais parfaitement capable, j'ai refusé qu'ils viennent me reconduire à l'aéroport. Même Michael. Mes propriétaires insistèrent un peu puis, voyant que c'était inutile et en fin de compte préférable, abandonnèrent la partie en m'embrassant longtemps et sincèrement. Nous échangeâmes des promesses de lettres et d'appels téléphoniques sans trop y croire, j'allai même jusqu'à leur jurer que je reviendrais avant la fin de l'année...

Michael, après une dernière accolade, est parti à pied, sans se retourner mais en me faisant un petit geste d'adieu de la main, dans son dos. La pluie tombait dru et il disparut rapidement.

ÉPILOGUE

L'aquarelle de Catherine Burroughs et une copie de *Los Tabarnacos* sous le bras, je poussai doucement la porte de la chambre de Luc. J'étais sûr qu'il adorerait l'histoire de l'aquarelle et j'avais l'intention de lui lire mon texte pour voir sa réaction.

Il était assoupi. Son état s'était encore plus détérioré que je ne l'aurais cru. L'image de l'insecte blessé était exacte. Il était recroquevillé sous la tente à oxygène, ses membres semblaient démesurés, cassés, peut-être par la douleur, des instruments transparents lui sortaient des narines, des goutte-à-goutte étaient plantés dans ses bras. Il respirait par à-coups comme si son cerveau commençait à oublier de dicter à son corps les fonctions vitales les plus primitives. Sa peau était couverte d'ecchymoses et de plaies à vif; on aurait dit qu'il avait été sauvagement battu. Et, en un mois, ses cheveux avaient complètement grisonné.

Je suis resté au pied du lit pendant de longues minutes, stupéfait. Garde Cinq-Mars m'avait prévenu mais ce que je voyais dépassait en horreur tout ce qu'elle m'avait décrit et tout ce que Luc lui-même m'avait dit. J'avais chaud derrière mon masque de papier, mes mains étaient mouillées dans mes gants de latex. Je ne voulais pas réveiller Luc mais je ne pouvais pas supporter non plus de le regarder dormir. Je pensais juste à fuir et je m'étais appuyé contre la porte fermée pour m'empêcher de le faire.

Était-il prisonnier d'une insoutenable douleur qui le tenaillait au point que seul le sommeil, et grâce à des narcotiques de plus en plus puissants, pouvait le soulager un peu ? À quoi rêvait-il, s'il rêvait ? Ses rêves étaient-ils, eux aussi, éclaboussés de souffrance ? Quand il s'éveillerait, voudrait-il se cacher sous son drap, comme j'avais vu mon père le faire si souvent vers la fin, pour que je ne le voie pas dans cette posture humiliante de l'être humain adulte qui essaie de retrouver, dans un dernier espoir de consolation, la position qu'il occupait dans le ventre de sa mère ?

Je suis allé boire un verre d'eau dans la petite salle de bains attenante. J'ai enlevé le masque, les gants et je me suis lavé la figure avec l'eau à peu près fraîche du robinet. Mais l'atmosphère même de la chambre était étouffante et je me rendis compte que j'étais trempé des pieds à la tête.

Et c'est en essayant une deuxième fois de me rafraîchir avec cette eau du robinet que j'ai pensé aux somnifères dont Luc m'avait parlé pendant notre dernière conversation. Je me suis regardé dans le miroir deux petites secondes, le temps de lire l'horreur dans mon propre regard et je suis sorti de la salle de bains.

J'ai contourné lentement le lit pour ne pas réveiller Luc, j'ai ouvert la porte de la table de chevet.

Luc avait-il bluffé comme il l'avait si souvent fait dans sa vie ? Avait-il crâné au téléphone pour cacher sa grande détresse ? Je ne trouverais probablement pas de fiole de somnifères, derrière les débarbouillettes... Peut-être y aurait-il même un petit message plié en quatre où Luc, dans une dernière et horrible farce plate, me traiterait d'assassin... J'étais accroupi devant la table de chevet et je n'osais pas passer ma main par-dessus le ramassis de choses inutiles qui la remplissaient.

Luc bougea dans son lit; j'ai levé les yeux. Sa tête était à quelques pouces de la mienne, bouleversant masque de mort où une seule sensation, la douleur, pouvait se lire. Le plastique de la tente à oxygène nous séparait; je l'ai soulevé. J'avais embrassé cette tête tant de fois, j'avais tant fait jouir ce corps pendant nos sept années de vie commune, j'avais, moi, trouvé tant de plaisir à cause de ce visage, de ces lèvres... En continuant de regarder Luc, j'ai glissé la main au fond de la table de chevet.

Une petite fiole de plastique toute chaude, insignifiante en soi mais tellement pleine de sens là où elle était placée...

Je me suis relevé, je me suis assis sur la chaise que j'avais approchée du lit et j'ai attendu que Luc se réveille.

Key West, 18 décembre 1992 – 10 mars 1993

DU MÊME AUTEUR

ROMANS, RÉCITS ET CONTES
Contes pour buveurs attardés, Éditions du jour, 1966
La Cité dans l'œuf, Éditions du jour, 1969
C't'à ton tour, Laura Cadieux, Éditions du jour, 1973
Le Cœur découvert, Leméac, 1986 et Babel n° 167
Les Vues animées, Leméac, 1990
Douze coups de théâtre, Leméac, 1992
Le Cœur éclaté, Leméac, 1993 et Babel n° 168
Un ange cornu avec des ailes de tôle, Leméac/Actes Sud, 1994
La Nuit des princes charmants, Leméac/Actes Sud, 1995

CHRONIQUES DU PLATEAU MONT-ROYAL
La grosse femme d'à côté est enceinte, Leméac, 1978 et Babel n° 179
Thérèse et Pierrette à l'école des Saints-Anges, Leméac, 1980 ; Grasset, 1983 et Babel n° 180
La Duchesse et le Roturier, Leméac, 1982 ; Grasset, 1984
Des nouvelles d'Édouard, Leméac, 1984
Le Premier Quartier de la lune, Leméac, 1989

THÉÂTRE
Les Belles-Sœurs, Leméac, 1972
En pièces détachées, Leméac, 1970
Trois petits tours, Leméac, 1971
À toi pour toujours ta Marie-Lou, Leméac, 1972
Demain matin, Montréal m'attend, Leméac, 1972
Hosanna suivi de *La Duchesse de Langeais*, Leméac, 1973
Bonjour là, bonjour, Leméac, 1974
Les Héros de mon enfance, Leméac, 1976
Sainte Carmen de la Main suivi de *Surprise ! Surprise !*, Leméac, 1976
Damnée Manon, sacrée Sandra, Leméac, 1977
L'impromptu d'Outremont, Leméac, 1980
Les Anciennes Odeurs, Leméac, 1981
Albertine en cinq temps, Leméac, 1984
Le Vrai Monde ?, Leméac, 1987

Nelligan, Leméac, 1990
La Maison suspendue, 1990
Le Train, Leméac, 1990
Marcel poursuivi par les chiens, Leméac, 1992
Théâtre I, Leméac/Actes Sud Papiers, 1991
En circuit fermé, Leméac, 1994

TRADUCTIONS ET ADAPTATIONS (THÉÂTRE)
Lysistrata (d'après Aristophane), Leméac, 1969, réédition 1994
L'Effet des rayons gamma sur les vieux garçons (de Paul Zindel), Leméac, 1970
Et Mademoiselle Roberge boit un peu (de Paul Zindel), Leméac, 1971
Mademoiselle Marguerite (de Roberto Athayde), Leméac, 1975
Oncle Vania (d'Anton Tchekov), Leméac, 1983
Le Gars de Québec (d'après Gogol), Leméac, 1985
Six heures au plus tard (de Marc Perrier), Leméac, 1986
Premières de classe (de Casey Kurtti), Leméac, 1993

TABLE DES MATIÈRES

Liminaire	11
PREMIÈRE PARTIE...	21
INTERCALAIRE I	75

DEUXIÈME PARTIE

Un quai au bout du monde 91

INTERCALAIRE II 141

TROISIÈME PARTIE

Premiers soulagements 151

INTERCALAIRE III

Los Tabarnacos 185

QUATRIÈME PARTIE

Michael 201

INTERCALAIRE IV... 271

CINQUIÈME PARTIE
Le pyjama party 285

ÉPILOGUE.. 309

DU MÊME AUTEUR 315

BABEL

Extrait du catalogue

157. ALEXANDRE PAPADIAMANTIS
    Les Petites Filles et la mort

158. VASSILI PESKOV
    Ermites dans la taïga

159. JEAN-CLAUDE GRUMBERG
    Les Courtes

160. PIERRE MERTENS
    Collision

161. FÉDOR DOSTOÏEVSKI
    Notes d'hiver sur impressions d'été

162. INTERNATIONALE DE L'IMAGINAIRE N° 4
    La Musique et le monde

163. PAUL AUSTER
    Mr. Vertigo

164. ABBÉ LHOMOND
    De viris illustribus urbis Romæ

165. GUY DE MAUPASSANT
    Les Horlas

166. ÉLISÉE RECLUS
    Histoire d'un ruisseau

167. MICHEL TREMBLAY
    Le Cœur découvert

COÉDITION ACTES SUD — LEMÉAC

ACHEVÉ D'IMPRIMER
EN OCTOBRE 1998
SUR LES PRESSES DE L'IMPRIMERIE AGMV-MARQUIS
CAP-SAINT-IGNACE (QUÉBEC)
POUR LE COMPTE
DE LEMÉAC ÉDITEUR, MONTRÉAL

DÉPÔT LÉGAL
1re ÉDITION: 3e TRIMESTRE 1995
(ÉD. 01 / IMP. 03)